CB024253

TRILOGIA LOGOS

AS ANDORINHAS DE UM CONTINENTE EM CHAMAS

GABRIELA FERNANDES

Copidesque	Camila Reis e Becca Mackenzie
Revisão	Beatriz Lopes e Wladimir Oliveira
Projeto gráfico e capa	Gabê Almeida
Ilustrações	Marianna Correia
Diagramação	Sonia Peticov

Dados Internacionais de Catalogação na Publicação (CIP)
(Câmara Brasileira do Livro, SP, Brasil)

F899a
1. ed. Fernandes, Gabriela
As andorinhas de um continente em chamas / Gabriela Fernandes.
– 1. ed. – Rio de Janeiro: Thomas Nelson Brasil, 2024.
360 p.; 13,5 × 20,8 cm.

ISBN 978-65-5689-854-4

1. Ficção cristã. I. Título.

05-2024/77 CDD-B869.3

Índice para catálogo sistemático: 1. Ficção cristã: Literatura brasileira B869.3
Bibliotecária responsável: Aline Graziele Benitez – CRB-1/3129

Rua da Quitanda, 86, sala 601A - Centro,
Rio de Janeiro/RJ - CEP 20091-005
Tel.: (21) 3175-1030
www.thomasnelson.com.br

Este livro foi impresso pela Gráfica Maistype, em 2024
para a Thomas Nelson Brasil. O papel do miolo é pólen natural $80g/m^2$,
e o da capa é cartão $250g/m^2$.

Este livro não é recomendado para menores de 16 anos. Contém cenas de violência, assédio e tentativa de suicídio.

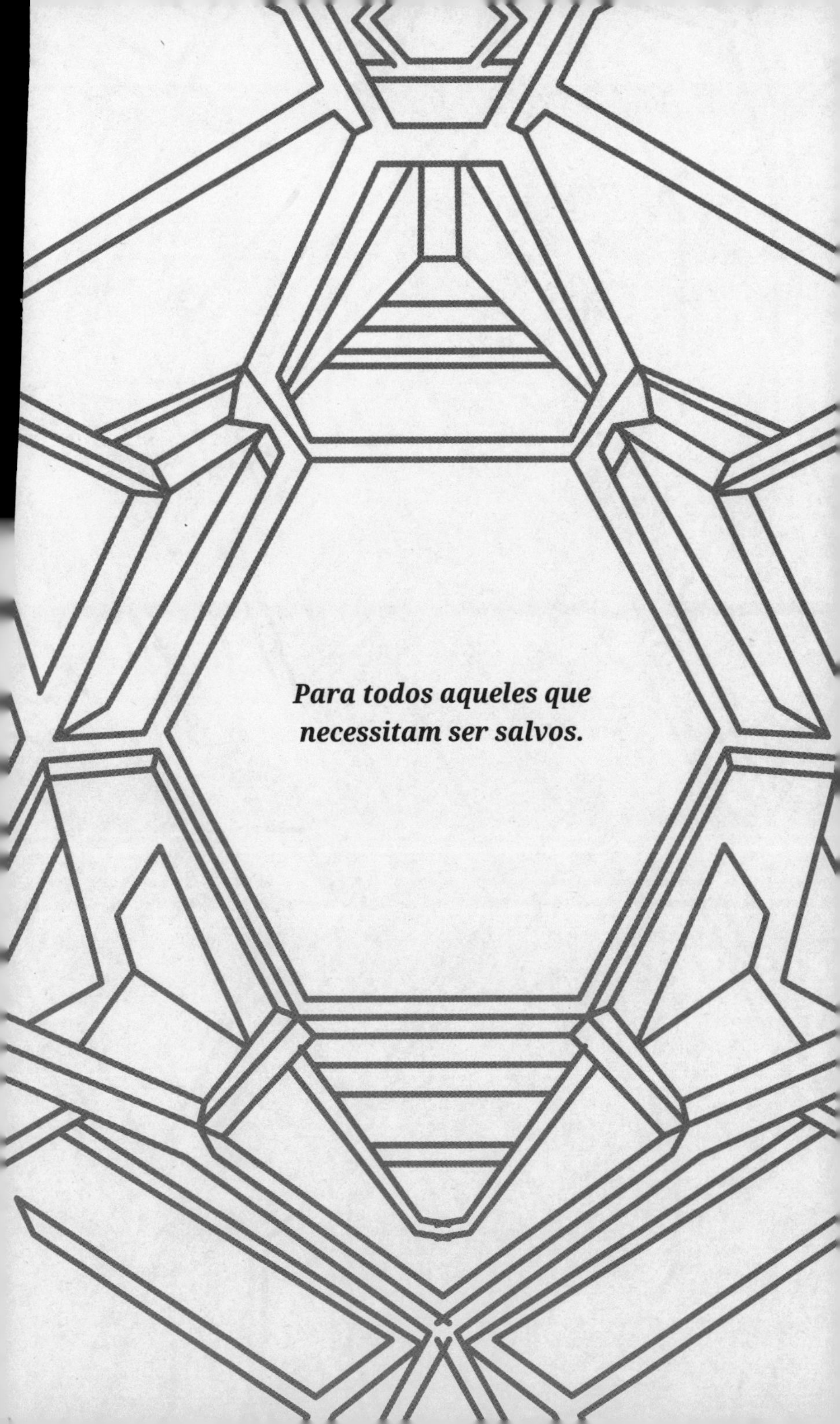

Para todos aqueles que
necessitam ser salvos.

PARTE 1

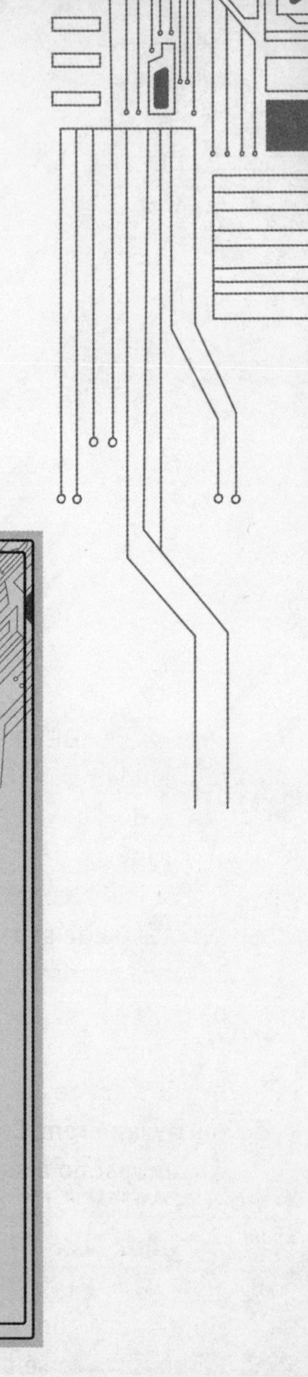

NOME: KELAVA (...)
TITULO: SOLDADO
SEXO: F...IDADE: 24
ORIGEM: BACA.........................NUMERO DE SERIE: 1.137
POSTO: BASE BABEL
DESIGNACAO.........1137

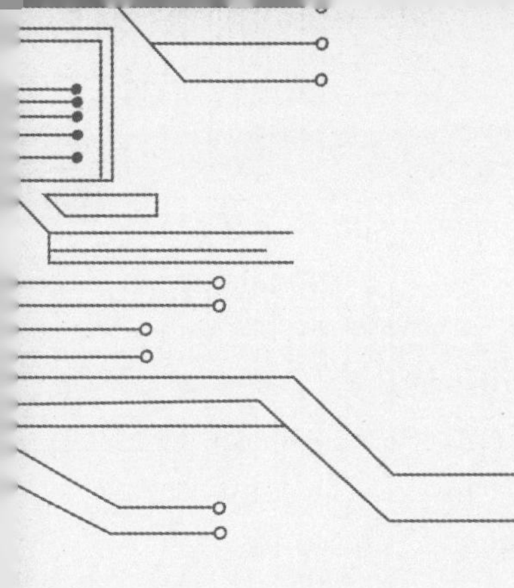

CAPÍTULO 1

ANO 329 DEPOIS DA CHEGADA

— VOCÊ SABE QUE ISSO é perda de tempo — Kelaya repreendeu a si mesma enquanto caminhava pelos destroços do que antes eram as naves de sua tropa. — Não arriscamos o pescoço por uma possibilidade.

Por mais contrariada que ela estivesse, suas pernas simplesmente se recusaram a obedecer a razão e a obrigavam a avançar por entre as carcaças ainda em chamas, na tentativa de identificar algum sinal de sobreviventes.

A fumaça negra que emanava do local dificultava a busca, além do odor de carne queimada que fazia as vísceras reclamarem. Em pouco tempo, não conseguiria enxergar um palmo à sua frente e talvez o estômago colocasse todo Suii que ela havia ingerido para fora.

Após cobrir o perímetro sem encontrar sinal de vida, ela se afastou e olhou para toda aquela destruição que contrastava com o cinza tranquilo do deserto pedregoso. Perguntava-se se teria valido a pena para aqueles soldados todos os anos dedicados à causa, à guerra, à Fenda...

Poucos minutos antes, a pilha de corpos à sua frente era centenas de sonhos e ideais que nunca se concretizariam.

Um ressoar de motores tirou-a do devaneio. Uma única nave, azul e dourada, vinha em sua direção.

— Abutres — murmurou entredentes, e os olhos que eram azuis ficaram vermelhos de raiva. — O combate aéreo não foi suficiente para vocês, seus desgraçados?

Assim como ela, eles estavam em busca de sobreviventes, mas não para resgatá-los.

Kelaya se viu obrigada a procurar por um esconderijo. Ela poderia se garantir na luta corpo a corpo com cerca de dez inimigos riseus, se os pegasse desprevenidos.

Correu sorrateira e se enfiou em um espaço, quase imperceptível, entre uma rocha e uma placa de metal com listras das cores da Fenda, verde e vermelho. O suor lhe escorreu pela face, molhando os cabelos cor de cobre polido e fazendo os arranhões da testa arderem. Nem a tecnologia de ventilação do uniforme verde-musgo de combate era capaz de aliviar a alta temperatura daquele pequeno espaço.

Kelaya fechou os olhos. Isso a ajudava a se concentrar. Prestou atenção no barulho dos motores ficando cada vez mais alto.

A sua tropa recebera a incumbência de levar suprimentos à base da Fenda na Província de Sacramento, o que os obrigava a passar por uma zona neutra do Continente Baixo. Eles estavam cientes da possibilidade de encontrar forças do Risa, porém jamais previram que não haveria nenhum sinal ou aviso prévio antes de se chocarem com um esquadrão inteiro de naves de médio-combate.

Com uma manobra, ela conseguira desviar sua nave-jato, mais veloz que as demais, do ataque principal e sobreviver à matança. Fora um tiro de raspão na asa esquerda que provocara os cortes superficiais em seu rosto e a obrigara a pousar a alguns metros de distância de onde vira o restante das naves da Fenda cair. Assim que desligara o motor, ela se livrou do capacete e fez contato com a base, pedindo reforços. Por fim, correra em direção ao que sobrara de seus companheiros.

O som de tiros atingindo os destroços se misturou ao barulho da aeronave inimiga que sobrevoava o local. Em um reflexo, ela se encolheu, torcendo para que a placa de metal que a protegia fosse suficiente para segurá-los — e, de preferência, que não a cozinhasse lá dentro.

Após as rajadas, veio o som da nave pousando e então o silêncio quando desligaram os motores.

Malditos riseus, tinham que ser tão meticulosos?!

Kelaya se perguntava de quais tipos eram esses? Os que torturavam, faziam reféns e escravizavam ou os que matavam em um golpe? Quais eram as possibilidades de sobrevivência?

Você precisa se acalmar.

Passos começavam a rodear a área.

— Deve estar por aqui, não conseguiu ir tão longe — disse uma voz rouca e distorcida roboticamente.

Apenas o esquadrão especial do Risa designado para missões de ultrassegurança usava armaduras com tecnologia de distorção de voz. Eram armaduras de alta proteção, douradas, que protegiam os soldados da cabeça aos pés. Kelaya reconsiderou o número de homens com os quais poderia lidar naquele momento. Não seria assim tão fácil.

— Se veio para cá, com certeza foi abatido pelos disparos, não tem como ter sobrevivido! — outro soldado gritou, mais distante.

— Preciso ter certeza — respondeu o homem que a espreitava sem saber.

— Esse contratempo já atrasou nossa missão o suficiente, precisamos alcançar a frota e levar o Logos o mais rápido possível — o soldado insistiu, a impaciência marcando cada sílaba.

Logos? Ela experimentou a palavra nos lábios sem emitir nenhum som. Do que exatamente eles estavam falando? Seria uma nova substância ou matéria-prima bélica? Se fosse algo dessa natureza, a informação era de suma importância para a Fenda.

Ouviu os passos se afastando.

Kelaya estava certa de que eles não a notariam. Respirou bem devagar e diminuiu os batimentos cardíacos a uma frequência quase imperceptível, uma técnica que ela aprendera para controlar o medo. Apesar do calor, havia chance de sobrevivência se ela ficasse imóvel e eles se convencessem de que não sobraram sobreviventes e fossem embora. Mas a necessidade urgente de saber o que era esse tal de *Logos* foi maior.

Cada esquadrão especial era formado por nove homens. Se apenas dois estavam fora da nave, ela poderia se livrar deles em trinta segundos. Só precisava tomar cuidado para não chamar a atenção dos demais.

Respirou fundo, levou a mão até o cabo da faca escondida na bota e, com a própria placa que a protegia, ela os atacou.

Tudo aconteceu muito rápido. A faca já estava na garganta do oponente mais próximo, entre a armadura e o capacete, antes que o outro soldado pudesse se virar por completo e ter a chance de entender o que estava acontecendo. Ele foi atingido pela placa de metal. Kelaya aproveitou a surpresa para diminuir a distância entre eles e, com um salto, atravessou-o com a espada tirada de suas costas.

Oito segundos, foi mais rápido do que ela tinha calculado.

Ao ouvir o motor da aeronave roncar, ela olhou para o lado. Os canhões lasers estavam girando em sua direção.

Kelaya correu de encontro à nave inimiga, pegou impulso em uma rocha e pulou em cima dela.

No mesmo instante, quatros soldados saíram da nave, mirando suas armas para onde ela estivera alguns segundos antes. Enquanto eles tentavam localizá-la, confusos, Kelaya se esquivou para atrás de um dos canhões do topo da aeronave.

— Inimigo localizado na parte superior da nave, inimigo localizado na parte superior da nave — o alto-falante avisou.

Os soldados se viraram ao mesmo tempo e começaram a descarregar as cartelas de munição das pistolas longas. Kelaya tapou os ouvidos.

Maldição!

O canhão usado como proteção não ia durar muito tempo, ela precisava agir depressa. Forçar uma luta corpo a corpo era sua melhor chance se quisesse tomar aquela nave e descobrir o que transportavam.

— Se vocês me matarem — Kelaya gritou —, perderão a oportunidade de obter informações-chave da próxima operação de tomada de território!

Os tiros pararam. Nada era mais eficaz do que usar seu melhor trunfo: ela mesma.

— Oficial Kelaya, Forças Especiais da Nova Democracia Ascendente, número de série 1.137. Doze anos de corporação, seis na ativa — ela anunciou enquanto se levantava e se colocava na mira dos soldados com as mãos para o alto. — Quinze medalhas de honra ao mérito, 593 em combate (595 com aqueles dois ali) — disse apontando para os corpos no chão com um meio-sorriso provocador.

O soldado mais próximo levou a mão até a lateral do capacete, fez uma leve pressão e falou:

— Aguardando autorização do comando.

Um instante se passou.

— Tem certeza? — ele completou.

Os outros três soldados a mantinham sob a mira, enquanto o colega confirmava as ordens.

Kelaya prendeu a respiração. Ela precisaria de um plano B caso sua brilhante ideia não desse certo.

O soldado levou a mão do capacete de volta à arma, dizendo com a voz robótica:

— Você está sob o poder da República.

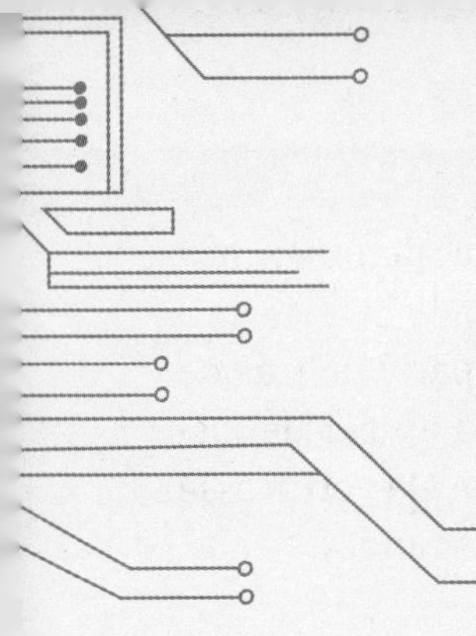

CAPÍTULO 2

— A REPÚBLICA ACABOU há quase trinta anos — Kelaya disse, enquanto eles prendiam suas mãos com algemas de força magnética e confiscavam a espada retrátil que a rebelde trazia nas costas.

O comentário resultou em um soco na boca, arrancando--lhe o sorrisinho e um pouco de sangue. Mal teve tempo de limpá-la quando foi jogada para dentro da nave.

— A República é o regime de governo instituído pelos pioneiros. Ela dá esperança à humanidade e a possibilidade de reconstruir a civilização no Planeta Novo. A República é o único governo legítimo do Continente Baixo.

O pequeno discurso do soldado que acabara de empurrá--la conseguia ser mais incômodo do que o soco que ainda latejava nos lábios. Kelaya revirou os olhos e estudou à sua volta.

O interior da nave inimiga tinha a forma de uma grande caixa e era ladeada por asas curtas. Não parecia haver nenhuma carga diferente, apenas duas filas de bancos, uma em cada lado e de frente para outra. No corredor, armamento convencional e suprimentos básicos.

Virou-se e encarou o capacete dourado com um sorriso medonho.

— Se você chama fome e desigualdade de esperança de civilização...

Ele bateu com a coronha da arma na parte de trás de sua cabeça, fazendo-a perder o equilíbrio e ficar de joelhos. Sem saber, ele acabou facilitando que ela verificasse a parte de baixo dos assentos por alguns segundos.

Não havia nada de diferente.

É difícil encontrar algo quando não se sabe o que procurar.

Em um puxão brusco, ela foi colocada sentada no banco. Encarou novamente o capacete do soldado que havia desferido o golpe, que agora exibia uma abertura na parte dos olhos. Arqueou uma das sobrancelhas e manteve o sorriso selvagem.

Você sabe que não vai ficar por isso mesmo.

— Mantenham as armas apontadas para ela — ele ordenou aos outros, encarando-a.

Um dos soldados que permanecera dentro do veículo se juntou a eles. Agora havia cinco armas automáticas apontadas para o seu nariz, três deles tremiam um pouco. Ela presumiu que pelo menos dois soldados ficaram na cabine do piloto. Somando todos, eram sete oponentes que precisava derrubar.

Pelos heróis não nomeados, era isso o que ela faria.

Os motores do transporte foram acionados. Kelaya olhou para o painel próximo à cabine para tentar identificar o destino, mas ele estava desligado. Ela fechou os olhos e se recostou no banco. A única coisa que poderia fazer era esperar.

Durante muitos anos, os rebeldes que se opuseram à República, defendida pelas forças do Regimento Interveniente da Sociedade Autêntica, sofreram por estarem sempre atrás nos quesitos desenvolvimento e tecnologia de armamento — um dos motivos pelos quais o antigo governo havia resistido por tanto tempo à Grande Revolução. Mas, desde que a Fenda emergira, anos depois, a balança de força bélica havia sido nivelada. Deixar uma informação sobre um possível novo recurso de guerra escapar seria um lapso muito grande para uma oficial como ela. A Fenda poderia antecipar os próximos passos do exército inimigo e, quem sabe, criar um método de defesa a tempo.

Os motores estavam prontos. Quando a aeronave estava prestes a levantar voo, um estrondo veio da parte de trás do veículo, seguido de um forte impacto que arremessou os tripulantes com violência para frente.

Maldita hora!

O reforço que ela solicitara chegou, quase estragando seus planos de ser levada até o restante da esquadrilha riseu, descobrir do que se tratava o novo recurso e dar um jeito de informar a Fenda. Quantos ela teria de matar e torturar nesse meio-tempo, não sabia.

A nave decolou e logo pegou velocidade.

O soldado à sua esquerda se recompôs e a levantou junto. Tinha estatura menor que os outros. Provavelmente era uma mulher.

— Nave inimiga de porte máximo em nossa retaguarda — o alto-falante avisou entre os sons de tiros que os circulavam.

Nave de porte máximo?

— Manter posições! — o riseu mandão gritou, e o restante permaneceu em alerta.

Ela observou o movimento que a nave fazia, desviando dos tiros lasers de longo alcance, e acompanhou a sequência de disparos. Seus "salvadores" pareciam querer brincar, e isso era perigoso. O restante da frota do Risa que tinha efetuado o primeiro ataque ainda estava próximo e poderia causar um confronto maior.

Uma explosão abriu um rasgo na parte traseira da aeronave. A fumaça invadiu queimando seus pulmões e fazendo-a tossir. Kelaya protegeu o rosto com a ombreira do uniforme e apertou os olhos para enxergar contra a luz que o céu azul lançou fuselagem adentro através da abertura. Todo o seu corpo gelou quando viu quem estava liderando o resgate.

De todos os aliados possíveis para salvá-la, aquele era o último que ela gostaria que estivesse ali.

Capitão Zion Haskel.

Kelaya precisou de mais de cinco segundos para que o calor voltasse ao seu corpo. Todas as circunstâncias haviam mudado, e ela deveria prestar muita atenção no que estava acontecendo para não deixar nada escapar.

Ao que parecia, estava em vantagem. Mas não exatamente a que queria naquele momento.

O fato de o piloto riseu não ter detectado a nave da Fenda se aproximando era suspeito. Talvez estivesse relacionado aos painéis desligados.

A Stella Capitânia do capitão Zion tinha cerca de 180 metros de uma extremidade a outra, espaço suficiente para alojar os trinta oficiais e mais sete subalternos. Os 28 canhões de alto alcance e os escudos projetores, que juntos formavam um poderoso armamento de guerra, faziam a pequena nave riseu parecer insignificante.

— Alfa 3 para esquadrilha, alfa 3 para esquadrilha. Prosseguir missão. Repito: prosseguir missão — um dos soldados riseus anunciou no comunicador.

Então era isso, o recurso não estava ali, e Kelaya o perderia se não agisse logo.

Depois que a fumaça se dissipou, ela aproveitou a distração da nave gigantesca para chutar a arma do oponente mais próximo, que acabou disparando no companheiro ao lado. Nesse mesmo tempo, ela socou a virilha do soldado à direita, desestabilizando-o. Antes que ele pudesse reagir, passou as mãos algemadas em seu pescoço e o puxou para cima, usando-o como escudo para se proteger dos tiros que vieram em sua direção. Um deles soltou as algemas. Ela agarrou a arma do soldado já morto por baixo do braço e retribuiu os disparos, acertando mais dois no lugar em que a armadura não protegia.

O único soldado ainda vivo era o que havia discursado sobre a República e que a acertara. Ele puxou o gatilho, mas a arma não disparou; havia descarregado. Kelaya poderia acabar com aquilo fácil.

— Acho que podemos resolver isso de forma mais... digamos... — ela o fitou com um olhar malicioso — sofisticada.

A porta da cabine se abriu. O copiloto vinha correndo para ajudar o soldado restante. Kelaya o abateu antes que pudesse interferir na proposta.

O soldado em pé ponderou por alguns segundos e, com um riso zombeteiro, jogou para ela o cabo preto da espada leve e mortal que ela amava.

Desafiar o ego sempre funcionava.

Os dois abaixaram as armas de fogo ao mesmo tempo. O oponente pegou do arsenal na parede uma espécie de bastão com as pontas envoltas em um campo eletrificado. Ela acionou a parte de baixo do cabo da própria arma, e a lâmina abriu com o mesmo recurso.

A coisa ficaria interessante, afinal.

Mais tiros vieram da Stella, e a pequena nave tremeu. O capitão Zion, que provavelmente conseguia visualizar tudo o que acontecia na nave menor, era impaciente — ela sabia — e agora mudara seu método para um combate direto.

Ninguém pediu para você interferir na minha missão.

Enquanto isso, o inimigo balançou o bastão de um lado para o outro e avançou em sua direção. Movendo os pés,

Kelaya ergueu a espada e se defendeu do primeiro ataque horizontal. Com movimentos rápidos, os adversários começaram a fazer uma espécie de dança em círculos, as duas armas se chocando e faiscando no ar vez após outra.

Ela estava gostando de exibir suas habilidades.

Em um dos contragolpes, no entanto, a ponta do bastão inimigo passou rente à lateral do corpo, rasgando sua pele. Kelaya gemeu de dor.

Já tinha cansado de brincar.

Ela recuou e, bloqueando mais um golpe, mandou o bastão do oponente para o lado contrário. Aproveitou a abertura e acertou-o no pescoço com o cotovelo. Ele cambaleou. Kelaya puxou o bastão e, com a arma dele, atravessou-lhe a lateral do tonco. O homem perdeu os movimentos do corpo e se engasgou com o próprio sangue, em sons distorcidos por baixo do capacete.

— A sua sorte é que estou com pressa — ela disse com o rosto bem próximo à abertura dos olhos.

Sem demora, jogou o corpo já inerte para o lado, olhou para trás e fez sinal aos tripulantes da Stella para avisar que estava pronta para abandonar a nave inimiga.

A nave maior avançou e se posicionou embaixo da outra, agora sustentada apenas pelo piloto, que tentou uma última manobra.

Sem perder mais tempo, Kelaya pressionou o recurso do pulso do uniforme e disparou um gancho de precisão ligado a um cabo retrátil em direção à cauda da Stella. Correu para a abertura traseira do veículo em movimento e saltou contra o vento ao infinito azul. O corpo rodopiou no ar até ser alçado pelo cabo.

Já estava na parte traseira da Stella e se segurava nas barras de ferro quando ouviu o barulho da explosão extinguindo a nave do Risa no ar.

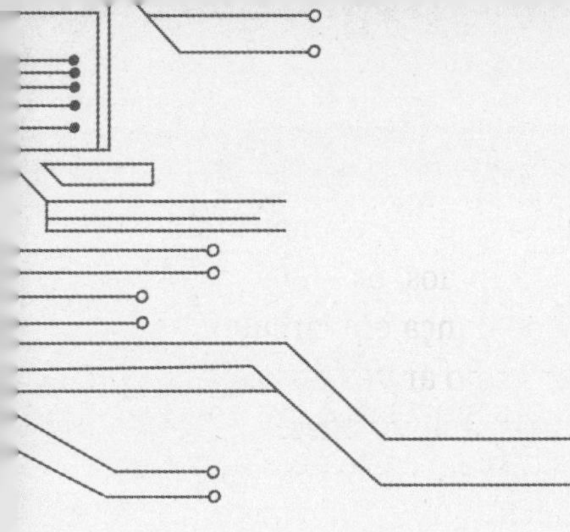

CAPÍTULO 3

KELAYA JÁ TINHA VISTO IMAGENS e ouvido falar detalhadamente sobre a famosa Stella Capitânia, que levava esse nome por sua arquitetura lembrar um navio voador. Mas era a primeira vez que andava por seus corredores estreitos. Andava, não: corria. Havia urgência em encontrar a sala de controle e avisar ao capitão sobre a esquadria remanescente.

Avistou um subalterno agachado ajustando as configurações de um painel de manutenção e, sem se aproximar, gritou ofegante:

— Onde fica a sala de controle?

Embasbacado, o homem apenas apontou com o dedo indicador.

Ela voltou a correr ainda mais rápido, mas, pelas paisagens das janelas, percebeu que estavam voando na direção contrária à que pretendia.

Enfim avistou um grande portal iluminado por linhas néon brancas, com quatro soldados de guarda junto às paredes do corredor. O tenente Tai Bassebete, braço direito do capitão, a esperava ali, com o corpo ereto e o cenho contraído em uma linha severa.

Ela diminuiu os passos, tentando controlar a respiração pesada. Já tinha ouvido falar um pouco sobre aquele homem, e ele não se mostrava satisfeito com a situação. Na verdade, ela não sabia dizer se ele estava bravo ou se era certo nervosismo, quase imperceptível. Ele era alto e magro, de cabelos cor de ouro velho com corte bem baixo, quase raspado. Tinha uma cicatriz que ia do meio da bochecha até a parte de baixo do queixo, marcando sua pele branca e as expressões austeras.

— Soldado Kelaya — ele disse antes que ela o tivesse alcançado por completo, — tenho ordens expressas do capitão Zion para encaminhá-la diretamente à enfermaria para tratar de forma adequada os seus ferimentos. Já estamos com o plano de voo de retorno à base em andamento.

— Voltar?! Não podemos voltar! — ela gritou, esquecendo-se de oferecer continência. — Tenente, preciso falar com o capitão agora.

Deu mais um passo em direção à porta fechada.

De súbito, os quatro guardas bloquearam o caminho entre ela e o tenente, encarando apenas o horizonte. Ela mirou cada um deles, irada.

— Tenente — disse com a voz cortante —, peça para que seus homens saiam do meu caminho. Tenho informações cruciais, de interesse da cúpula da Fenda, para repassar ao capitão. Cada minuto desperdiçado...

Nem teve chance de terminar o discurso ameaçador e a porta de acesso à sala se abriu. Kelaya respirou aliviada. O próprio comandante da nave decidira atendê-la.

Os homens cederam a passagem, e o tenente Tai a acompanhou para dentro.

Por algum motivo, um tremor se apossou de seu corpo quando entrou no novo ambiente. Era uma sala de comando comum, com cores sóbrias e configurada de forma muito prática, assim como o estilo, que ela bem conhecia, do comandante. Uma grande janela de vidro se estendia de uma extremidade a outra, possibilitando uma visão ampla do horizonte. De frente para ela, ficava a mesa de controle oval com painéis digitais, operados por dois soldados de aspecto jovem, mas bastante confiantes. Às suas costas, na parte superior, havia uma espécie de mezanino com uma vista privilegiada de todo o ambiente e, bem no meio dele, de pé, estava uma figura sombria e imponente.

Trajava seu tradicional casaco preto, como o dos antigos capitães de navios piratas, que iniciava na altura do pescoço e terminava abaixo dos joelhos. As botas, as calças e o colete também eram negros, assim como os cabelos, contrastados apenas por alguns fios brancos, com corte mais baixo nas laterais e impecavelmente penteados para trás.

O capitão Zion nem se deu ao trabalho de olhar para ela quando Kelaya prestou continência. Com o maxilar quadrado e rígido apontando para baixo, as sobrancelhas grossas unidas, ele fixava o console de comando da nave ao mesmo tempo que levava um copo de cafeína à boca.

Definitivamente, estava de péssimo humor.

— Capitão — ela disse —, precisamos voltar agora mesmo. Há uma esquadrilha do Risa no perímetro carregando o que eu acredito ser uma nova tecnologia bélica. Podemos segui-los, averiguar a situação e repassar ao conselho.

Como se o que ela acabara de falar não tivesse nenhuma importância, ele continuou fitando o computador por alguns segundos.

— Temos ordens expressas para retornar à base e relatar o ocorrido, soldado — ele respondeu num tom displicente. A voz grave gerou um leve eco no local.

Kelaya ofegou.

— Se não voltarmos agora, vamos perdê-los — ela insistiu, tentando controlar o tom de voz. — Tenho certeza de que, com ajuda dos instrumentos de longo alcance, podemos capturar o sinal.

Com um leve menear de cabeça, ele a fitou. Seu rosto estava com um semblante pétreo, mas ela podia sentir o furor por baixo daqueles olhos escuros.

— Se você estivesse tão preocupada com o tempo, não se prestaria ao espetáculo de espadas há alguns minutos.

Ela ergueu uma das sobrancelhas.

Poderia ter evitado o confronto direto? Sim. Mas era a melhor forma de recuperar sua arma predileta e ainda se vingar do golpe sofrido. E fora o quê? Um minuto? Ainda podiam encontrar as naves do Risa àquela altura. Kelaya conhecia o capitão Zion havia muito tempo, e sabia que ele estava irritado por ela ter feito uma boa performance na frente de seus homens, o que era ridículo e infantil.

— Além do mais... — ele continuou, a atenção se dirigindo novamente aos dados na tela — não há rastro algum de naves na área, varremos o perímetro quando recebemos a ordem de reforços. Só a encontramos, soldado, porque chegamos ao local na hora que a nave estava partindo.

Uma esquadrilha inteira indetectável? Uma prática incomum, mas que explicaria os painéis desligados e eles não terem percebido a Stella se aproximando. Tudo só reforçava ainda mais a ideia de que, seja lá o que eles estivessem carregando, tinha muito valor para o alto comando da facção.

— Senhor, tudo isso não faz a situação ser ainda mais suspeita?

O capitão não respondeu.

— Tenho certeza de que, com seus bons navegadores, podemos encontrá-los — ela continuou. — Não podem ter ido tão longe.

Nessa última frase, um dos cantos dos lábios do comandante se ergueu, deixando alguns de seus dentes brancos à mostra. Parecia estar se segurando para não deixar escapar uma risada sarcástica.

— Está tentando me bajular? Você deve estar mesmo desesperada.

— Podemos ganhar tempo — Kelaya trocou os pés de apoio —, até que mais reforços cheguem.

— Se acha que serei tão imprudente quanto você — o capitão Zion a encarou, os olhos faiscando —, a ponto de levar meus homens a uma caçada às cegas com aparente desvantagem, está muito enganada. Sua insensatez já me custou muito hoje.

Uma onda de raiva invadiu sua mente, e Kelaya não resistiu à tentação de desafiá-lo.

— Acha... — Ela engoliu em seco, dando um passo à frente enquanto apertava os punhos. — Acha que eu provoquei a morte dos homens da minha tropa?

— Não foi o que eu disse.

— Mas foi o que deu a entender.

Kelaya podia sentir o desconforto dos demais, que olhavam de um para o outro com os olhos vidrados. Não era comum nem sensato um soldado discutir com um superior. Mas aquele homem sabia como tirá-la do sério.

— O que eu acho — ele voltou a um tom mais brando, encarando o vasto azul que se estendia à frente — é que você deveria acatar as minhas ordens, se dirigir à enfermaria e esperar até que retornemos à base.

Kelaya arquejou. Estava claro que ele havia encerrado a discussão. Se ela insistisse, se prestaria ao ridículo. O capitão já tinha decidido e não voltaria atrás. Ela inclinou a cabeça, apertando levemente o olhar, e saiu marchando em passos pesados. Se ele quisesse agir feito uma mula teimosa de ego ferido, que fosse.

Mesmo sem quase nenhum recurso disponível, ela não deixaria de investigar. Não perderia tempo em uma maldita enfermaria. E, pela Fenda, mal esperava para ver a cara do capitão Zion quando ela recebesse o crédito pela descoberta.

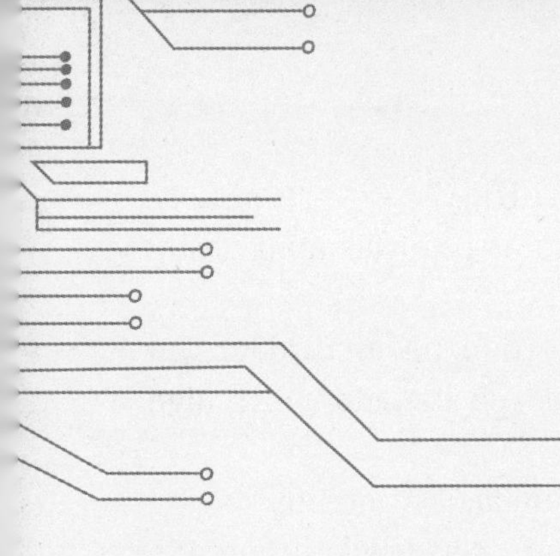

CAPÍTULO 4

KELAYA ESTAVA EM UM PEQUENO apartamento vazio de paredes brancas iluminadas pela luz natural do dia. Sentou-se na única cadeira, bem no centro, e esperou até que a luz fosse embora. O vulto de uma mulher magra passou pela porta e foi para o quarto. Kelaya não conseguia ver seu rosto.

Olhou para as próprias mãos e percebeu que segurava uma xícara de chá. Tentou levá-lo até a mulher, mas ela não atendeu quando a chamou.

— Ela não está mais aí — um homem fardado disse atrás dela. — Você demorou demais.

Kelaya olhou ao redor, e o apartamento não estava mais lá também. Só havia um campo extenso com bombas que começaram a explodir.

De repente, uma multidão correu a sua volta. Um rapaz passou por ela. Kelaya tentou alcançá-lo, queria segurar a mão dele, mas não saía do lugar. Fitou os pés e notou que estavam afundados em meio metro de lama. Quanto mais se debatia, mais sentia seu corpo ser aprisionado.

Uma jovem de olhos marcados, pele marrom e cabelos pretos bem lisos parou a dois passos dela e começou a chorar e implorar por misericórdia.

— Por favor! Por favor! — ela dizia.

Kelaya olhou novamente para as próprias mãos; estavam banhadas em sangue.

Com um sobressalto, ela acordou na escuridão. Um calafrio percorreu todo o seu corpo deitado sobre algo macio. Odiava esses pesadelos.

Esfregou os olhos e foi até a janela, já era noite.

Suspirou fundo e contemplou o céu negro iluminado por um mar de estrelas. Era de lá que a sua espécie viera, cerca de trezentos anos antes. Pouco se sabia do antigo planeta que dera origem à humanidade, apenas que era muito parecido na biodiversidade com o atual e que por isso fora possível que a vida continuasse.

O painel acima da porta indicava que faltavam poucos minutos para aterrissarem na base Babel.

Na primeira hora de viagem, ela tentara de todas as maneiras encontrar algum vestígio do Logos no Vírtua, o banco de dados on-line e único canal de informação da Fenda. Sem sucesso, decidira limpar os ferimentos do corpo e, por fim, acabara aceitando tomar pílulas para dor na enfermaria, o que a fizera pegar no sono em uma das salas privadas da Stella.

Na verdade, ela nem lembrava como tinha chegado até ali, nem que havia tirado a parte de cima do uniforme, agora pendurado em um gancho de metal, e as botas, ficando descalça e de regata.

Em uma mesa que se abria da parede, repousava uma pequena porção de Suii, o líquido cinza ricamente nutritivo que servia de alimento aos oficiais e cidadãos das províncias sob o domínio da Fenda. Foi a forma que o governo encontrara de manter a população livre da fome que assolara o Continente Baixo durante os últimos anos da República. O problema era que, devido ao grande investimento na substância e em matéria bélica, quase não havia outras opções de alimento naquelas localidades, além de suprimentos como cafeína e bebida alcoólica serem raridade — principalmente em Baca, a capital do governo da Fenda.

O gosto amargo e o aspecto pastoso do Suii não eram convidativos, porém, como não seria liberada antes de fornecer inúmeros relatórios da missão fracassada, fechara os olhos, tampara o nariz e se obrigara a engolir de uma só vez a sustança nojenta.

Já recuperada do tormento, pensou em sua comandante direta, a general Amber, e na reação dela quando os recebessem — além de em toda a burocracia de explicar para o alto comando como uma tropa inteira fora pega de surpresa por uma esquadrilha inimiga fantasma.

Elas, assim como Zion, se graduaram no mesmo ano na academia de Hinom, um programa de recrutas especiais, mas seguiram caminhos diferentes na carreira militar. Diferente deles, Kelaya não se candidatara para promoções. Liderar e ser responsável por outros, além de burocrático, não lhe interessava.

Levantou-se e deu uma olhada no espelho acoplado à parede da sala antes de lavar o rosto e os braços na pequena pia disponível no cômodo. Sua aparência ainda não era das melhores. Desfez o coque desgrenhado e o cabelo caiu amassado, um pouco acima do ombro. Passou os dedos molhados entre as mechas para tirar o opaco da poeira. Depois, apanhou a parte de cima do uniforme verde-musgo.

Além do rasgo lateral, as partes do tórax com proteção balística também estavam comprometidas. Afivelou as tiras no peito em forma de "F", tentando ao máximo deixá-lo apresentável perante seus superiores, sem muito sucesso.

— Tripulação, preparar para procedimento de pouso. Passando pelos escudos em dois minutos — um aviso soou nos alto-falantes.

Da janela, podia avistar a torre negra iluminada por pontos quadrados dispostos de forma assimétrica. Era tão alta que o topo curvado e rodeado por um grande círculo aberto, usado como pista de pouso por pequenas naves de transportes, ficava por sobre as nuvens.

A visão era de tirar o fôlego. O local fora reformado a partir de um antigo prédio usado pelo governo da província de Babel, antes de ser tomado pela Fenda durante a batalha de Gilead, cerca de onze anos antes, um marco para a hegemonia da facção no Continente Baixo e quando ele fora dividido de forma definitiva.

Outras localidades haviam sido conquistadas nesse mesmo período, como a metrópole Baca, e, a partir dela, o governo começara a ser implantado. A República não existia mais; alguns territórios estavam sob o domínio da Fenda, outros, sob o do Risa — os simpatizantes do antigo regime —, e tinha ainda os lugares que permaneceram independentes. Era inacreditável o quanto a Fenda havia se estruturado em tão pouco tempo.

Kelaya se lembrava bem desse período porque havia sido um ano após se alistar. Tudo era tão incerto, e ela não passava de uma criança com muitas dúvidas a respeito de sua decisão. Mas quando a Fenda tremulara a bandeira no prédio mais alto de sua cidade natal, praticamente destruída, ela tivera certeza de que esse era o propósito de sua vida: servir à Fenda, não importando quem ficasse para trás.

Respirou fundo. Por algum motivo, recordar esse tempo fazia seu estômago doer. Como se essas memórias indigestas não devessem ser reviradas.

Acabou!, advertiu a si mesma inúmeras vezes.

No momento em que pisara na esplanada da academia de recrutas e escrevera seu nome na lista de voluntários, tudo havia ficado para trás. E lá teria de permanecer para sempre.

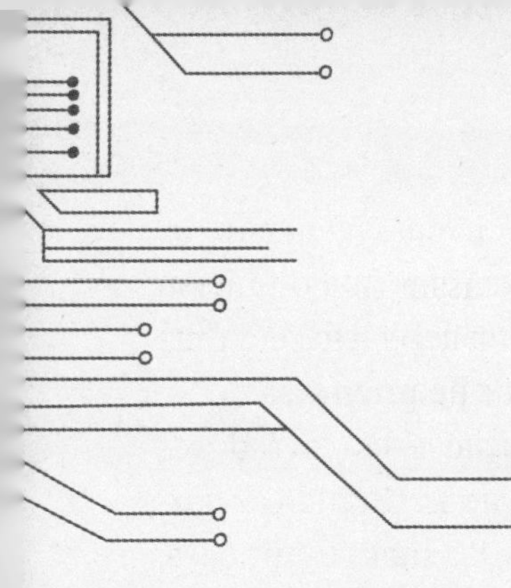

CAPÍTULO 5

ENQUANTO KELAYA ESPERAVA a porta da nave abrir, uma presença acentuada preencheu o ambiente. Ela ergueu um pouco o rosto e enrijeceu ainda mais a postura.

— Como estão os ferimentos, soldado? — o capitão Zion disse.

— Bem, capitão.

Longos segundos se passaram.

— O senhor não precisa fazer isso — ela comentou sem ao menos botar os olhos nele.

— Ah, preciso, sim.

Como o comandante responsável pelo resgate, era da responsabilidade dele dar as primeiras informações aos superiores, mas Kelaya tinha esperanças de que o capitão quisesse evitar a burocracia tanto quanto ela.

Eles marcharam lado a lado rumo à sede da base onde teriam de prestar esclarecimentos. Com os olhos fixos à sua frente, Kelaya tentava não demonstrar esforço para acompanhar os longos passos dele.

Apesar de jovem, o capitão emanava autoridade. O porte físico vultoso e a fisionomia austera o destacavam, reivindicando um respeito implícito por onde passava. Todos os oficiais que estavam no caminho davam passagem para os dois com olhares curiosos. Não era sempre que o famoso "capitão pirata", responsável por êxitos lendários em missões externas, estava presente na base da província.

Eles percorreram juntos a recepção e os corredores brancos da base até chegarem ao elevador. Quando as portas se fecharam, mal se ouvia o ritmo das suas respirações.

— Tem certeza? — ela disse. — Acho que...

— Tenho.

Ela bufou. Ele permaneceu em silêncio.

A general Amber Sheffield os aguardava em sua sala com a porta aberta. Era um local não muito grande, com vários equipamentos de comando, mapas holográficos suspensos no ar e uma mesa comprida bem ao centro.

Amber estava de costas para eles, olhando para o pátio de treinamento através da pequena janela, a única fonte de luz do ambiente. A postura era a mesma de sempre: as costas eretas e o porte esguio no uniforme bege impecável, de patente superior, contrastavam com a pele negra. Seus longos cabelos pretos e crespos estavam presos em um coque alto, com alguns fios soltos suavizando sua figura rígida.

— General Sheffield — ambos cumprimentaram ao entrar no local.

Kelaya não podia deixar de notar a estranheza do momento. Os três haviam cursado a academia e se formaram juntos e, depois de muitos anos, estavam reunidos pela primeira vez no mesmo local e ao mesmo tempo.

— Capitão Haskel — ela respondeu, virando-se. — Soldado K. — Olhou para Kelaya com um olhar altivo. — Vocês terão uma audiência com o secretário de operações especiais do continente em trinta minutos e deverão dar mais detalhes do ocorrido.

Mais detalhes? Algum detalhe já tinha sido dado?

— Pensei que as informações ao comando seriam repassadas pela general, como de costume — Kelaya disse, o cenho franzido.

— Não, eles querem as informações diretamente dos envolvidos. Isso dará tempo para você se recompor. — Amber se dirigiu a sua mesa e apontou com a cabeça para ela.

— O que quer dizer?

— Você sabe... está com uma aparência horrível.

Kelaya abriu a boca para protestar, mas logo a fechou. A comandante não estava errada. Ela mesma tinha constatado esse fato.

— A minha presença será necessária? — Zion interrompeu. Sua voz denotava impaciência.

— Sim, ele faz questão de sua presença. — A general olhou para a porta. — Por hora, estão dispensados.

Zion assentiu com um aceno rápido e se virou. No momento em que estava prestes a sair, ela não resistiu e o olhou de soslaio. Por um milésimo de segundo, ele fez o mesmo.

Assim que o tempo programado no painel começou a correr, jatos de água jorraram em diferentes direções, levando todo o sangue e a poeira que seu corpo magro trouxera da batalha. Ela admirou o abdômen trincado e as pernas definidas, fruto de uma rotina disciplinar de treinos que acontecia todos os dias, quando não estava em missão, antes mesmo do amanhecer.

— Quem precisa de uma patente alta? — murmurou enquanto se enxugava. — Eu escolhi isso.

Havia se aperfeiçoado todos aqueles anos, procurando ser a melhor versão de si mesma, a melhor versão que um soldado poderia ser. Havia estudado muito nos seis anos que permanecera como recruta. Cada aspecto do sistema geopolítico dos continentes. Dominara, pelo menos, quatro técnicas de combate, e não havia nenhuma particularidade do Risa que ela não conhecesse — desde a hierarquia de seu maior inimigo até o funcionamento de cada equipamento.

Exceto esse Logos.

No auge dos seus vinte e quatro anos, Kelaya tinha total ciência do que a Fenda fizera por ela em matéria de educação e oportunidade. Não só por ela, mas por todos que partilhavam de seus ideais e estavam dispostos a se submeter.

Submeter... totalmente, as palavras do juramento ecoavam em sua mente como um constante e, de certa forma, desconfortável alerta.

Afastou os pensamentos incômodos e decidiu vestir o traje formal completo: camisa branca, calça e gravata preta, cobertos pelo sobretudo leve verde-musgo, ajustado por um cinto de couro na cintura, o quepe da mesma cor do sobretudo, e finalizou com as botas coturno muito bem engraxadas. Prendeu os cabelos em um pequeno coque baixo e partiu para encarar a reunião nefasta.

Quando chegou à sala de conferência, Zion já estava sentado. Diferente dela, não estava formal. Ainda vestia o casaco preto, no entanto trocara a parte de baixo do uniforme por uma camisa branca, um pouco aberta na gola, e os cabelos não estavam tão alinhados como antes.

Quando a notou, a perna dele começou a balançar com mais frequência. Kelaya percebeu a engolida em seco.

Zion só a encarou nos olhos quando ela se sentou de frente para ele na grande mesa retangular. Ele ergueu uma das sobrancelhas, de forma perscrutadora, e ela fez o mesmo. Os olhares se sustentaram no ar por algum tempo até que a tela ligou. O rosto redondo do secretário de operações especiais, o marechal Moloch, desviou suas atenções.

— Senhores.

— Secretário — Kelaya e Zion se levantaram e prestaram continência.

Ele fez sinal para se sentarem. Era um homem de meia-idade, baixo, e começava a ficar calvo. Tendo sido o responsável pelo programa de recrutamento de crianças em Baca e depois pela implantação da academia de cadetes especiais da Fenda em Hinom, à qual ambos foram submetidos antes da graduação, era um homem de quem o capitão Zion tinha bastante proximidade.

— Então quer dizer que o Risa anda transportando artefatos misteriosos pelo continente? — o marechal começou, sem nenhuma surpresa.

Artefatos?

Ela piscou e olhou para Zion.

— A soldado Kelaya diz que eles chamam de Logos, senhor — o capitão respondeu com as sobrancelhas unidas.

Ela continuou encarando-o, à espera de que ele lesse a pergunta cravada em seu rosto.

Você sabia?

— Pois bem, *senhorita* Kelaya — o homem se dirigiu a ela com uma expressão debochada no rosto —, diga o que você viu e ouviu.

Durante as duas horas que se seguiram, ambos repassaram todas as informações.

O secretário, que manteve uma expressão entediada no rosto durante a maior parte do tempo, não pareceu surpreso com nada. Na verdade, o leve arquear de uma das sobrancelhas deu a impressão de que ele já sabia do que se tratava — o que só deixou as coisas mais confusas.

Por que não há nada sobre isso no Vírtua?

— Muito bem, capitão — o secretário congratulou. — Fez bem em não ir a uma caçada.

Zion concordou com um leve aceno, enquanto Kelaya teve de fazer força para segurar as pálpebras e não revirar os olhos na frente do homem. Mesmo por videoconferência, a imagem dele era bastante nítida, e ela imaginava que isso também valia para a imagem dela.

— E quanto a você, senhorita... — ele voltou o olhar para ela — foi bastante perspicaz em atentar a certos detalhes, mas tudo deverá ser mantido em total sigilo. Nem mesmo a general Amber deve estar ciente deles.

Estranho. Pular a hierarquia e esconder coisas de oficiais de alta patente não era comum na corporação.

— Vocês terão três dias de folga até colhermos todas as informações de que precisamos — ele continuou. — Isso inclui seus homens, Haskel. E então ambos deverão se apresentar para novas ordens.

Isso, sim, era algo inesperado.

Kelaya pode ouvir o maxilar de Zion se retesar quando a diretriz foi dada.

— O senhor quer dizer que a missão terá continuidade aqui na base de Babel e que a soldado Kelaya e minha equipe trabalharão juntos?

— Sim, capitão. Não vamos envolver mais ninguém nisso. Mais alguma pergunta?

Zion apenas balançou a cabeça em sinal negativo. A chamada de vídeo foi encerrada. De todas as hipóteses que ambos pudessem ter previsto, essa era definitivamente a pior delas.

Eles teriam de trabalhar juntos.

Mais uma vez.

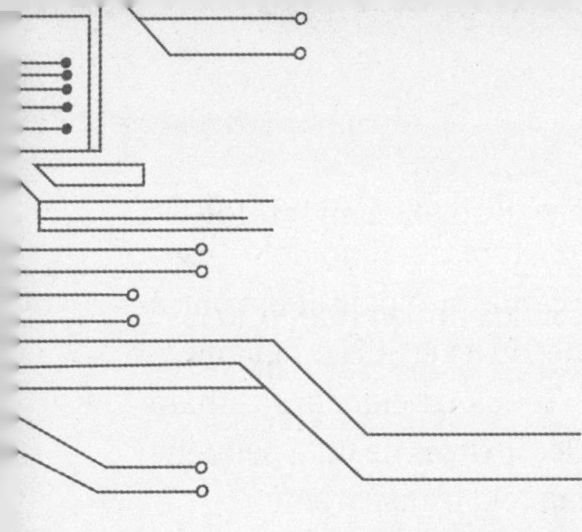

CAPÍTULO 6

A VISTA PRIVILEGIADA DO DÉCIMO andar permitia que Kelaya observasse toda a movimentação do lado de fora da sala de Amber enquanto esperava uma oportunidade para falar com ela antes de partir. Conforme a madrugada lentamente emergia noite adentro, os novatos faziam o treino de adaptação no pátio leste, alguns oficiais trocavam de turno de vigilância e, ao longe, bem ao longe, as luzes das cidades dançavam em azul, rosa e vermelho.

A maioria dos que não estavam a serviço costumava sair nesse horário para os arredores urbanos da região, a fim de conseguir algum escape. A Fenda acreditava que todos eram livres para se expressarem sexualmente, opondo-se a qualquer ideia ultrapassada de reprimir o prazer. Desde que nenhum relacionamento ou compromisso estivesse envolvido, não havia problema.

Família e suas complexidades eram completamente inaceitáveis na corporação. Nos territórios em que a Fenda governava, a instituição "casamento" fora extinta, e as crianças que não eram descartadas pertenciam à corporação. Sua ideologia central era que cada indivíduo tinha como propósito pessoal evoluir, de forma que pudesse melhor servi-la e, assim, servir o coletivo.

Kelaya já tinha debatido essas questões e suas próprias escolhas por muitos anos, e ficar matutando sobre isso agora só a deixava nervosa. Forçando-se a pensar em outra coisa enquanto aguardava, começou a pesquisar novamente no Vírtua sobre o artefato. Todos os cidadãos tinham acesso à rede e ao banco de dados através de uma pequena base portátil, da qual surgia uma tela transparente.

O Vírtua, assim como o Governo Anônimo, era o que dava credibilidade à administração da Fenda. Tudo estava lá: desde o que a população produzia e consumia a informações sobre a guerra e onde e quando cada esquadrão da Fenda prestava missão, dados científicos e registros históricos anteriores à Grande Revolução. Apenas os dados pessoais de outros indivíduos eram de acesso restrito. Por isso, se a corporação sabia sobre o Logos, alguma informação precisava estar lá.

Por que não encontro nada?

Depois que a reunião com o secretário havia terminado, Zion e ela permaneceram calados e estáticos por alguns minutos. Ela tentara balbuciar alguma coisa, mas, antes que tivesse a chance de dizer algo, o capitão saíra irritado. Kelaya aproveitou para trocar de roupa e ficar mais confortável usando calça sarja larga, regata e uma jaqueta por cima. Agora só precisava resolver aquele contratempo.

Depois de meia hora de espera, Amber finalmente saiu de sua sala.

— General? — Kelaya chamou.

Amber parou, olhou para trás e seus olhos se arregalaram.

— O que deseja, soldado? Soube que ganhou folga. — Voltou a caminhar pelo corredor, fazendo sinal para que a outra a acompanhasse.

— Sim — Kelaya desviou os olhos para os próprios pés.

— Então o que está fazendo aqui? Por que não está espairecendo como os outros?

— Não é o tipo de coisa que costumo fazer.

— Ah, sim. Esqueci que você é a soldado perfeita. A corporação agradece. Mas... posso te dar um conselho? Não vale tanto assim. Aproveite essa folga e descanse, pelo menos.

O aviso de Amber parecia franco, e Kelaya achou que deveria ser também.

— Não acho que esse seja o problema, senhora.

— Então você se diverte em segredo, hein? — Amber a olhou de esguelha e sorriu. Pararam em frente ao elevador e a general olhou para o relógio. — Bem, não foi para falar sobre isso que você me esperou até agora, foi?

Kelaya hesitou por um instante.

— Preciso que a senhora interfira na minha missão.

Amber arqueou as sobrancelhas, e um dos cantos da boca se levantou.

— Uma missão de que eu nem tenho conhecimento?

— Mas o capitão falou alguma coisa, não?

Amber não respondeu. Olhou ao redor e suspirou.

— Qual o problema exatamente, soldado?

— Não podemos trabalhar juntos — ela disse em tom de súplica. — Somos incompatíveis em serviço. Ele tem seus próprios homens e métodos, e eu trabalho sozinha. Sem falar que ele não parece ter interesse nenhum nessa missão e colocaria tudo a perder.

A comandante a fitou. As linhas da testa vincadas davam-lhe um aspecto severo.

— Foi o que ele te disse?

— Não exatamente, mas...

— Então, por que você chegou a essa conclusão? — atalhou.

Aquilo soava ridículo, mas Kelaya não conseguiu encontrar um motivo bom o bastante para convencê-la de que não era uma mentira descarada. Não teve alternativa senão apresentar as razões óbvias.

— Não temos uma boa comunicação em combate. Discordamos em praticamente todas as decisões que devem ser tomadas. Sei que ele é meu superior e que devo me submeter a ele, mas você sabe que, às vezes, eu sigo meu instinto. O que, em geral, se prova correto.

As palavras saíram como tiros de metralhadora.

— E quantas vezes, desde a academia, vocês trabalharam juntos? — Amber perguntou.

Kelaya balançou levemente a cabeça.

— Além dessa, nenhuma. — Ela mordeu o canto direito do lábio.

Amber pareceu refletir com a resposta. Olhou para os lados e se aproximou da janela do corredor. Kelaya fez o mesmo e as duas observaram a movimentação externa.

— Uma das coisas mais difíceis para mim, quando eu entrei para a Fenda, foi deixar minhas duas irmãs — Amber disse, seu rosto se contorcendo um pouco enquanto ela falava. — Eu era uma adolescente, você lembra, e elas, muito pequenas quando as entreguei aos tutores. Lembro até hoje dos gritos de desespero pelo meu abandono.

Kelaya estudou suas feições. As narinas estavam dilatadas, e um pequeno tremor se sobressaía na bochecha.

— Eu era jovem, mas nunca me permiti esquecer — Amber continuou. — Fiz questão de manter essas lembranças porque eram elas que me impulsionavam, me mantinham focada e davam algum sentido para tudo que eu estava fazendo.

— O desespero das suas irmãs?

— Sim. — Amber ergueu os olhos, lançando um olhar sombrio. — Eu sempre pensei que todo aquele sofrimento, todo o sacrifício, tinha que servir a um propósito maior. Não podia ser em vão.

De certa forma, Kelaya entendia o que ela queria dizer.

— Olhe para cada um daqueles soldados. — Amber apontou pela janela. — O que será que eles tiveram que deixar recentemente? Que amarras sistêmicas estavam encravadas e tiveram que ser talhadas? Progenitores, irmãos, amigos ou, por mais retrógrado que seja, um relacionamento amoroso?

Kelaya engoliu em seco. Amber soltou um riso triste.

— Eu geralmente não falo sobre isso. Nós não somos incentivados a falar sobre o passado. Se estou abrindo essa exceção, é porque quero que você perceba o quão absurdo foi o que acabou de me dizer. — O tom de voz da comandante aumentava conforme disparava cada palavra, ela se inclinou para frente e a encarou com os olhos faiscando. — Está disposta a deixar uma maldita rivalidade antiga interferir em seu trabalho para a corporação?

Kelaya estremeceu. Dos anos em que a conhecia, foram poucas as vezes que vira Amber tão irritada. Embora ela não estivesse ciente de tudo, estava certa. Isso parecia pequeno demais, comparado a todos os sacrifícios que haviam sido feitos. Também fizera alguns, mas, diferente da general, não gostava de se lembrar deles. Talvez, e essa percepção lhe causou uma pontada dolorida no peito, o verdadeiro motivo de seu incômodo também precisasse ser sacrificado.

Forçando-se a retomar o autocontrole, Kelaya murmurou:

— Ok. Desculpe por isso.

Amber se recompôs e acenou com a mão.

— Tudo bem.

Kelaya fitou os pés e depois a encarou novamente.

— Pode, pelo menos, me dizer o que você sabe e o que está acontecendo?

A outra sorriu e, quase não movendo os lábios, sussurrou:

— Muito bem. Era isso o que eu queria ouvir.

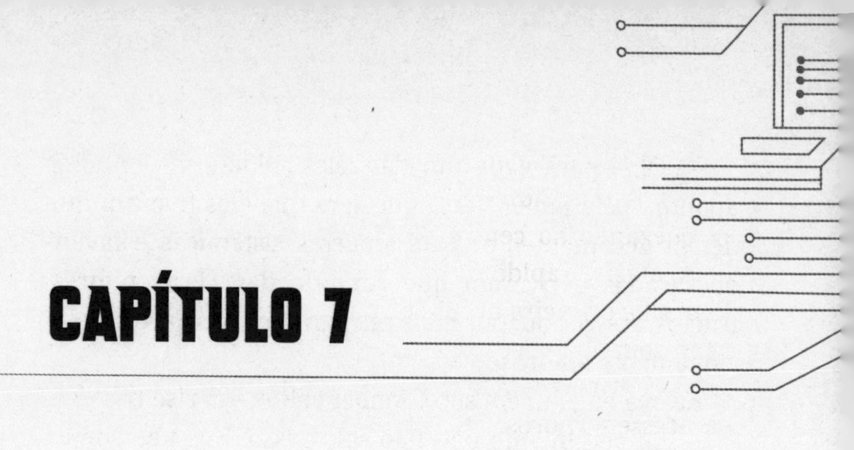

CAPÍTULO 7

KELAYA LEU AO MENOS CINCO VEZES o que estava escrito no pedaço de papel, algo raro e muito caro no continente. Tentava mensurar a gravidade daquelas palavras e o que elas significavam no cenário político atual — sobretudo na guerra.

> Os registros proibidos ligam o Logos a uma espécie de força sobrenatural.
>
> — A.

Elas não tiveram muito tempo para esclarecer as coisas, tudo havia sido feito de maneira discreta. A informação não poderia ser repassada pelo Vírtua, por isso Amber precisara usar de outros meios. Sabendo que estava sendo filmada, puxou de dentro da manga do uniforme o bilhete dobrado em inúmeros pedaços e o depositou na palma da mão de Kelaya, seguido de um aperto, como se estivesse apenas se despedindo.

Com os punhos fechados, a oficial desceu as escadas até os dormitórios, escondeu o pedaço de papel em uma mochila com seus pertences pessoais e pegou o caminho para a estação de submotor, o veículo de transporte coletivo subterrâneo que levava os oficiais até a cidade mais próxima, Sidim.

Chegando ao centro da cidade, Kelaya deu um jeito de se afastar rápido do grupo que desembarcou com ela. Dobrou a primeira avenida e passou pelos becos. As luzes néon sobre a cabeça brilhavam mais do que nunca e, ao fundo, ela podia ouvir risadas, embora algumas vezes elas parecessem choros.

Passou por um grupo de pessoas na calçada usando perucas coloridas e quase nada para cobrir o corpo. "Quer se divertir, soldado?", uma delas disse depois de dar uma baforada no cigarro eletrônico. Do prédio logo atrás, vinha barulhos que ela preferia não ter ouvido. Continuou andando, com pressa.

Assim que chegou à rua pretendida, entrou na terceira loja de portas de vidro com um aviso eletrônico escrito "aberto" em vermelho.

— Quero alugar um velopt sem registro — ela disse para o atendente sentado atrás do balcão com as pernas para cima.

— O segundo oficial da madruga. — Ele fungou o nariz, fazendo um barulho nojento, depois se levantou bem devagar e mergulhou a touca de lã ainda mais fundo nos cabelos compridos e ensebados. — Sabe que é mais caro, né?

O queixo dela apenas subiu e desceu.

Velopt era um veículo de guidão e apenas um assento que deslizava em baixas altitudes, potente e veloz; mas, o melhor de tudo, não guardava registros de navegação. Kelaya sempre usava um desses quando não estava a serviço. Além de práticos, eram seguros. No entanto, eles lhe custavam alguns créditos de escambo a mais.

— Também preciso de alguns créditos em espécie — ela disse.

Ele levantou uma das sobrancelhas e depois tirou uma caixa do compartimento abaixo do balcão.

— Esses oficiais gostam mesmo de se divertir nas zonas neutras, hein.

Ela fez a transferência de crédito através do código informado pelo rapaz, pegou o que precisava e seguiu viagem. Quando passou pela fronteira, um oficial da Fenda analisou sua credencial de identificação, escaneada a partir da digital, e permitiu a passagem.

A locomoção dos soldados entre as zonas neutras e as governadas pela Fenda era liberada pelo governo. Embora alguns territórios tivessem sido dominados através de conflito armado, outros, que ainda se mantinham neutros, estavam em negociação para fusões diplomáticas.

Porém, era proibida a entrada de qualquer produto ou suprimento de fora, uma vez que a maioria eram produzidos pelas indústrias da antiga República, que agora se mantinham nas áreas dominadas pelo Risa. Elas pertenciam a milionários que usavam de todos os meios para obter lucro, inclusive trabalho escravo.

Já era alta madrugada quando Kelaya lera pela primeira vez o papel que Amber lhe entregara e, logo após, pegara a estrada pela rota da encosta litorânea, ladeada pelas

montanhas Leste, rumo ao Vale de Ghor, quase no topo do continente. O cenário se transformara de vilas com centenas de casas em forma de caixas, todas muito parecidas, em prédios cinzas arruinados; depois, em vegetação esverdeada, que aos poucos os encobria, até que só houvesse o verde.

Assim que se aproximou a hora da alvorada, ela estacionou próximo a um dos montes rochosos à beira-mar, subiu o caminho íngreme a pé, sentou-se na pedra lisa e esperou o espetáculo que a deixava perplexa. Sempre que podia, fazia sua rotina de exercícios na parte externa da base, antes de o primeiro raio de sol despontar no horizonte. Quando esse momento chegava, ela parava com as costas eretas, respirava fundo e o apreciava.

No entanto, em meio a toda aquela vastidão natural, tudo parecia muito melhor.

Um brilho tímido surgiu no céu negro impetuoso. Em poucos minutos, uma cintilação fraca ganhou cada vez mais espaço e, adentrando a escuridão, tomou seu lugar de direito. O horizonte agora exibia tantas nuances de cores que ela achava impossível que todas elas já tivessem sido catalogadas.

Ondas de satisfação passaram por seu corpo. Aquele tipo de sensação lhe dava prazer e a deixava plena. Não precisaria fazer nenhuma loucura para obtê-la novamente. Todos os dias, aquele rápido e precioso momento estava ali à sua disposição, sem exigir nada em troca, causando uma espécie de equilíbrio a uma vida tão desordenada. Uma pena que durasse por apenas um instante. Se ela pudesse, estenderia aqueles poucos segundos pela eternidade.

Antes de voltar para a estrada, leu mais uma vez as palavras rabiscadas por Amber. O suor das mãos deixou marcas no papel.

Nada poderia amargar mais seu simples ritual senão o medo do significado daquelas palavras e o que estava por vir.

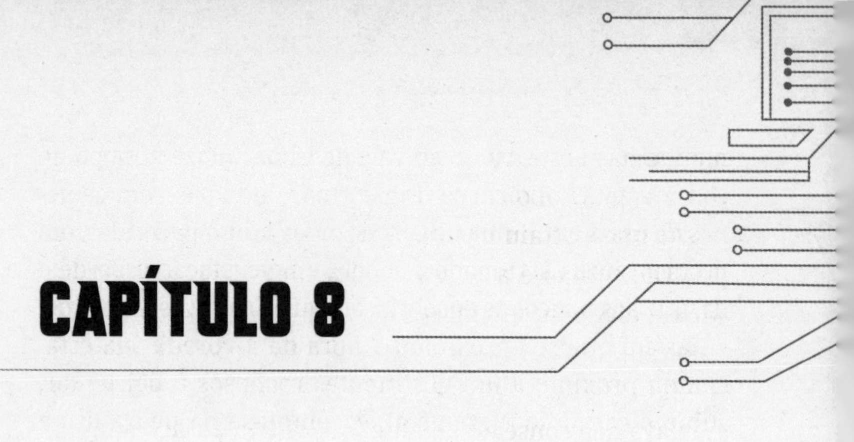

CAPÍTULO 8

O VALE DE GHOR FICAVA MUITO DEPOIS da divisa da zona de controle da Fenda e se estendia entre as últimas montanhas do Leste, próximo ao mar cintilante. Era uma depressão verde inclinada e alongada entre duas vertentes rochosas. Por essas vertentes, passava um pequeno riacho que supria um charmoso vilarejo, habitado em sua maioria por civis comerciantes.

Por ser próxima a portos mercantis, a vila tinha uma variedade diferente e rara de suprimentos. Cidadãos de todos os arredores se dirigiam até lá para obter alguma especiaria. Sempre que Kelaya passava por ali para chegar ao seu destino, fazia uma breve parada.

No início da avenida de pedras cinzas, tão estreita que só podia ser atravessada a pé, era possível avistar a fileira de pequenas construções de madeira e telhado de barro acopladas uma ao lado da outra. Tinham dois andares, de forma que embaixo ficava o comércio e, no andar de cima, os lares das famílias locais. No pequeno espaço entre elas, alguns varais cheios de roupas eram içados e compartilhados.

Kelaya passou pela primeira casa que vendia legumes. Apesar de a entrada do local estar coberta de caixas de nabos, pepinos, cebolas, tomates e cenouras, não lhe chamou atenção. Foi o cheiro irresistível de frutas frescas da estação que a atraiu imediatamente à casa seguinte.

— Oh, se não é a nossa estrangeira — disse uma voz calma e alegre, que vinha de trás do pequeno balcão de madeira. — Nina, veja quem está aqui! Quanto tempo não a vejo?

Kelaya não conseguia manter sua postura séria quando aquele homem magro de cabelos brancos abria seu sorriso radiante, com o sol atravessando as janelas dos dentes faltantes, toda vez que a via.

— Sr. Quin — ela disse com um sorriso acanhado. — Sim, faz algum tempo.

A sra. Nina veio logo em seguida.

Ela vestia uma saia longa e uma camisa florida, vestimenta comum para as mulheres locais, e, como adorno, um sorriso no rosto.

— Olá — ela disse com um leve sotaque no "á". — Como tem passado? Está mais bonita a cada dia.

Kelaya sentiu o rosto esquentar e apenas agradeceu.

Era tão estranho. Aquelas pessoas não a conheciam de fato, não sabiam nada sobre sua vida, mas, sempre que a viam, eram extremamente gentis e tinham uma reverência respeitosa em suas maneiras.

— Você vai gostar do que eu tenho aqui — ele sussurrou. — Estão escondidos no fundo, só para os clientes especiais.

O comerciante a levou a uma sala anexa à loja e, erguendo um pano cinza que cobria uma caixa de madeira, mostrou-lhe o conteúdo como se fosse seu pequeno tesouro.

— Kiwis! — Ela arregalou os olhos. — Não me lembro de ter experimentado ainda, só conheço por imagens.

E eles pareciam ainda mais exóticos e suculentos vistos pessoalmente.

— Oh, não, não, não. Isso não pode ficar assim. Não vou deixar você sair daqui sem provar uma das maravilhas do mundo — disse ele, balançando o dedo enrugado em frente ao seu rosto, iluminado por um largo sorriso.

O sr. Quin escolheu uma das frutas e, com uma colher, separou com agilidade a casca marrom do miolo esverdeado. Quando Kelaya o colocou na boca, o fruto simplesmente derreteu, escorrendo um fio de sulco pela lateral. Era refrescante e docinho ao mesmo tempo.

— Eu não disse? — Ele riu, satisfeito.

Ele estava certo. Era uma experiência diferente, reconfortante. Talvez mais pela atenção que eles tinham dado a ela do que pela fruta em si.

Depois de ouvi-lo falar alguns minutos sobre todos os benefícios que kiwis poderiam proporcionar ao corpo, Kelaya não teve escolha e levou três deles e mais alguns pêssegos. Frutas eram muito caras no continente e simplesmente não existiam nas zonas da Fenda. Decidiu que valiam o investimento.

No vilarejo também havia uma casa responsável pela distribuição do pescado, dos laticínios, dos ovos e dos pães. Os demais comerciantes se revezavam conforme a necessidade dos moradores e a época do ano.

Kelaya perambulava pela rua estreita, entrando e saindo dos pequenos comércios, que a recebiam com a mesma afeição do primeiro. Uma das jovens comerciantes lhe ofereceu uma amostra de um doce caseiro feito de leite, açúcar e frutas e foi impossível recusar. Outra lhe mostrou a nova coleção de roupas que chegara havia pouco tempo do exterior e que seriam tendência da próxima estação. Eram realmente lindas, embora ninguém de onde ela vinha fosse notar. Moda não importava no front de batalha.

À sua direita, em um pequeno gramado envolto por uma plantação de gerânios, um grupo de crianças rechonchudas brincavam enquanto entoavam uma canção. Sorrindo, ela foi até elas. Os versos soavam familiar.

"Vamos brincar e nunca parar, vamos brincar, pois aqui nem sempre iremos estar", diziam enquanto batiam as mãos. Um menino de cabelos castanhos, com o rosto coberto de sardas, se aproximou dela.

— Você quer brincar com a gente? — Ele estreitou os olhos quando olhou para cima. — Mamãe diz pra gente não falar com estranhos, mas... hm... gostei do seu casaco.

As covinhas das bochechas se acentuaram quando sorriu para ela. Kelaya olhou para a jaqueta verde-militar e voltou os olhos para o menino. Ela se abaixou para ficar na altura dele.

— Você gostou? Posso trazer uma para você na próxima vez que eu vier aqui.

— Sério? — Os olhinhos dele brilharam e a boca se abriu incrédula.

— Sim, se você for um bom garoto e no futuro lutar pelo que é certo.

O rostinho do menino franziu. Ele pensou por um momento e depois passou a manga do casaco no nariz que escorria.

— Minha mãe diz que eu sou um bom filho. — Deu de ombros. — Então acho que já tô fazendo o que é certo.

Uma sensação de mal-estar passou pelo corpo dela com aquela resposta, e as vozinhas felizes voltaram a recitar os versos. Kelaya bloqueou qualquer pensamento e decidiu que já era hora de ir.

— Tenho certeza de que sim — disse, bagunçando os cabelos do menino. — Agora volte para seus amigos.

Ele assentiu e começou a pular em um pé só.

Ela os observou brincar por mais alguns minutos e depois voltou pela mesma avenida.

Havia comprado alguns legumes, queijo, uma variedade de chás, pão saído direto do forno e salmão para o outro dia. O cheiro fazia seu estômago dar pulinhos de alegria. Havia quanto tempo não comia comida de verdade?

O Vale de Ghor era um dos poucos lugares que a guerra não havia atingido. A paisagem bucólica, o ar das montanhas e o estado de total contemplação de seus habitantes, que transmitiam paz em tudo que faziam, tinham um poder anestesiante. Era como se a realidade lá fora fosse apenas lembranças borradas de um pesadelo da noite anterior, cujo efeito do terror se dissipava aos poucos, dando lugar ao alívio.

Ali as pessoas tinham outra vida, e Kelaya mantinha a esperança de que, quando a Fenda enfim tomasse o continente por completo, todos poderiam experimentar algo como aquilo. Com o Risa derrotado de vez, uma política de governo realmente justa seria implantada no Continente Baixo. Não havia nada que ela ansiava mais que a chegada desse dia.

Pilotou mais alguns quilômetros rumo às montanhas e, antes que o caminho ficasse totalmente íngreme, avistou a passagem camuflada pela vegetação. A olhos estranhos, era como se não houvesse nada ali. Com o habitual cuidado para não ser seguida, Kelaya entrou. Mais alguns metros, chegou a um campo de força de proteção. Uma sonda suspensa no ar veio em sua direção e escaneou sua pupila. Com a entrada liberada, prosseguiu e, em pouco tempo, contemplou seu pequeno paraíso.

Uma infinidade de flores e folhagens que cresciam indomáveis por todo o lugar formavam um ecossistema rico e selvagem. A abundância de pássaros e insetos atraídos por ele produzia uma melodia doce e harmônica. Algumas ervas daninhas contrastavam os tons de verde, avisando onde seria necessário a manutenção das semanas ausentes.

Andando pela trilha margeada por uma escala de cores, chegou à construção de telhado triangular, com a frente toda de vidro, moldada por folhagens verdes e altas. Nessa hora do dia, a luz do sol da manhã se debruçava sobre a pequena casa de alvenaria, escondida como um tesouro.

Ela estacionou ao lado de outro velopt e parou em frente à porta dos fundos, para que o reconhecimento facial fosse feito e a entrada, liberada.

Embora não fosse sua bebida preferida, o aroma inconfundível do café a recebeu primeiro. O espaço não muito grande estava aquecido, e um leve vapor pairava no ar. Kelaya foi direto para a pequena cozinha guardar a comida e ouviu o barulho do chuveiro de água quente no andar de cima, que cessou logo em seguida.

Colocou os alimentos frios na geladeira e os legumes e as frutas em uma travessa no balcão. Verificou se ainda havia água quente e preparou um de seus chás preferidos. Levou o pão até a mesa, arrancou um pedaço e o cobriu com o creme cheiroso e quente que estava na base de aquecimento elétrico. Kelaya suspirou de prazer enquanto mastigava. Era delicioso! Nada parecido com a gororoba servida na Fenda.

Ouviu uma porta se fechar e passos descendo a escada. Ela perguntou, sem parar de apreciar a delícia em suas mãos:

— O que é isso aqui?

— Chimia de ovo da Província de Laodice — respondeu a voz grave logo atrás dela.

Ela se virou e contemplou a bela figura robusta parada à porta: cabelos negros molhados, vestindo uma blusa cinza de mangas curtas que delineava seus ombros largos, com uma expressão nada parecida com a de algumas horas.

Ali estava Zion Haskel, seu marido.

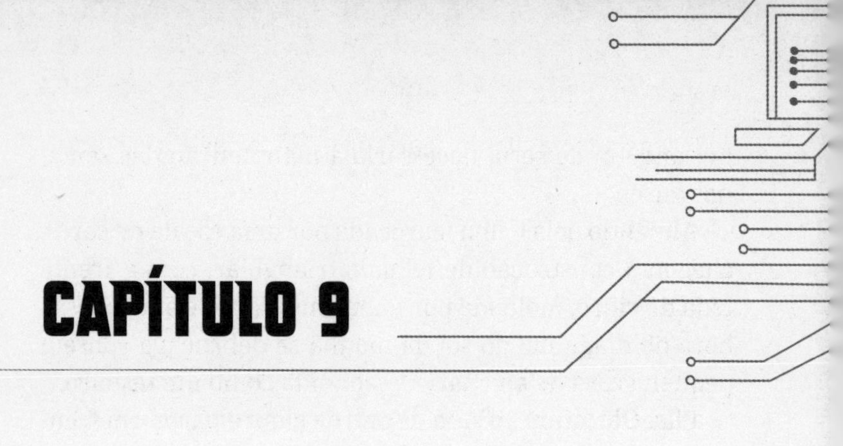

CAPÍTULO 9

NOVE ANOS ANTES

KELAYA HAVIA CHEGADO no dia anterior à unidade de Hinom, designada para cadetes com grande potencial dentro da corporação. A Fenda já havia conquistado alguns territórios importantes no continente e agora preparava uma nova leva de homens e mulheres com qualificações superiores para pôr em prática o plano de tomada geral.

A base era menor do que imaginava, mas estar ali era um triunfo. Como se todo seu esforço tivesse sido reconhecido. Ela tinha valor, era útil à causa.

Enquanto caminhava pelos corredores, viu alguns monumentos de antigos governadores da República vandalizados com os termos “assassino”, “porco”, entre outros palavrões. Permaneciam ali apenas como um lembrete aos recrutas sobre quem era o inimigo.

Kelaya fazia breves anotações mentais sobre o ambiente, quando notou uma sala de acesso ao Vírtua, disponibilizada para pesquisa. Ela se conteve de súbito, avaliando uma possibilidade que, havia algum tempo, inquietava sua consciência. Tinha cortado aquele laço e se orgulhava disso. Mas, muitas vezes, o pensamento sobre o que poderia ter acontecido voltava a nevoar sua mente. Talvez saber a verdade fosse a melhor alternativa para enfim deixar aquilo. Colocar uma pedra em cima e seguir em frente.

Restavam quinze minutos disponíveis antes da primeira aula. Olhou em volta e, depois de garantir que ninguém a estava observando, respirou fundo e entrou. A sala de pesquisa era um espaço mal iluminado e estreito, com fileiras de máquinas recicladas das antigas escolas. Um único cadete fazia uso do local. Ela pensou em esperá-lo sair, mas não podia se dar ao luxo de ingressar na nova base com falta na primeira aula.

Sentou-se na máquina mais distante e começou a pesquisa. Procurou por uma variável: "banco de dados vazio". Tentou mais uma vez, nada. Outra terminologia, o mesmo resultado. De novo, de novo e de novo.

— Droga! — Ela bateu com força na mesa.

Lembrou que não estava sozinha. Olhou de soslaio e viu o recruta a encarando.

Ele se levantou e veio em sua direção. Usava o mesmo uniforme que ela, uma camisa leve azul, de mangas compridas e gola mandarim; calça e coturnos pretos. Ela virou o rosto para o computador e fingiu não o ver se aproximar.

Ouviu-o limpar a garganta para chamar sua atenção, mas continuou ignorando-o.

— Com licença — ele insistiu —, você é nova aqui?

Kelaya suspirou e depois virou a cabeça, percebendo que teria de erguê-la muito alto para conseguir encarar o rapaz parado atrás dela. Ele tinha a mandíbula bem esculpida, seus cabelos grossos caíam repartidos ao meio. Ele era enxerido e bonito.

— Como você sabe? — ela retrucou.

— Essa unidade tem um grupo seleto de recrutas avançados — ele respondeu, erguendo uma das sobrancelhas. — Eu nunca te vi por aqui.

— Cheguei ontem — Kelaya respondeu e virou-se para a tela.

— Precisa de ajuda com isso?

Ela fechou os olhos e suspirou. Estava envergonhada por ter demonstrado sua incapacidade e agora teria de lidar com a inconveniência daquele garoto.

— Não — respondeu de forma seca.

Ele não se mexeu. Kelaya podia senti-lo ainda encarando suas costas. Estava ficando cada vez mais nervosa. Virou-se outra vez e o fitou. O rapaz estava sério e parecia um pouco impaciente por ela tê-lo interrompido, seja lá o que ele estivesse fazendo.

— Você parece ter dificuldade em manusear o sistema de pesquisa. — Ele apontou com a cabeça para a máquina. — Eu posso ajudar.

— Eu só... — Ela piscou duas vezes e mirou a tela novamente. Percebeu que não conseguiria o que queria e que talvez ele fosse sua única chance. — Está bem.

O garoto puxou uma cadeira e se sentou ao seu lado. Era tão grande que as pernas longas não se ajustavam muito bem ao móvel, parecia ter que fazer um pequeno esforço para se manter equilibrado. Ela desviou os olhos das pernas dele, franziu a testa e tentou se concentrar.

— Esses algoritmos de pesquisa são muito mais avançados do que os que eu tinha acesso antes. Não consigo encontrar os dados de... — Kelaya ponderou se deveria compartilhar a informação com um estranho.

— De? — Ele analisou o conteúdo da tela. — Parece que é um civil.

Kelaya acenou de forma direta e sentiu o rosto ficar vermelho. Ele se aproximou de sua orelha, provocando um arrepio, e sussurrou:

— Você sabe que não podemos fazer esse tipo de pesquisa, certo?

— Pensei que aqui pudesse.

Ele riu.

— Tenho certeza de que você sabia que não, mas achou que pudesse usar o argumento caso fosse pega. — O tom dele era descontraído.

Kelaya sentiu o semblante se suavizar, e uma tristeza ressentida tomou conta de si. Ele continuava observando-a, mas, por um instante, por um único instante, ela não se importou de demonstrar a decepção. Como se uma pequena brecha tivesse sido exposta e coberta no mesmo instante, ela se levantou, empertigou as costas e endureceu o rosto novamente.

— Obrigada pela ajuda, senhor — disse e saiu, deixando-o com o rosto marcado pela surpresa.

Depressa, ela foi em direção à sala de aula. Ficou repassando o episódio e se repreendendo pela cena. Todos que entravam na Fenda tinham que, de alguma forma, reprimir quaisquer que fossem os fardos que traziam de fora. E, às vezes, isso os tornavam ainda mais pesados. Ela sempre soube disso e conseguia disfarçar bem. Até agora.

O tenente responsável pela aula entrou. Seu rosto austero demonstrava rigidez. Ele a encarou e depois verificou uma informação no console que dava acesso ao sistema na mesa.

— Você é a garota nova — afirmou.

— Sim, senhor! — Ela prestou continência. — Recruta Kelaya se apresentando.

Ele mirou alguém que vinha atrás dela.

— Zion, você será o responsável pelo monitoramento da caloura.

A pessoa em questão se colocou ao seu lado e era justamente o recruta da sala de pesquisa.

Isso não era bom!

Quando foram dispensados, ela pensou em falar com ele. Pedir desculpas pelo ocorrido e garantir que nunca mais aconteceria. As chances de ele não a delatar eram mínimas. Na academia, todos os recrutas eram adversários, todos concorriam por posições privilegiadas nos esquadrões, mas não custava nada tentar. Poderiam fazer um acordo.

No final da aula, ela foi uma das primeiras a deixar a sala. Percebendo que seu monitor não estava entre os recrutas que saíram, recostou-se na parede e esperou. Será que ele já estava falando com o tenente, repassando o que tinha acontecido? Sentiu uma pontada de dor no estômago.

Kelaya enfim o avistou vindo em sua direção. Ao passar por ela, ele desviou o olhar. Estava com raiva?

— Ei! — Ela foi atrás. — Posso falar com você?

O rapaz se virou e franziu a testa.

— Sim.

— Queria agradecer de novo pela sua ajuda hoje cedo e pedir que você mantenha aquilo entre nós — ela disse, segurando o braço dele com a mão direita.

Não era bem isso que ela queria ter dito. Parecia uma exigência, e não um pedido de desculpas.

— Nós quem? — Ele arqueou uma sobrancelha, da mesma forma que havia feito na sala de pesquisa.

— Eu e você.

— E você é...?

Ela arregalou os olhos.

— Kelaya — respondeu em um tom ríspido, sabendo que ele tinha ouvido muito bem o nome dela. — Meu nome é Kelaya.

Ele riu. Um sorriso bonito e provocante.

— Desculpa. Eu gosto de saber o nome das mulheres com quem mantenho segredos.

Kelaya sentiu o rosto arder.

— Não… não é esse tipo… Eu não sou nenhuma das mulheres com quem você mantém segredos.

— Bem… — Ele deu de ombros e abriu um sorrisinho. — Foi você que acabou de propor.

Uma fúria repentina dominou o espírito dela. Mal se deu conta e as palavras já tinham sido jogadas contra ele:

— Você é imbecil, por acaso?!

Zion arregalou os olhos e ela se arrependeu na mesma hora, o pedido de desculpas tinha sido um desastre. Engoliu em seco.

— Você sabe muito bem do que estou falando. — Ela abaixou seu tom de voz para algo parecido com um sussurro suplicante. — Estou falando sobre mim… sobre minha tentativa de pesquisar um civil.

O sorriso dele desvaneceu e a testa enrugou.

— Não se preocupe — ele respondeu. — Não sou do tipo delator. Mas você deveria tomar mais cuidado.

As palavras eram reprovadoras, mas a voz, suave.

— Vou tomar — ela baixou os olhos.

Ficou mais à vontade com a reprimenda do que com a provocação.

Com um leve sorriso escondido nos lábios, Zion acenou com a cabeça, então virou-se e foi em direção à quadra de treinamento.

Kelaya teve a sensação de que aquele garoto alto de costas largas ainda lhe traria muitos problemas.

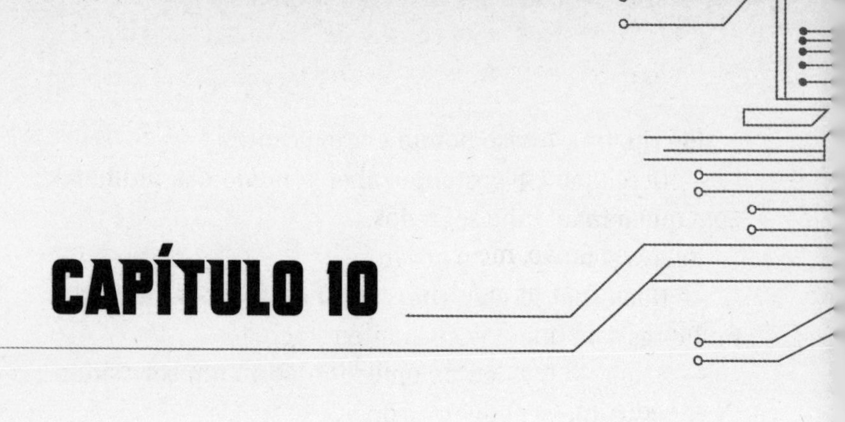

CAPÍTULO 10

PRESENTE

— COMO PÔDE SER IMPRUDENTE ASSIM? — Zion rugiu.

— E você, como pôde ser tão displicente? — Ela apontou o dedo em riste. — E ainda insinuar que a culpa das baixas foi minha!

— Eu fiz o que deveria ter feito, e você não quis entender só porque estava brava demais por ter sido eu a te resgatar!

De fato, ela não tinha gostado nem um pouco disso. Mas não era esse o problema.

— Você se recusou a me ouvir de imediato. — Ela balançou a cabeça. — Se fosse Tai ou qualquer outro, teria considerado.

Ele soltou uma risada sarcástica.

— Tai jamais chegaria à sua ousadia perante um superior. É minha tripulação. Minha responsabilidade. Você não entende o que é isso, não sabe o que é trabalhar em equipe, só pensa em si mesma!

Oh, aquilo doeu. Ele, de todas as pessoas do mundo, era o único que não podia acusá-la disso.

Ela piscou para segurar qualquer vestígio de lágrimas, mais de raiva do que qualquer coisa. Não, não daria esse gostinho a ele.

— Ah, é? Então, me diga, o que eu estou fazendo aqui?

Zion colocou as mãos na cintura e suspirou como se esse fosse o último fôlego de seus pulmões. A pequena discussão tinha lhe custado mais que toda uma temporada de expedições.

— Sim — ele sussurrou e se sentou no sofá, único móvel da sala —, é impressionante que ainda esteja.

Kelaya abriu a boca para se defender, mas logo a fechou. Simplesmente soltou uma risada incrédula e saiu para o jardim. Quem sabe arrancar algumas ervas daninhas não acalmasse seus ânimos?

Eles não eram mais os jovens prodígios que ingressaram na corporação, disso ela tinha certeza. A guerra os havia endurecido, criado cicatrizes e aumentado aquelas que já existiam. Algumas delas, eles compartilhavam entre si. Outras pertenciam somente a cada um deles.

Ela sentia que, a cada vez que eles se viam, estavam diferentes, mais distantes. Como duas partes de um iceberg que se fragmentara e agora eram separadas por um oceano gelado.

Pegou a faca da bota, a mesma que cortara algumas gargantas no dia anterior, e começou a arrancar as pragas que rodeavam uma de suas folhagens mais bonitas. Puxou uma por uma das pontas marrons, os caules diferentes que brotavam entre a terra e que não faziam parte daquela espécie de planta. Às vezes, usava mais força do que deveria, levantando terra e pedrinhas.

Como Zion tivera a audácia de insinuar aquilo?

Houve momentos em que ela realmente duvidou se a relação ia dar certo e se convenceu que fora um grande erro, uma loucura. Não apenas porque era proibido pela corporação e significava uma grande traição, mas porque exigia tempo e um esforço exaustivo para mantê-la — justo o que a Fenda não queria de seus homens. Nada que estivesse à frente dela. Nada que exigisse maior sacrifício do que ela.

A princípio, tudo havia sido apenas uma aventura rebelde entre dois jovens cadetes. Mas essa aventura acabara se tornando algo diferente, que nenhum dos dois queria largar.

Percebendo que começava a fazer mais estrago do que bem às suas plantas, Kelaya parou. Foi até a torneira de água corrente, que ficava do lado de fora da casa, e observou a água escorrer por entre os dedos, deixando levar a terra das suas mãos e quem sabe o calor que efervescia sua mente.

Zion ainda estava sentado no sofá quando ela entrou, as mãos unidas em frente ao rosto e os cotovelos apoiados nos joelhos. Seu olhar era distante. Daquela pequena troca de acusações, só o que restou foram alguns minutos de suspiros pesados.

Ela não queria ficar brigada. Ainda mais diante de uma missão tão importante que exigiria a colaboração de ambos.

— Preciso te mostrar uma coisa. — Kelaya quebrou o silêncio e, indo até a cadeira onde estavam suas coisas, tirou da mochila o bilhete que Amber lhe havia dado. — Sei que o que você fez foi o que achou melhor para a sua equipe, mas ainda acho que eu estava certa. — Entregou-o a Zion e depois se sentou ao seu lado.

— Tenho certeza de que acha. — Os cantos dos lábios dele se ergueram e os olhos penetrantes se fixaram nela. — Mas nós combinamos que, se um dia tivéssemos que trabalhar juntos, nos trataríamos como dois oficiais estranhos.

Kelaya concordou.

— Foi isso que eu tentei fazer — ele continuou. — Eu pensei que, se fosse qualquer outro oficial me pedindo, eu não acataria aquela loucura.

Ela não respondeu, apenas o encarou, pensativa. Ambos se achavam certos, não poderia culpá-lo por isso.

— Papel? — Zion levantou o bilhete.

— Arcaico, né?

— Mas pode ser útil, às vezes. — Ele esfregou o material entre os dedos, antes de ler o conteúdo. — O que isso quer dizer?

— Não sei. Amber me entregou de forma extraoficial antes que eu saísse da base. Tem algo a ver com a missão e com o que nos espera.

Zion sorriu.

— O que foi?

— Nada — respondeu, devolvendo-lhe o bilhete. — Só acho que você e Amber estão atrás de uma lenda.

— Como assim?

— Existe uma lenda em alguns povoados do exterior envolvendo os povos do Planeta Origem. Algo que eles usavam para controlar as pessoas, antigos escritos.

— Leis?

— Sim, eles criavam leis a partir disso. Mas era algo mais. Uma crença. As pessoas realmente acreditavam no que os escritos diziam, que era real. Uma espécie de poder esquecido que pairava pelo universo — explicou Zion, erguendo uma das mãos para sinalizar o absurdo da ideia. — Alguns ainda acreditavam que, se uma pessoa renascesse através desse poder, ela mesma teria poderes sobrenaturais.

— Tipo magia?

— Talvez — ele deu de ombros e se recostou no sofá.

— A Fenda já sabia disso?

— Fui informado, assim que cheguei ao continente, que algo raro da época dos pioneiros foi encontrado pelo Risa, e me pediram para saqueá-los. Nesse meio-tempo, interceptamos a sua mensagem de resgate.

— Entendi.

— Não imaginei que eles disporiam de tantas naves para proteger o "artefato" — Zion disse com as sobrancelhas unidas. — Deve conter alguma informação importante sobre o Planeta Origem — ponderou por um instante —, algo que não sabemos.

— Sobre esse poder sobrenatural?

— Não — ele fez uma careta. — Nem mesmo os riseus acreditam nisso, tudo não passa de lenda.

— Mas não importa. — Ela se virou totalmente para o marido. — Mesmo que eles não acreditem, se serve para controlar a população, já basta. É pior do que eu pensava. — Balançou a cabeça. — Lidar com armamento é uma coisa, lidar com superstição é bem diferente.

Zion não parecia estar preocupado.

— Superstições e ideologias não parecem o mesmo? — ele disse com uma voz distante. — Envolvem o medo e a fé e, ainda assim, são abstratos e inalcançáveis.

Kelaya contorceu o rosto. Ele sempre questionava algumas regras da corporação. Mas esse não era mais um comentário de escárnio, e sim de desesperança. Ela sentiu o peso de suas palavras, quase como se fosse uma confissão. Não havia traços de diversão nele.

— O que está acontecendo com você? — ela perguntou.

Ele apertou os olhos com a ponta dos dedos e meneou a cabeça.

— Imagino que meus homens se fizeram a mesma pergunta quando quase perdi o controle assim que vi aqueles malditos destroços com a possibilidade de você estar entre eles ontem.

Ela desviou o olhar.

— E você nunca perdeu o controle?

— Eu não me lembro de ter acontecido antes. — Uma risada melancólica passou por entre os lábios dele. — Mas, pelo menos, eu me convenci de que a Fenda está certa em um ponto.

— Qual?

— Que isso — ele apontou de um para o outro — nos deixa menos racionais.

— Não acontecerá de novo — Kelaya respondeu baixinho, mirando os próprios pés.

— Como você sabe? — Ele se inclinou de forma que ela respondesse à pergunta olhando para ele.

— Vamos nos preparar melhor.

— Como? — Perguntou de forma provocativa, aproximando ainda mais o rosto. Estava tão próximo que ela podia sentir a tensão em seu maxilar. — Me diga, querida esposa, de que forma, durante esses três dias aqui, vamos nos preparar melhor para isso?

Kelaya ergueu o queixo e tentou se levantar. Ele a agarrou pelo braço e a puxou de volta. Era a primeira vez que se tocavam desde que se reencontraram. Zion tentava provocá-la, ela só não sabia em que sentido.

Com a mão livre, tocou-lhe o ombro, empurrando-o para trás, enquanto posicionava seu joelho no sofá. Também sabia jogar.

— Talvez — ela se inclinou totalmente na direção dele —, se você soubesse se controlar, seria mais fácil.

— Talvez — ele imitou a voz dela —, se você se exibisse menos com aquela espada.

Ela arregalou os olhos. Então era isso que o tinha deixado de mau humor?

— Você gostou? — provocou, esperando que ele levasse na brincadeira e se desarmasse. — Posso usar com você.

— Não posso dizer que gosto de resgatar minha esposa no ar a oito mil pés de altura.

— Não estava tão alto assim.

— Sim, estava — ele grunhiu.

— Foi legal, confessa! — Deu uma piscadela.

Zion a encarava com intensidade. De repente, ele a puxou para o seu colo. O olhar debochado dele havia ido embora, substituído por uma certa melancolia. Era como se o marido pedisse por um tipo de compreensão que ela não conseguia dar. Havia algo de errado, mas ele não falaria. Não naquele momento.

Ele passou a ponta do nariz de forma demorada bem abaixo de sua orelha, fazendo cócegas e causando um leve estremecer. Podia sentir o respirar quente roçar contra sua pele sensível.

— Promete que não vai fazer novamente algo do tipo, Kel? — Ele acariciou uma de suas mechas acobreadas, enquanto ela passava os braços em volta do pescoço dele.

— Vou tentar. — A voz saiu meio risonha, meio entrecortada.

Zion riu e a apertou com mais força.

— Você não entende, não é mesmo? — ele disse, colando os lábios contra a curva de seu pescoço.

— Me faça entender.

Uma de suas mãos traidoras tocou o rosto do marido, que se ergueu, depois sublinhou com as pontas dos dedos a boca, que agora sorria para ela. Kelaya adorava quando ele sorria.

— Vou fazer — ele disse suave, beijando-lhe a ponta dos dedos, a mão e... talvez ela tenha entendido. Não nas palavras não ditas, mas quando seus lábios se encontraram e ele a beijou sem pressa. Quando tocou em seu corpo de forma voraz e ainda gentil, buscando um consolo iminente. E também quando tudo acabou e ele a envolveu com os braços protetores, como se não fosse capaz de um dia soltá-la.

CAPÍTULO 11

QUALQUER QUE FOSSE O OBJETO dos sonhos de Kelaya, o cheiro inebriante vindo da cozinha o dissipou completamente. Ela se espreguiçou na cama, entre os lençóis macios. O sono tinha sido maravilhoso, mas, acima de tudo, necessário. Olhou em volta. A luz da tarde se consumia e invadia o quarto através da parede de vidro. As nuvens roxas contra a matiz amarela e laranja refletiam por todos os lados: no chão, nas paredes e no teto inclinado em forma de triângulo. Era como se ela mesma tivesse subido aos céus.

Zion havia preparado comida e, pelos sons que vinham do andar de baixo, estava agora se exercitando.

Ao descer as escadas, encontrou-o fazendo flexões com o rosto vermelho e o peito suado.

— Já comeu? — ela perguntou, indo direto para a cozinha.

— Não, estava esperando você acordar. — Ele se levantou em um pulo. — Comi uma daquelas frutas de casca marrom que você trouxe.

— Oh, os kiwis! Não são uma delícia? O sr. Quin guardou especialmente para mim.

— E como ele sabia que você viria? — Os cantos da boca dele vergaram em um sorriso depois de enxugar o rosto com uma toalha.

— Vai ver que ele tinha essa esperança. — Ela suspirou de forma dramática enquanto pegava os pratos e talheres.

Zion foi até ela e a beijou antes de se sentar no banco acoplado ao balcão.

Assim que se serviu do cozido de legumes, ela sorveu um pouco do caldo ainda quente. O gosto era tão bom quanto o aroma que preenchia o ar.

Nos últimos tempos, tudo estava mais limitado, principalmente nas zonas dominadas pela Fenda. Muitas das coisas que eles conseguiam era através de contrabandos ou feiras próximas a portos de distribuição de territórios neutros, como o comércio no vale.

— Então — ela disse —, fale um pouco de sua equipe.

— Você já conhece eles.

— Sei o básico. Quantidade, funções e histórias interessantes. — Sorriu ao se lembrar de algumas delas. — Mas preciso de detalhes. Pontos fortes, pontos fracos.

— Por quê?

— Hã... Talvez porque eu terei de trabalhar com eles?

— Você vai trabalhar comigo, não com eles.

Kelaya sufocou o desejo de soltar uma risada sarcástica. Isso era uma das coisas que eles precisavam acertar. Na verdade, tudo precisava ser deixado bem às claras antes de a missão começar.

— Estou falando sério. — Zion arrancou um pedaço do pão que estava próximo, mergulhou na comida e levou até a boca. — O que tiver para falar com eles, é só falar comigo.

Ela suspirou. Não ia começar outra briga.

— Preciso saber sobre cada um deles e como me serão úteis em momentos de perigo. — Gesticulou com a colher na mão. — Não espere que eu vá até você para perguntar em uma situação de emergência.

Zion teve de parar a colher no ar para deixar seus ombros balançarem com a risada.

— Está com medo de que eles gostem mais de mim do que de você? — As sobrancelhas dela se ergueram.

— Impossível! — Ele balançou a cabeça. — Quando sairmos, prometo te passar um relatório e apresentar cada um deles.

Ela assentiu, satisfeita. O capitão Zion tinha orgulho de sua equipe, e ela sabia muito bem disso. Ele assumira a capitania muito jovem, apenas três anos após a graduação. Alguns homens já estavam na Stella quando ele fora nomeado para o posto e outros tinham chegado depois.

A princípio, ficaram receosos por serem comandados por um oficial inexperiente. Mas, com o tempo, uma cumplicidade foi forjada entre eles, o que logo se transformou em confiança, algo raro na Fenda. Embora Kelaya não compartilhasse desses métodos de camaradagem, ela respeitava isso.

Eles faziam expedições no exterior, em sua maioria, colocando espiões e suprindo simpatizantes da causa. Nos outros continentes, a forma de governo era quase a mesma que a da antiga República. Alguns totalmente livres e à mercê das grandes indústrias, outros com certa intervenção estatal, mas em geral, todos apresentavam os mesmos problemas característicos da antiga forma de governo. Nada mais lógico que a Fenda preparasse o terreno para quando a causa chegasse a esses locais.

— O que acha se, depois de comermos, dermos uma volta na trilha? — ele sugeriu.

— Como nos velhos tempos? — Os olhos dela brilharam.

Um sorriso malicioso, maior do que qualquer um que ele tinha mostrado naquele dia, se abriu.

— Sim. Como nos velhos tempos.

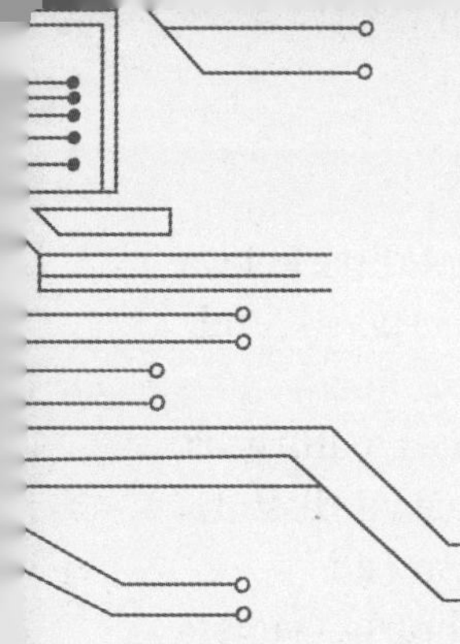

CAPÍTULO 12

KELAYA INCLINOU O CORPO para frente e depositou as mãos nos joelhos. Esperava que, ao inspirar o ar gelado da noite, a ardência no peito fosse embora.

Já estava mais de uma hora correndo pela floresta e nenhum sinal da trilha que a levaria ao topo, o ponto de chegada do desafio.

Zion e ela faziam isso quando estavam na academia. Eram largados em competições em meio a uma floresta feroz, tão densa e sufocante que a possibilidade de se perderem para sempre era real. De fato, alguns recrutas jamais foram encontrados.

Próximo à casa, em volta das montanhas tropicais, havia uma extensão de terra coberta de árvores emaranhadas com troncos tão largos, folhas e musgos exuberantes, que provocavam a mesma sensação.

Em vez de tomarem a trilha marcada, às vezes — para deixar tudo mais emocionante — eles combinavam de entrar em um ponto qualquer da mata e quem conseguisse encontrar algum senso de direção e chegar primeiro ao lugar escolhido vencia.

— Exaustivo, excitante e muito divertido — disse Kelaya ofegante contra o vento quando levantou o corpo. — Ainda mais quando eu ganho.

Talvez essa selvageria estivesse em suas naturezas. O constante andar em cima da linha tênue e rir disso foi justamente a falha de caráter que os levara até ali.

Já recuperada, Kelaya sentiu uma sombra passar em suas costas. Em um movimento rápido, desembainhou a faca de dentro da calça e circulou o ar ao redor de si. Provavelmente era só um animal pequeno que estava caçando.

Caçando?

Ela lembrou que alguns animais levavam sua presa à parte leste da mata, cruzando a trilha. Se ela pudesse seguir os rastros do animal, chegaria até ela.

A escuridão não lhe dava muitas opções. Tateou o chão até encontrar alguma superfície com marca recente e seguiu até que a última se perdesse.

Estava perto, só precisava de mais um pequeno vestígio.

Fechou os olhos e se concentrou em ouvir. Eram muitos os sons, uma verdadeira sinfonia natural. O farfalhar das folhas, o movimento dos organismos vivos que compunham a fauna, o canto alternado dos insetos e a balada melancólica dos pássaros.

Permanecendo alguns segundos em total silêncio, ela conseguiu captar um movimento contínuo. Ali estava seu guia. Seguiu o animal pela sonância de seus passos e não demorou muito até alcançar a delimitação de terra que abria um rasgo na vegetação até o topo da montanha.

Ela se pôs a correr pela trilha, pegando cada vez mais velocidade. Estava chegando ao seu destino, já era possível ver o clarão da grande Lua refletindo na clareira. Mais rápido, mais rápido, como se sua vida dependesse disso. Como último recurso, prendeu a respiração e jogou o corpo para frente, aterrissando com força no chão.

Tudo isso para ela levantar a cabeça e dar de cara com o sorriso mais presunçoso do mundo.

— Mas que...?

— Você demorou. — Zion ofereceu a mão para ela.

Kelaya não aceitou a ajuda para se levantar. Tirou o pó da calça de moletom e da camiseta justa, foi até o centro do gramado e se sentou no chão com os braços apoiados nos joelhos. O marido a acompanhou, com aquele maldito sorriso grudado no rosto.

— Você roubou? — ela inquiriu, o cenho franzido.

Ele arregalou os olhos, e sua boca ficou entreaberta por alguns segundos, como se alguém o estivesse impedindo de falar.

— Não!

Aos poucos, a respiração dela foi voltando ao normal. O ar frio tremulava e uma sensação relaxante foi dominando seu corpo. Podia sentir que Zion mantinha os olhos fixos nela. Como se quisesse alguma satisfação. Ela ergueu a cabeça.

— O que foi?

— Por que isso é sempre tão importante para você? — ele respondeu, sentando-se ao seu lado.

— Isso o quê?

— Sempre vencer. Ser a melhor em tudo.

Ela ponderou.

— Bem... Eu acho que esse deve ser nosso propósito, superarmos todos os nossos limites até encontrarmos a melhor versão de nós mesmos.

Zion fez uma careta.

— E nossa melhor versão tem que ser sempre melhor que a dos outros?

— Se os outros não se esforçam tanto, por que não? — Kelaya deu de ombros. — Além do mais, eu preciso, se quero alcançar algum respeito.

— Você acha que essa é a única forma de ser respeitada?

Era uma pergunta um tanto injusta, considerando que para ele era mais fácil. Sempre era.

— Talvez, para você, não. — A voz ganhava um tom mais enérgico. — Mas, para mim, sim.

Essa não é a única esperança da humanidade?, ela refletiu. Evoluir nas capacidades intelectuais, físicas e sociais. Não era nisso que a Fenda acreditava?

Zion se deitou de costas na grama e começou a observar as estrelas.

— Se isso for te deixar melhor — ele disse baixinho —, você é muito famosa e respeitada na corporação.

As palavras a pegaram de surpresa e, talvez, para ele tenha sido um sacrifício pronunciá-las.

— Está falando sério? — Ela o encarou. — Como você sabe? Alguém falou alguma coisa? Por que nunca me contou?

— Você já é orgulhosa o bastante — foi o que ele se limitou a responder com um sorriso pouco animado nos lábios.

Kelaya deu um tapa de leve nele e se inclinou para trás com os braços apoiados na grama.

— Talvez devêssemos ser melhores só no que realmente importa — ela disse.

— E o que importa para você?

— A causa.

Não era óbvio?

Zion não respondeu.

Eles ficaram um bom tempo em silêncio, beneficiando-se do ar limpo da floresta.

— Você já teve medo do desconhecido? — ele perguntou com os olhos fixos no céu. Antes que ela pudesse responder, completou: — Não um medo comum, mas uma sensação de pavor e abandono causada pela imensidão hostil do desconhecido. Não saber de onde viemos, por exemplo.

— Acho que sim. — Ela o encarou. — Mas nós sabemos de onde viemos. De um planeta igual a esse, é bem simples, na verdade.

Essa era a única coisa que sabiam sobre o Planeta Origem. Tinha água doce e salgada, uma extensão de terra rica em vegetação e animais, um satélite natural e uma distância perfeita da estrela mais próxima, que não permitia que eles fritassem com o calor nem congelassem com o frio.

— Isso não é suficiente. Não pode ser só isso — Zion respondeu, desdenhoso. — Mas não é sobre isso que estou falando, e sim de uma sensação.

— Hmm. — Ela fez uma pausa. — Lá na floresta, eu senti quando um vulto passou atrás de mim. Poderia ser um animal selvagem, e eu teria que estar alerta para me defender. Mas, por um momento, você sempre pensa: e se não for um animal? — Enquanto ela falava, ele virou o corpo em sua direção. — E se for algo que eu não conheça? Seria mais estranho e apavorante do que perigoso, na verdade.

Uma brisa fresca fez os fios soltos do cabelo dela dançarem no ar. Zion continuava a observá-la em silêncio.

— Faz sentido para você? — Ela o mirou com a testa franzida. — Sobre o que perguntou? Falando em voz alta, parece ridículo.

— Faz, sim. — Ele ajeitou as mechas soltas e depois lhe acariciou o rosto com a parte de cima dos dedos, traçando uma linha em sua pele. — Eu gosto de ouvir quando você fala essas coisas estranhas.

Ela revirou os olhos e ele sorriu.

— Por que me perguntou isso?

— Não sei, eu só estava me lembrando daquilo que te contei, a lenda — ele virou-se de novo para cima. — Imagina se houvesse mesmo um poder invisível por trás de tudo isso? Quer dizer, quão mau ele seria? No mínimo, indiferente.

Essa história parecia tão fantástica que era difícil acreditar que tanta gente do passado tinha sido enganada por ela. Mas, ainda assim, era divertido pensar na possibilidade de ser real, como fazia quando era criança e inventava narrativas fantásticas para passar o tempo sozinha.

— Talvez esse poder não controle as pessoas. — Uma ideia surgiu em sua mente e ela se levantou em um impulso, girando o corpo para Zion. — Talvez ele não queira ou não possa fazer isso. Quem sabe ele precise ser controlado por alguém?

— Quem? — As sobrancelhas dele se juntaram.

— Alguém merecedor.

O tom dela era sugestivo o bastante para ele dar uma gargalhada em resposta.

— Oh, claro! — Ele respondeu, limpando as lágrimas dos olhos. — Você.

Os dois riram tanto que seu estômago começou a doer e ela teve de se inclinar para esconder o rosto no peito dele. Zion a abraçou.

Quando ela levantou a cabeça, a euforia do momento já tinha passado.

Observou o rosto do marido de pertinho, o sorriso ainda estampado dava uma aparência condizente com sua idade. Zion só tinha vinte e seis anos, embora alguns cabelos brancos já fossem visíveis. Mais visíveis quando estavam assim, meio desgrenhados.

Será que os subordinados dele já o tinham visto desse jeito, tão espontaneamente relaxado? Ou era algo somente dela? Kelaya gostava da sensação de ter esse lado dele quase que exclusivo.

— O que você faria se tivesse um poder sobrenatural? — ela perguntou, depois que o silêncio tomou a clareira.

Ele se mexeu sob o peso do corpo dela e refletiu por alguns instantes.

— Acho que eu mudaria algumas coisas. Principalmente o passado.

— Você acha que esse poder pode fazer isso?

— Eu nem sequer acredito que ele exista. — Zion a puxou para mais perto, enquanto o outro braço apoiava a cabeça. — Você se lembra de quando, um pouco antes da nossa graduação, em vez de sairmos para comemorar com os outros, acabamos nos encontrando na praia?

— Óbvio que sim. — Ela sorriu. — Foi o dia em que me propôs essa pequena loucura.

— Você me disse que sabia como eu fui parar na Fenda.

Ela fez que sim com a cabeça.

— Você foi uma dessas crianças que o procedimento de descarte não deu certo — Kelaya disse, recostada ao peito dele. — Acabou sobrevivendo graças a uma cientista e depois foi recolhido pelos oficiais.

— E você deu a entender que minha circunstância, comparada à sua, que teve de deixar alguém, era simples.

— E era! — Ela levantou a cabeça. — A situação em que nos encontramos agora prova que eu estava certa. Quando não há nada para deixar, é mais simples.

— Não é tão simples para quem nunca teve o que deixar para trás. Você não tem certeza se está sendo protegido ou impedido.

— Por que está pensando nisso agora?

— Por nada. — Ele elevou os cantos dos lábios, mas o sorriso não chegou aos seus olhos. — Acho que esse é um daqueles momentos em que tudo passa pela nossa cabeça.

Apesar daquele episódio desastroso de resgate, Kelaya não sentia mais tanto receio com o que estava por vir. Confiava na habilidade dela e na competência dele.

— Bem... — ela falou como se estivesse se preparando para um grande discurso motivacional. — Independente do que acontecer, será mais seguro, para nós dois, agirmos de forma completamente profissional. Sem hesitação.

Zion apertou os lábios e deixou escapar um riso sarcástico.

— Pois eu diria que seu modo profissional é bastante antiprofissional.

O queixo dela caiu.

— Tem dado certo para mim. Muito certo, aliás.

Ele encontrou o olhar de sua esposa e o sustentou por um tempo.

— O que foi? — ela perguntou baixinho.

— Nada. — Aninhou novamente a cabeça dela em seu peito e a beijou no topo. — Acho que você tem razão. Vamos lidar muito bem com isso.

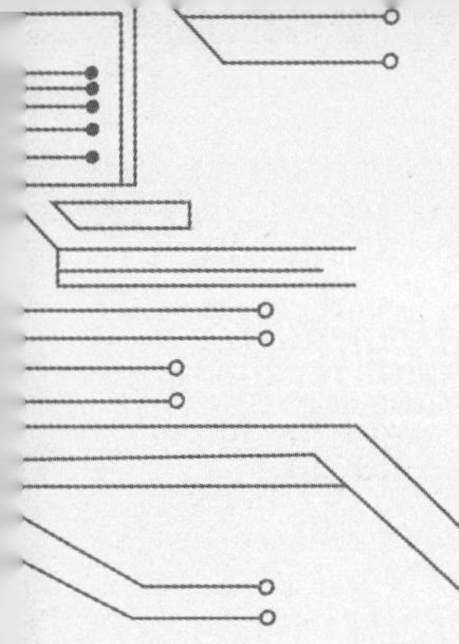

CAPÍTULO 13

— **OFICIAL SAMARA TOSKI**, responsável pelo gerenciamento de toda a burocracia da Stella Capitânia — disse uma jovem baixa, de nariz arrebitado e olhos pequenos, em tom de excitação e com um sorriso estampado no rosto. — Sou eu, também, quem distribui os suprimentos pelos setores. Estou incumbida de te apresentar o funcionamento e os integrantes da nave. Bem-vinda a bordo, oficial. — Ela estendeu a mão e Kelaya respondeu com um aperto. — Por favor, me acompanhe.

Samara movia os quadris largos no mesmo ritmo do balançar do rabo de cavalo na cor vermelha, preso no topo da cabeça. Elas andavam pelos corredores da nave e Kelaya a analisava de esguelha, tentando adivinhar que história estaria por trás da gerente administrativa de uma nave como aquela. O que havia feito dela uma das principais oficiais de seu marido?

Marido. Precisava esquecer esse termo ali. Sempre que voltava de casa, levava algum tempo para se acostumar. Ainda mais com ele tão perto. Os dois dias restantes passaram rápido demais, na opinião dela.

Depois de se apresentar na base para a missão, ela fora dispensada pelo marechal Moloch para se instalar na nave. Zion ficara para receber as diretrizes da missão, enquanto o tenente Tai e os quatro guardas permaneceram na recepção à espera dele. Kelaya gostaria de ter ficado, mas resolveu não se opor às ordens do secretário logo de início e aproveitou para estudar melhor seus novos companheiros de equipe.

— Você já deve conhecer o tenente Tai Bassebete — Samara disse enquanto seguiam pelo corredor. — Ele é o braço direito do capitão. O responsável pela nave quando ele está ausente.

Kelaya fez que sim. Zion confiava muito nele e, por conta disso, ela tinha certa consideração, apesar da maneira estranha como ele a recebera no dia do resgate.

Elas entraram em uma das salas principais do andar superior.

— Esse é Elazar, o oficial encarregado pela navegação e pelos cálculos de posição da nave. — Samara apontou para um jovem de cabelos cor fumê e pele oliva, sentado em frente a uma grande máquina de instrumentos. Ele se levantou e cumprimentou Kelaya. — Elazar, Tai e eu formamos, como o capitão diz, os três poderes da Stella.

Kelaya riu, mas não ficou surpresa. Zion era metódico e sua liderança era caracterizada principalmente por confiar e delegar poderes.

As duas continuaram andando pelas salas do andar superior da nave enquanto Samara citava cada um dos oficiais presentes e apontava para suas posições habituais.

— Tenho três ajudantes que ficam comigo em meu escritório, na parte central do convés superior.

Elas foram até o escritório, e Kelaya notou uma espécie de expectativa nos olhos dos oficiais ao cumprimentá-la. Gostou disso.

— Na guarda particular do capitão, temos quatro supersoldados — Samara continuou listando já no corredor. — Rob, Emil e Daniel, ou apenas Dan. Eles são liderados por Beno. Você deve ter visto algum deles no dia que retornou da missão conosco.

Sim. Kelaya se lembrava de quatro feras rosnentas que haviam se colocado em seu caminho e, por um momento, calculara como aniquilá-las.

Continuaram percorrendo os corredores até chegarem à grande sala de onde Zion comandava toda a nave. Não estava tão iluminada como no dia em que ela estivera ali. Em vez da luz natural do dia entrando pela grande janela, uma luz fria e artificial predominava no ambiente.

— Aqui é a sala de comando principal e, além do capitão e do tenente, também ficam os irmãos gêmeos Lisa e Cal, pilotos da nave.

Cal fez sinais com as mãos, e ela lembrou que Zion havia dito que um dos seus pilotos era surdo.

— Significa "seja bem-vinda" — ele explicou, dessa vez falando, e Lisa sorriu como se tivesse reafirmado a saudação do irmão.

Kelaya acenou a cabeça sem saber muito bem o que fazer.

Como eles eram gêmeos e tinham essa ligação biológica, fora possível implantar um aparelho na cóclea de cada um, fazendo com que todas as vibrações sonoras captadas pelo sistema auditivo de Lisa estimulassem também as células ciliadas de Cal; dessa forma, o piloto podia ouvir as ordens através dos ouvidos da irmã. Ela presumiu que eles haviam tido uma performance superior nos treinamentos devido a esse recurso e, por isso, a Fenda abrira uma exceção quanto ao parentesco.

Com a tensão do dia do resgate, quando discutira com Zion na frente deles, não havia percebido esse detalhe. Agora, prestando mais atenção, podia reparar nos pilotos e nas semelhanças entre eles: ambos com um belo sorriso no rosto, cabelos negros, olhos grandes e profundos e a pele marrom. Lembravam até alguns povos que eles... bem, ela preferia não pensar nisso.

Kelaya e Samara desceram um andar, onde ficavam as cabines de repouso.

— A nossa enfermaria, você já conhece, é composta pela médica geral, a dra. Mark, e uma enfermeira, Beth.

Samara foi citando todos os nomes e as funções dos integrantes da nave enquanto continuavam a inspeção pelos pavimentos.

A Stella Capitânia era muito bem equipada. Poucas eram as tripulações que dispunham de tantos profissionais como aquela. Havia oficiais responsáveis pelo armamento, pela proa, pelo almoxarifado, pela mecânica — fora os subalternos e os demais marinheiros, como eram chamados, homens altamente treinados que também ajudavam na manutenção geral da nave. Ao todo, trinta e sete oficiais lutavam ao lado do capitão Zion.

— Alguma pergunta? — Samara disse enquanto soltava uma lufada de ar, como se tivesse acabado de realizar um treinamento físico.

Kelaya balançou a cabeça em sinal negativo e depois alisou o novo uniforme de combate. Estava nervosa. Não sabia muito bem como se portar na frente daquela equipe. Ela havia analisado cada um deles, em que situações lhe seriam úteis, registrando seus rostos em uma memória fotográfica. Eles pareciam tão... tão unidos.

Indo em direção ao elevador, uma porta por onde ela não havia entrado lhe chamou a atenção.

— O que é isso? — perguntou ao mesmo tempo que a abria. Deu de cara com um pavilhão vazio e extenso ocupando quase toda a extensão do andar inferior.

— Ah — Samara foi até ela —, isso... isso é um espaço que utilizamos às vezes.

— Para quê?

— Treinamento — ela respondeu em um ímpeto.

Na mesma hora, um aviso no alto-falante anunciou que o capitão e seus homens estavam embarcando. Samara aproveitou para fechar a porta bem rápido.

— Vamos? — ela disse com um riso nervoso.

Só era possível ter acesso à cabine particular do capitão Zion através de um corredor que ficava dentro da sala de comando. Kelaya e os "três poderes" do capitão foram convocados até lá para uma reunião de emergência. Quando eles entraram, Zion estava recostado sobre uma mesa oval no centro, com o habitual casaco preto e os cabelos perfeitamente alinhados para trás. A luz não era fria como no restante da nave; transmitia uma sensação cálida, refletindo cada item do espaço de forma diferente.

Atrás dele, havia um armário fechado acoplado à parede; ela suspeitava que era lá que ele guardava seus pertences pessoais. Ao lado, uma pequena bancada onde era possível visualizar certos utensílios; dentre eles, alguns um tanto incomuns. Estavam enrolados, eram feitos de papel e tinham o formato de um bastão.

Havia, também, uma espécie desconhecida de planta que destoava do restante do ambiente; uma caneca inteligente, para preparar seu precioso café; uma poltrona confortável; e, logo atrás, uma cavidade na parede que dava lugar a uma cama, revestida apenas por um lençol branco.

Kelaya olhou para o rosto dos demais, eles não estavam desconfortáveis por estarem ali. Ela concluiu que o espaço era comum para eles.

Talvez fosse o mais íntimo para Zion e não havia nenhum vestígio dela.

Por que me incomodo com isso?, pensou ao encarar o capitão. Ele mantinha os olhos vidrados na mesa, a expressão dura como ferro.

— Nossa missão é destruir uma base do Risa localizada em uma zona neutra — Zion disse ao levantar o rosto. Um holograma com o mapa de parte do continente surgiu entre ele e o restante dos oficiais. — Ela foi descoberta por um de nossos espiões. Fica em um antigo navio cargueiro, ancorado em um recorte litorâneo na parte nordeste do continente, próximo às últimas montanhas.

Kelaya sentiu o sangue esfriar. A base ficava próximo à casa deles. Ela observou o rosto do capitão, mas ele não demonstrou emoção alguma.

— Os relatórios enviados demonstram que o horário de menor movimento é por volta da segunda metade da madrugada. Vamos nos beneficiar da névoa para fazer a emboscada e invadir.

— Sim, senhor — os três oficiais da Stella disseram juntos.

Ela se limitou a estudar o mapa.

— Elazar, qual o resultado do teste da tecnologia de invisibilidade? — Zion perguntou.

— Que tipo de tecnologia, capitão? — Kelaya interrompeu.

Ele fez sinal para Elazar responder.

— Um dos motivos pelos quais vocês não conseguiram rastrear a esquadria do Risa na última missão e nem ele percebeu a aproximação da Stella, é devido a uma nova tecnologia que bloqueia o sinal de rastreamento. Esse sistema vem do exterior, e nós já o vínhamos testando. — Ele se virou para Zion. — Os últimos resultados foram satisfatórios, capitão.

— A Fenda nunca nos falou sobre essa tecnologia — ela retrucou.

Elazar olhou de esguelho para o capitão e pigarrou.

— É uma tecnologia nova e ainda vamos repassar para a direção — Zion respondeu por ele. — Essa missão será nosso teste definitivo.

— Então nem o inimigo consegue nos rastrear, nem nós a eles?

— Exato — Tai respondeu. — Nesse caso, a nossa vantagem é que, como ele está ancorado, já sabemos sua exata localização.

— Hmm... — Kelaya inclinou o queixo, pensando no porquê de essa informação não ter sido repassada às outras unidades da corporação.

— A ordem é apenas destruir — o capitão continuou. — Aniquilar todo o carregamento e não deixar reféns.

— É uma base armamentista, capitão? — Elazar perguntou.

— Não. Acredito que não.

— Alguma informação do que teremos que destruir, senhor? — Samara questionou de braços cruzados, segurando uma prancheta digital.

— Tudo.

Zion encarou o console de comando na mesa e contornou no mapa o trajeto que seria feito até o local. Ficava incrivelmente próximo ao Vale de Ghor, mas nunca suspeitara da presença inimiga na região.

Com apenas um toque na tela do console de comando, a imagem mudou para o esqueleto de um navio. O comandante mostrou quais seriam os pontos que os canhões da Stella deveriam atingir, onde os ganchos das cordas seriam lançados e a área em que os oficiais saltariam para a tomada.

Kelaya esperava saber qual seria sua participação.

— Agente especial — Zion a encarou —, você vai aguardar minhas ordens quando já estivermos dentro do navio para invadir a cabine de comando e matar o líder da base antes que ele possa fugir.

— Alguma informação especial sobre ele que eu precise saber, capitão?

— Há algumas histórias sombrias sobre ele, imagino que será divertido para você arruiná-las.

Ela sentiu que os outros se agitaram levemente. Franziu o cenho.

— O que, exatamente, senhor?

— Parece que ele é um homem invencível. — A boca de Zion se transformou em uma linha dura.

— Rá! — Sentiu um sorriso despontar em seu rosto. — Gostei!

— Foi o que pensei.

Todos os outros se entreolharam.

— Informem a tripulação sobre a missão, vamos fazer a maior parte do trajeto pelo mar. — Ele determinou, desligando a projeção do mapa. — Mantenham-se nas poltronas de segurança durante o voo. Sairemos em vinte minutos.

Kelaya foi a última a deixar a sala. Quando olhou para trás, viu o marido jogar o corpo na poltrona e levar as duas mãos à testa. O que será que o preocupava?

Enquanto passava pelo corredor, Tai se posicionou caminhando ao seu lado. Ela virou a cabeça para encará-lo: as sobrancelhas franzidas em forma de "V", a boca formando uma linha reta.

— Para o bem de todos, faça apenas o que o capitão ordenou — ele disse, fitando-a nos olhos.

Os cantos da boca de Kelaya se levantaram em um sorriso fresco.

— Não é sempre o que eu faço, tenente?

Kelaya apressou o passo e foi preparar suas armas.

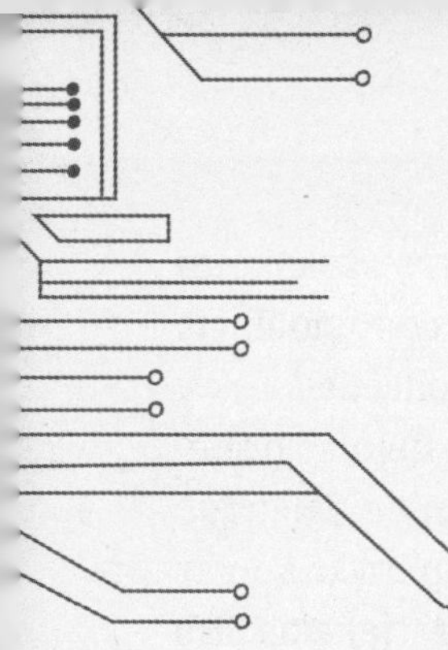

CAPÍTULO 14

OS MOTORES DA STELLA CAPITÂNIA bramiam estridentes havia pelo menos dez minutos. Era como um grito agudo de um animal sofrendo, clamando por ajuda. Com as mãos trêmulas, Kelaya se desvencilhou do cinto de proteção e foi até a janela, contrariando a ordem do comandante. Mas que se dane, ela já tinha sido paciente por tempo demais, precisava saber o que estava acontecendo.

A velocidade havia diminuído e as asas da nave se retraíram, enquanto as beiradas se deslocaram e inclinaram, modificando a aerodinâmica. Eles estavam planando em uma altitude muito próxima ao mar.

Logo a bruma turva da madrugada tomou a paisagem, impedindo Kelaya de ver o que quer que estivesse acontecendo.

Ela saiu para o corredor iluminado por luzes de alerta. Não tinha uma viva alma fora de seu posto. Nenhuma correria ou sinal de desespero. E o som que a nave emitia ficava cada vez mais alto, tamborilando em cada parte de sua mente.

No tempo em que caminhou em direção à sala de controle, a escuridão piscando em vermelho e o silêncio a cercaram. Ela olhou em volta e, antes que tivesse chance de se segurar em algo, um impacto a jogou com violência para trás, fazendo-a bater com a cabeça na parede.

O fôlego no peito ficou pesado, a cabeça latejou e o som em sua mente agora era abafado por um zunido delgado.

Kelaya rastejou até encontrar algo sólido para se apoiar e, quando enfim ficou de pé, mirou a luz da janela. Eles estavam embaixo d'água. A nave havia caído. Ela precisava escapar. Mas e quanto ao Zion e à tripulação? Por que não faziam nada?!

De repente, o chão começou a se inclinar, e uma força a puxou de novo para trás. Dessa vez, ela conseguiu agarrar um tubo de ferro acoplado à parede. Os pés não tinham mais apoio e seu corpo pendia solto no ar.

Olhou para a janela, que agora estava acima de sua cabeça, e viu a nave se movendo, indo rápido em direção às águas cintilantes da superfície.

Incrivelmente, a proa da Stella perfurou o limite que separava água e céu, emergindo em um salto poderoso e aterrizando firme em meio ao furor do mar. Depois de estabilizar as pernas, Kelaya olhou outra vez pela luz da janela, que dançava conforme a ondulação das águas.

O que havia acontecido?

As luzes se acenderam e alguém veio em sua direção.

— Precisa de ajuda? — A voz era de Elazar.

Ele tentava manter um semblante impassível, embora o sorriso debochado insistisse em escapar pelos lábios.

— Só me leve até o capitão.

Zion a fitou assim que ela entrou na sala de comando. Os pilotos fizeram o mesmo.

— A transfiguração ocorreu sem nenhum problema, capitão. — Elazar se adiantou.

— O que aconteceu? — Zion perguntou para ela, ignorando totalmente seu oficial náutico.

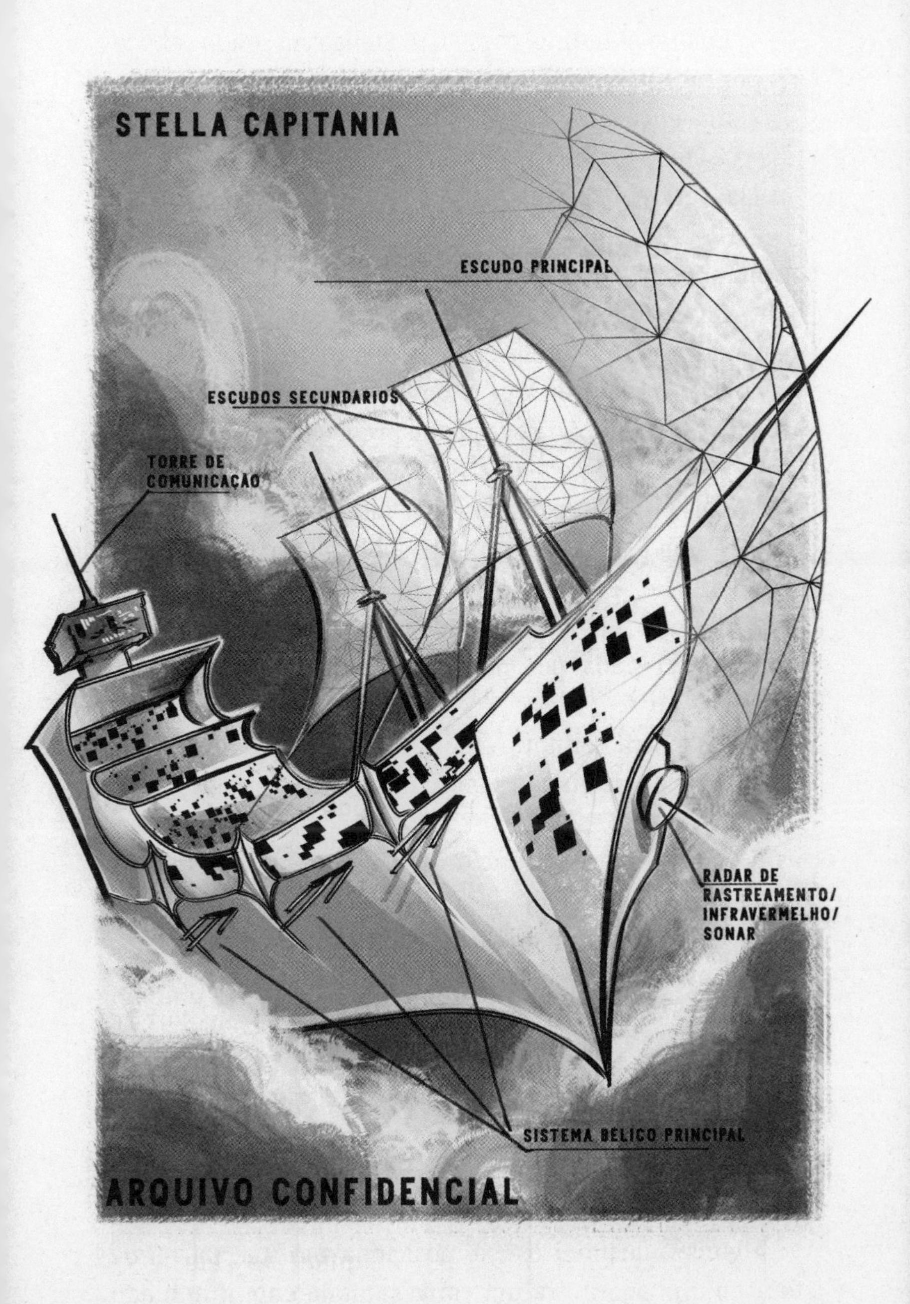
STELLA CAPITANIA
ESCUDO PRINCIPAL
ESCUDOS SECUNDÁRIOS
TORRE DE
COMUNICAÇÃO
RADAR DE
RASTREAMENTO/
INFRAVERMELHO/
SONAR
SISTEMA BÉLICO PRINCIPAL
ARQUIVO CONFIDENCIAL

— Eu que pergunto, capitão. A Stella está sendo rebocada por um cruzador marítimo?

Zion a encarou e sorriu com apenas um canto do lábio.

— A Stella é um cruzador marítimo.

Ela o encarou boquiaberta.

— Por que não me avisou dessa pequena manobra, capitão?

— Eu disse que iríamos fazer a maior parte do trajeto pelo mar e para ficar em sua poltrona e não sair, sol-da-do.

— Não me avisou que a nave entraria em um breve colapso e que eu não deveria me preocupar.

— Tenho certeza de que você sabia — ele disse entre os dentes, os olhos arregalados faiscando. — Está ferida?

Será que Zion havia contado sobre essa pequena façanha para ela? A verdade é que, quando ele começava a se gabar demais, ela não prestava mais atenção nele. Agora se sentia culpada por não o parabenizar por algo tão extraordinário.

— Tudo bem, senhor. — Ela abanou a mão. — Foi só uma batida, nada que eu não supere nos próximos minutos.

Ele bufou e depois voltou a atenção para Elazar, que o aguardava meio constrangido com seus relatórios de procedimento. Kelaya andou em direção à janela e esfregou os olhos para ter certeza do que estava vendo.

— Isso é incrível — ela disse, fascinada.

— A *stella* do mar — Lisa respondeu com um sorriso divertido.

Zion dizia que a Stella era seu navio, mas Kelaya não imaginara que era de forma literal. Uma estrela do céu e do mar. Havia quantas coisas sobre ele nas quais ela não tinha prestado atenção?

Alguns marinheiros se posicionavam na parte de fora do que agora era um convés, totalmente iluminado pelos refletores da borda, fazendo os ajustes necessários para a navegação.

Kelaya se lembrou do dia de seu casamento, em uma embarcação mercante clandestina. O capitão do navio era um antigo oficial estatal da República e tinha poderes para realizar a cerimônia. Ela usou um vestido emprestado de uma das tripulantes que viajava com eles na cabine comunitária e estava fugindo do continente. Quando a mulher soube por acaso da intenção deles, fez questão de que Kelaya usasse algo especial. Considerando o brilho intenso nos olhos de Zion quando a viu e o fato de que poucas foram as vezes que ela usara um vestido, de fato, o momento se tornou especial.

Um sorriso curto roçou em seus lábios enquanto recordava. Eram tão jovens e ingênuos. Olhou novamente para o marido. Zion se mantinha concentrado, dando suas coordenadas. Será que ele se lembrava? Será que, toda vez que Stella se tornava um navio, Zion tinha alguma lembrança daquele dia?

Kelaya virou a cabeça, e Tai, que a observava, abaixou os olhos rapidamente. Para disfarçar, ele foi até a poltrona lateral e começou a operar os instrumentos no painel holográfico.

— Repassando localização para base — Zion se dirigiu a ele.

— Localização enviada — o tenente respondeu com as bochechas um pouco coradas.

Depois de o encarar sem nenhuma cerimônia, Kelaya voltou a atenção para a janela, concentrada no movimento da tripulação. Minutos se passaram até o capitão receber novas ordens na escuta.

— Aumentar velocidade para 32 nós — ele ordenou.

Uma grande vela preta de um material emborrachado caiu pelo mastro central do convés, inflando em seguida.

— Velocidade aumentada — ambos os pilotos responderam.

— Houve uma mudança nos ventos, por isso o ataque será adiantado em trinta minutos. — Zion se dirigiu a Tai. — Prepare a equipe.

O tenente repassou a ordem, e um silêncio cortante tomou a cabine. Canhões surgiram ao longo de todo o casco, posicionando-se em direção à costa.

Um leve ressoar mecânico chamou a atenção de Kelaya. Ao se virar, ela viu uma espécie de manche automático se erguendo na frente de Zion, em pé no mezanino.

— Tripulação, controle manual de velas — ele disse enquanto digitava no painel holográfico. Colocou suas mãos pesadas sobre o leme e o virou com tudo.

Mas o que é...?

— Se segure!

Foi o que ela achou ter ouvido antes de ver o horizonte dar um giro de noventa graus.

Quando a nave se estabilizou, ela o encarou incrédula. Uma das covinhas no rosto dele se destacou, moldando um sorriso torto.

— Está preparada para o ataque? — ele perguntou.

Kelaya voltou a mirar o infinito à sua frente.

— Tenho tudo que preciso.

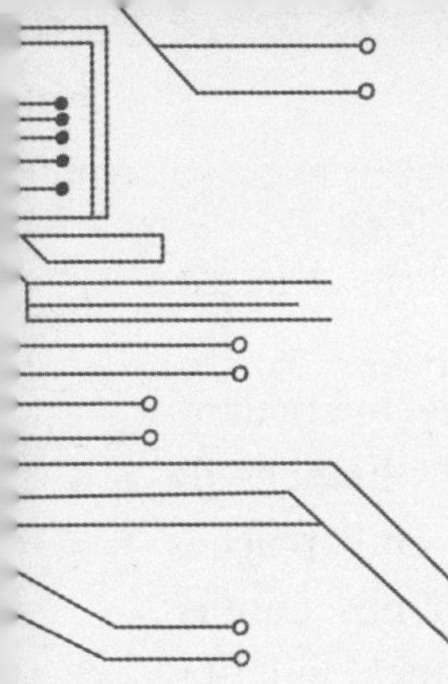

CAPÍTULO 15

AS CORES VERDE E VERMELHA do brasão tremulavam com velocidade no mastro do navio, da mesma forma que os corpos dos marujos tiniam ao movimento do ar. Toda a equipe estava a postos, esperando por uma ordem, mas a única coisa que se ouvia era a violência das turbinas contra o oceano raso.

A Stella Capitânia avançou constante em direção ao alvo enquanto a névoa cobria a encosta como uma manta protetora. Apenas os picos das montanhas ao fundo rompiam a bruma, banhados pela luz da lua cheia.

O capitão usou a velocidade e o fator surpresa a seu favor. Quando o primeiro alerta na parte externa da Stella ecoou mar adentro, pequenos mísseis submersos de longo alcance correram em direção ao cargueiro. Poucos minutos depois, flashes vermelhos pintaram o navio inimigo, e o som das explosões veio após uma fração de segundos.

O primeiro sinal de resistência surgiu logo em seguida através de raios lasers. Deixando-se levar pela força da inércia, Zion jogou o leme de súbito para o outro lado e a Stella estalou alto. Os tiros rasparam a lateral antes de encontrarem a água. Sem perder tempo, os canhões da nave revidaram o contra-ataque com uma série de suscetíveis disparos.

Assim que a base do Risa foi completamente encurralada e os cascos dos navios se chocaram, os homens da Fenda fizeram uma ponte entre as duas embarcações usando pranchas compridas com ganchos nas pontas. Estavam prontos para entrar em batalha franca, só precisavam da ordem.

Em meio ao alvoroço de tiros e gritos dos combatentes, Zion e Kelaya foram juntos em direção ao convés onde os homens aguardavam. Ela empunha a espada, e ele, uma lança gigante.

— O passadiço do comandante fica no terceiro andar acima do convés. — Ele apontou quando se aproximaram da borda.

— Tudo bem.

— Se você precisar de...

— Pare — ela interrompeu erguendo a mão —, nem pense em dizer isso.

Eles não tiveram tempo para discutir.

Preso por uma corda, um riseu veio do outro navio, quase voando em meio às sombras, com uma adaga em direção às costas de Zion. Kelaya se adiantou e, girando a espada, cravou-a na garganta do oponente. Ele caiu como uma serpente impedida de dar o bote.

Ela parou com as mãos trêmulas e o coração bombeando rápido, enquanto o sangue riseu escorria pela lâmina. Não sabia se o calafrio que sentiu fora causado pela brisa gelada ou porque se deu conta de que, pela primeira vez, estava lutando ao lado de alguém com quem de fato se importava.

— Acho melhor a gente se separar — ela disse, com a voz vacilante, enquanto ainda encarava o corpo.

Zion apenas se virou para seus homens e deu o comando.

Rápidos e implacáveis, eles invadiram o cargueiro, roubando toda a atenção inimiga para si. Kelaya aproveitou a confusão para andar em silêncio pelas beiradas do navio até encontrar uma escada de acesso ao andar da cabine.

Lá de cima, podia ver o combate acontecendo na parte de baixo do convés principal. Viu um homem de uniforme azul ser atingido por um canhão e seu corpo ser lançado para fora; Dan, com uma fúria sem igual, derrubando quatro oponentes de uma só vez; e Beno batendo com força na lateral da cabeça de um soldado riseu enquanto, usando a mesma lança, cortava a garganta de outro.

Um belo espetáculo.

Animada, Kelaya espiou sobre a borda do parapeito. Um soldado rondava em frente à sala do capitão. Ela o esperou passar e lhe dar as costas para então saltar. Atacou-o por trás tão rápida e silenciosa que não o ouviu nem sequer gemer.

Com os mesmos movimentos calmos, esgueirou-se pelo corredor até a cabine, olhou pela janela e observou o capitão inimigo de pé, em frente ao painel do navio, manuseando os controles com vários toques ao mesmo tempo. Ele não era tão corpulento como ela havia suposto, era bem menor do que os que estava acostumada a vencer. Na tela holográfica, mensagens indicavam que os dados da máquina estavam sendo excluídos.

Um fedor de plástico queimado subiu junto à fumaça que começava a preencher o ar. A carga, alvo na missão, estava sendo destruída. Estava na hora de ela entrar em ação.

Não perdendo mais tempo, Kelaya se pendurou no batente da janela e impulsionou o corpo contra o vidro, que se estilhaçou com o impacto. O capitão pulou assustado e, depois de mirar os olhos severos nela, voltou de esguelho para o painel.

— O que é isso? — ela perguntou.

— Nada que escória como você precise saber — o homem cuspiu.

— Você pode me dizer do jeito fácil e eu te poupo de uma dor prolongada — ela desembainhou a espada —, ou vamos do jeito difícil e eu extraio de você toda a informação, pedacinho por pedacinho.

— Acha que será assim tão fácil?

— Eu costumo conseguir tudo o que quero sem muito esforço. — Ela apontou a arma para ele.

— Dessa vez, você encontrou um obstáculo diferente.

Uma penumbra tomou a cabine, como se a Lua tivesse se escondido, e a fisionomia do homem mudou. Seu rosto se contorceu, os dentes começaram a ranger e as mãos atrofiaram em forma de garras.

O coração de Kelaya acelerou. Era como se uma fera furiosa tivesse possuído aquele corpo. Ela nunca tinha visto uma cena tão grotesca como aquela.

Então realmente havia uma história por trás das histórias, afinal.

Sem se permitir ser intimidada, girou a espada e avançou. O "homem" se esquivou do primeiro golpe e, no segundo, segurou a espada com uma mão. Kelaya ficou paralisada. O fio daquela arma cortava até mesmo concreto, e ele a deteve com a própria mão. Ela girou a cabeça e o encarou. O rosto da besta estava inclinado, os olhos meio revirados para cima em um aspecto terrível.

— Acha que suas armas funcionam contra mim? — ele grunhiu com a saliva escorrendo pela boca.

Enquanto ela puxava a espada com força, a outra mão dele já havia grudado em seu pescoço e a erguia à altura de um metro. Ele agarrou a espada com ainda mais força e a jogou no chão. Enquanto tentava se livrar do aperto no pescoço com as próprias mãos, Kelaya ergueu as pernas e o chutou nos braços, no tronco e no peito, um esforço em vão para fazê-lo soltá-la. Tentou estrangulá-lo com as pernas, mas não funcionou. Nada funcionava contra o que mais parecia uma parede de aço impenetrável.

Ele a estudava com os olhos semicerrados, mantendo um aperto forte o suficiente apenas para causar agonia, mas não para fazê-la apagar.

— Você é muito curiosa para um verme tão insignificante. Quem tem te chamado, hein? É Ele?

Ela o encarou, surpresa. Só conseguia pensar nos dedos cada vez mais rígidos apertando seu pescoço.

— Ele quem? — Sua voz não passava de um fiapo rouco.

— Você sabe! — rugiu ao jogar o corpo dela contra a parede, ainda segurando-a pelo pescoço.

A dor penetrou cada espaço do corpo de Kelaya, começando pela cabeça e descendo pela espinha dorsal. Não podia nem contar com um pouco de fôlego para aliviá-la.

Mas o que está acontecendo?

Com a energia que lhe restava, impulsionou o corpo para frente, porém nada fazia efeito. Suas pernas estavam ficando fracas, os dentes trincados pelo esforço impossível. Tinha certeza de que seu rosto já havia passado do tom vermelho-sangue para berinjela podre e logo perderia totalmente a cor. Ela se negava a acreditar que seria arruinada por uma besta nojenta em transe.

Por alguma razão, seus pensamentos se voltaram para o Logos, a lenda de um poder esquecido. Seria verdade? A julgar pelo que via com seus próprios olhos, não parecia mais tão absurdo. Mas como... como poderia invocá-lo?

Percebeu que os olhos do homem se arregalaram. De repente, ele virou o pescoço para o lado. Kelaya acompanhou com o olhar, mas não viu nada.

— Nãããão! — ele gritou em um lamento gutural.

O aperto em seu pescoço foi se afrouxando até que ele a soltou por completo. Kelaya caiu de joelhos, tossindo. Quando levantou a cabeça, o capitão inimigo havia voltado ao aspecto normal. Estava meio desnorteado e respirava tão rápido quanto ela.

Ela avistou a espada caída no chão e a puxou para cima, com a ponta tinindo no ar. O adversário só teve tempo de arregalar os olhos ao perceber que seu tronco havia sido transpassado pela lâmina fria, então caiu para trás.

Vendo que ele estava quase morto, Kelaya pulou para cima do corpo e posicionou a espada em seu coração.

— Me diga e eu o pouparei da agonia: esse poder, Logos, seja lá o que for, existe mesmo?

Ele fitou o teto. Seu olhar, perdido, era pura tristeza.

— Espero que sim. — Ele se engasgou, com uma lágrima escorrendo pela lateral do olho.

A respiração do homem ficou entrecortada e a boca começou a se mexer em palavras inaudíveis. Ela tentou prestar atenção no que ele dizia até que, subitamente, seu rosto se suavizou.

Kelaya, então, cumpriu o que prometera.

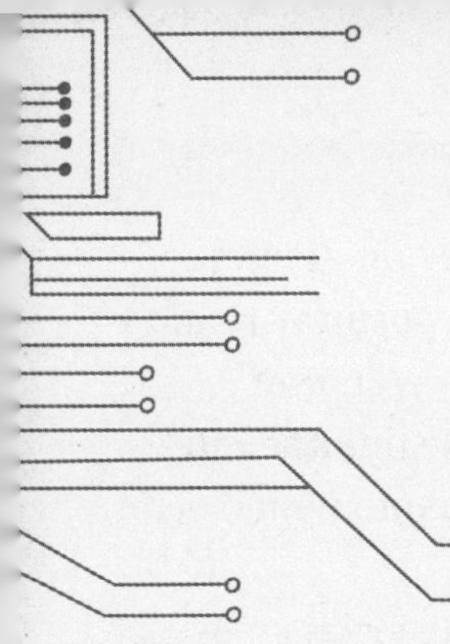

CAPÍTULO 16

KELAYA CORREU EM DISPARADA, sem realmente prestar atenção no convés da Stella ou no barulho das chamas que lambiam o antigo cargueiro. Antes de sair da cabine, ela revistara o corpo inerte do capitão inimigo e encontrara uma espécie de dispositivo eletrônico de memória. Concluiu que o restante da carga do navio eram milhares de cópias dele.

"Artefato." Não era bem o que lhe parecia.

— *Logos* — dissera, examinando o objeto plano e laminado. — Será isso?

Olhando mais de perto, ela percebera que havia gravado nele, quase invisível, uma sequência de letras e números que lembravam coordenadas geográficas. Ela escondeu o dispositivo em um compartimento do uniforme, pensando em uma maneira de passá-lo pela revista padrão da Fenda sem que ele fosse confiscado.

Kelaya não podia explicar, mas, desde o momento em que ouvira a palavra "Logos", algo dentro dela se moveu, atraindo-a de uma forma primitiva e arrebatadora para o que quer que aquilo fosse. E, agora, não parecia certo simplesmente destruir todas aquelas informações.

Ela diminuiu os passos ao se aproximar de Zion, que a esperava escondido pelas sombras com a postura ereta.

— O que você está fazendo aqui? — ela perguntou.

— Você demorou. Eu achei... Eu achei que tinha acontecido alguma coisa. Estava pensando em quanto tempo eu deveria ir atrás de você.

Isso era algo que os homens da Fenda não faziam — em especial, um capitão.

— Você abandonou o seu posto por minha causa? — ela sussurrou em tom de repreensão e olhou em volta. — O que seus homens vão pensar?

— Todos já voltaram às suas funções e estão se preparando para partirmos. — Ele se adiantou e seu rosto foi revelado pela luz, os cabelos e o rosto pingando de suor. — Então, conseguiu cumprir a ordem?

— Sim. — Ela forçou um sorriso cínico.

Zion assentiu com a cabeça.

— O que está acontecendo? — ela perguntou.

— Tivemos que avisar a Fenda que finalizamos a missão.

— Ótimo. Qual o problema, então?

Zion não respondeu. Alisou a boca com a palma da mão, depois desceu para o queixo e por fim a nuca, então começou a andar de um lado para o outro.

Kelaya o observava e aguardou por uma resposta, até que seu corpo ficou lívido. Sobre o ombro do marido, ela avistou uma enxurrada de luzes surgirem ao longe no céu já clareado pelas primeiras horas do dia.

— São aliados — Zion disse antes que ela reagisse.

Como um enxame de abelhas rastreando o mel, eles passaram por suas cabeças e foram em direção às montanhas. Kelaya os acompanhou, tentando descobrir qual era o destino.

Então, ela viu.

Para seu maior arrependimento, viu o exato momento em que a primeira bomba foi lançada, seguida por outras centenas. Em poucos minutos, as montanhas, a floresta, sua casa, o Vale de Ghor e seus moradores estavam completamente em chamas.

Kelaya respirava com dificuldade. Ainda se lembrava perfeitamente do aroma das frutas, dos sorrisos doces e das vozes infantis. Era como se estivesse andando pelas ruas daquela pequena comunidade, trilhando os mesmos passos de alguns dias antes, vendo outra vez cada rosto que havia encontrado, agora, em completo desespero.

Talvez estivesse vivendo um sonho. Tudo que se passara na última hora parecia completamente irreal e antagonizava suas convicções.

Ela olhou para Zion; as labaredas resplandeciam e jogavam luz no rosto dele. Diferente dela, Zion assistia ao espetáculo impassível.

Queria questioná-lo, mas alguns tripulantes saíram para o convés bem na hora. Eles também observaram a destruição em estado de estupor. Não poderia objetar as razões da Fenda, não publicamente.

— Recolher velas, preparar para partir! — Zion gritou.

Antes que perdesse o controle, ela caminhou até a cabine particular que usava, trancou a porta e colocou a cabeça entre os cotovelos apoiados nos joelhos. Respirou fundo, encarou o chão e contou cada ponto que podia encontrar no assoalho para tentar tirar da mente o rosto daquelas pessoas.

— Quais são os motivos para eu estar fazendo isso, mesmo? — começou a dizer a si mesma. — Por que não consigo me lembrar?

Ela se levantou e foi até o espelho. Lavou o rosto, estava se sentindo imunda.

— Ah, sim! Lembra... lembra como era antes? — Sua respiração pesava e um soluço de dor estava preso na garganta. — As pessoas morriam de fome, não tinham nenhum apoio. A Fenda está consertando as coisas. Ela protege aqueles que se submetem a ela.

E aqueles que se recusam?

Balançou a cabeça, tentando expulsar os pensamentos traidores.

— O Risa é o culpado de tudo. O Risa é culpado, ele precisa ser destruído.

Seu peito começou a doer. Ela o esfregou com uma mão, mas o aperto ficava cada vez mais forte. Então, vozes incomodas invadiram sua mente.

"Não vou deixar você sair daqui sem provar uma das maravilhas do mundo."

— Não, não, não...

Colocou as duas mãos na cabeça.

"Minha mãe diz que eu sou um bom filho... Então acho que já tô fazendo o que é certo."

— Não, não, não...

"Tem certeza de que é isso o que você quer?"

— Nããããããããão!!!

Depois que o grito saiu de sua garganta, Kelaya virou-se e deu de cara com Zion parado na porta da cabine. Ele a trancou com uma chave própria, para que ninguém os incomodasse, e voltou a olhar para ela com o rosto duro.

— Desde quando você sabia disso? — ela gaguejou entre o choro.

— Desde que recebi as diretrizes da missão antes de sairmos da base.

— Por que não me avisou?

Ele ergueu uma sobrancelha. O semblante continuava frio.

— Isso te prejudicaria durante a missão. E, como seu comandante, não tenho obrigação de te falar.

Ele estava certo e Kelaya sabia que, se fosse qualquer outro, ela não questionaria, como nunca tinha feito. Mas se o seu capitão viera até ela, teria de dar alguma explicação.

— Por que eles? Não tomaram partido.

— A Fenda entendeu que, se eles não impediram a base do Risa de se instalar, estavam do lado deles. — Zion cruzou os braços. — Não existe neutralidade, você sabe disso.

Kelaya se aproximou e o encarou, irada.

— Havia pessoas ali que não tinham condições de escolher.

— Assim como em muitas outras vilas que você ajudou a destruir.

— Era diferente.

— Como? — Zion semicerrou os olhos. — Você mesma disse que já matou até adolescentes.

Ela deu um passo para trás com a boca aberta. Como ele ousava lembrá-la disso e usar aquilo contra ela?

— Porque eles se recusaram a seguir a Fenda e... — ela fez uma pausa e contraiu os lábios. — Não tinha como levá-los como levamos as crianças.

Falar isso em voz alta parecia ruim. *Era ruim.* Mas Kelaya sabia que era para um bem maior. Aquelas crianças a agradeceriam por isso.

— E como isso é menos pior? — Ele deu um passo à frente, perscrutando-a com as sobrancelhas juntas.

— Porque os adolescentes já eram um deles. — Apertou a mandíbula. — Já eram malditos riseus.

Zion se inclinou, a face deles a centímetros um do outro.

— Você perguntou a cada um deles o que pensavam sobre a situação política do continente? O porquê de, na visão deles, se manterem onde estavam era a melhor opção?

Ela se virou abruptamente, não queria ter aquela conversa. Não depois daquele maldito dia.

— Saia daqui.

— Não. — Ele pegou seu braço e a puxou para si.

— Me solta, Zion. — O tom de voz não saiu tão firme quanto ela gostaria.

— Não.

Kelaya o fitou de novo. As linhas do rosto haviam se suavizado, o ar acusatório substituído por olhos de compreensão e expectativa.

— Você consegue ver agora? — ele perguntou, segurando seus ombros.

— Ver o quê?

— Foi isso o que fizeram, foi nisso que nos tornamos.

— Não. Não é verdade...

Ela balançou a cabeça, os olhos se tornaram opacos.

— Sim, é verdade. — Zion passou a mão em seu rosto tentando acalmá-la, como sempre fazia.

Kelaya aos poucos foi se aproximando, e ele a aconchegou em seu ombro. Quando fechou os olhos, ela viu todas as cenas de novo. As bombas caindo, os rostos conhecidos que agora estavam carbonizados, a agonia daquele capitão riseu antes de morrer e as vidas que ela mesma tinha tirado. Deixou finalmente que algumas lágrimas escorressem silenciosas.

Mas se lembrou, também, das palavras de Amber. Sacrifícios precisavam ser feitos, alguns doíam e acusavam mais que os outros. Ainda assim, eram necessários. Ela só tinha que convencer sua consciência disso e tudo voltaria a ser como era antes. Quando tudo aquilo acabasse, a recompensa viria.

— Quero te propor uma coisa — Zion sussurrou com os lábios pressionados contra seus cabelos.

— O quê?

Ele a segurou pelo rosto com as duas mãos pesadas, enxugou-lhe as lágrimas com a ponta do polegar e acariciou suas bochechas. O olhar, porém, era hesitante. No momento em que abriu os lábios para dizer, foi interrompido por uma batida na porta.

— Capitão — a voz era do tenente Tai —, o conselho está na linha e precisa falar urgentemente com o senhor.

Zion praguejou baixinho.

— Eu volto mais tarde.

Ela fez que sim com a cabeça e ele a beijou.

Esperava que Zion cumprisse a promessa depressa. Ela também precisava contar algo.

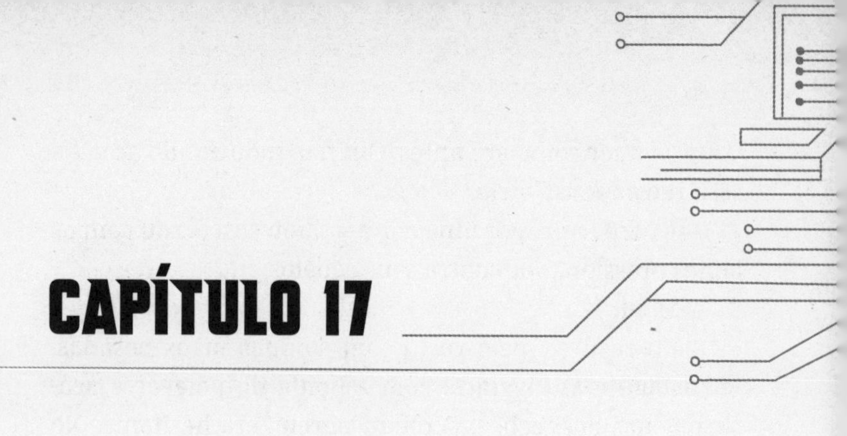

CAPÍTULO 17

KELAYA NÃO TIROU O DISPOSITIVO do bolso para não correr o risco de alguém o ver. Mandou uma mensagem em código para Amber, de modo que só ela entendesse do que se tratava, informando que havia encontrado "o alvo" e que precisava passar pela revista padrão na entrada da base.

A lembrança de tudo que acontecera na cabine do cargueiro lhe deu um calafrio. Ela nunca tinha visto nada parecido. Talvez aquilo trouxesse algumas respostas e uma solução para seus conflitos, pois, se ela conseguisse ter aquele poder, conseguiria derrotar o Risa e acabar com a guerra.

Será que era isso o que eles planejavam, transformar-se em supersoldados? Estaria a fórmula naquele dispositivo? Agora, ela estava um passo à frente deles.

Não havia nada que odiasse mais do que o Risa. Ela não podia esquecer que eram uma facção imperialista odiosa, que lutava pela restauração da República, a responsável por deixar a população faminta a ponto de matarem uns aos outros por comida. Era aquela maldita forma de governo que trouxera segregação, desigualdade e perda da qualidade de vida da maioria em benefício de poucos. Isso tudo depois de os pioneiros terem deixado em uma grande base de dados todas as instruções tecnológicas e sociais para que uma nova sociedade pudesse nascer e prosperar com os recursos abundantes do Planeta Novo.

Não, ela não podia deixar suas convicções serem abaladas como alguns minutos antes. *O que for preciso para destruí-los será feito*, ela repetia para si mesma. Por algum motivo, no entanto, não conseguia se convencer de que aquilo que acabara de presenciar fosse certo.

Zion demorou a voltar. A Stella tinha retornado a sua forma normal e já riscava o céu de volta para a base fazia algumas horas; no entanto, não havia sinal do capitão.

Kelaya resolveu dar uma volta pela nave para acalmar o nervosismo. Estava começando a ficar com fome. O Suii que serviam ali não seria nem de perto um consolo digno de uma comida bem-feita, com ingredientes frescos, mas seria o suficiente para enganar o estômago.

Ao sair da cabine, ela encontrou alguns tripulantes no corredor, que a cumprimentaram um tanto temerosos. Provavelmente, as notícias da missão já tinham corrido. Pela primeira vez, não se sentia tão à vontade com a fama.

No refeitório, Tai e Samara conversavam sentados a uma mesa comprida. A sala, grande e acinzentada, fazia qualquer ponto de cor se destacar. Os dois deram um leve sobressalto quando ela se aproximou, e um sorriso sem graça estampou o rosto da gerente administrativa.

— Só vim pegar algo para comer — ela justificou.

— Fique à vontade — Samara disse em tom cordial.

Cordial demais, na opinião de Kelaya.

Ela pegou uma garrafa do líquido energético no balcão e foi em direção a uma mesa vazia no canto do refeitório.

— Sente-se com a gente — Samara chamou.

Não estava com vontade de bater papo, mas não seria bom causar indisposições no momento. Puxou uma cadeira e se sentou de frente para eles. Tai continuou bebendo seu Suii metodicamente, observando-a de esguelha de vez em quando.

— Parabéns pela missão. — Samara estendeu a mão por cima da mesa. — Soube que o soldado que você derrotou era quase invencível.

— Era mesmo — Kelaya respondeu o aperto.

— O que ele tinha de especial? — Tai perguntou.

Ela levou a garrafa aos lábios e sorveu o líquido bem devagar, pensando no que deveria dizer. Samara a olhava com os olhos brilhantes de expectativa, como uma criança esperando por uma história assustadora.

— Não sei. — Deu de ombros. — Ele só era muito forte.

Os dois pareceram murchar com a resposta.

— Força sempre perde para habilidade. — Tai voltou a atenção para o energético.

Kelaya concordou com a cabeça. Ela ouviu a porta abrir e virou-se para trás. Um dos guardas acabava de entrar, o olhar carrancudo era uma sombra da fúria com que lutara no cargueiro. Seu nome era Dan, pelo que se lembrava.

Ela o analisou por um tempo enquanto ele se sentava bem ao fundo. Era muito jovem, talvez o mais jovem dos homens da tripulação. O cabelo espesso estava desgrenhado, e o uniforme verde, em contraste com a pele parda, estava completamente desalinhado. Ele se portava de modo relaxado, como se não estivesse disposto a seguir nenhuma regra.

— O que há com aquele garoto? — Kelaya disse em tom mais baixo, fazendo sinal com a cabeça.

— Ah, o Dan — Samara respondeu. — Ele é assim mesmo.

— Por quê?

— Tenho certeza de que a vida pessoal dos tripulantes não importa. — Tai lançou um olhar reprovador para Samara antes que ela pudesse começar a desembuchar tudo que gostaria de contar.

— O capitão disse que eu era responsável por passar todas as informações para ela. — Samara empinou o nariz.

— É verdade — Kelaya concordou. — Faz parte da missão.

Ele não respondeu, apenas balançou a cabeça. Samara inclinou o corpo por sobre a mesa e começou a cochichar:

— Dan foi capturado pela Fenda nas ruas de Baca. Ele se recusou a ir para a academia como os outros jovens ou a fazer o treinamento, então ficou preso na base por alguns meses. — Ela parou brevemente para tomar fôlego. — Um dia, ele se meteu em uma briga feia. Mas, por acaso, o capitão estava lá e viu potencial nele. Você sabe, toda aquela raiva poderia ser usada em algo útil.

Kelaya contorceu o rosto.

— Mas se ele se recusou a fazer o treinamento, como Zi... o capitão conseguiu convencê-lo a lutar pela Fenda?

Kelaya percebeu quando Tai chutou a perna de Samara por baixo da mesa com uma expressão ainda mais severa no rosto. Ela o encarou com as sobrancelhas unidas, ao que ele desviou o olhar.

— Bom... hããã... — Samara hesitou. — Eu não sei o que ele falou para convencê-lo. — Ela olhou para Dan e depois voltou o rosto para Kelaya. — Mas o fato é que o capitão gosta muito dele. Ele se identifica com o rapaz, sabe?

— Sei.

— Não sei se você já ouviu falar sobre o passado do capitão, é parecido.

— Ah, já ouvi falar, sim. — Kelaya empertigou as costas.

Outra tripulante entrou no ambiente. Beth, a enfermeira da nave, uma jovem de tez clara como a neve e cabelos loiros que pendiam em cachos pelas costas. Ela sorriu ao passar por eles. Kelaya olhou de relance quando Dan se agitou na cadeira. Ele estava visivelmente a acompanhando com o olhar e disfarçava isso muito mal, de cabeça baixa.

Um dos transmissores de Samara tocou, atraindo a atenção deles.

— O capitão me chama. — Ela se levantou erguendo o aparelho.

Kelaya assentiu com a cabeça enquanto Samara saía. Ela e Tai ficaram a sós na mesa, sem fazer contato visual. Estava pronta para voltar à cabine e terminar de beber o Suii por lá, mas algo a incomodava em relação ao tenente.

O uniforme dele, cinza por causa da patente, estava perfeitamente alinhado. Uma pequena fivela na parte da manga indicava que ele escondia uma faca e era precavido. Apesar da cicatriz no rosto, os olhos verdes e o cabelo muito bem cortado garantiam um certo charme.

Ela tentou se lembrar do que Zion já havia dito sobre ele, mas não se recordava de nada que servisse de pista. Suas feições também não entregavam muito.

— E então — ela pigarreou —, eu me saí como o tenente queria?

Ele virou a cabeça e levantou uma sobrancelha.

— A missão — ela completou. — O senhor estava preocupado que eu a estragasse.

Tai inclinou um pouco o rosto.

— Eu não me lembro de ter dito isso.

— Foi o que seu comentário condescendente deu a entender.

— Oh, desculpe se foi isso o que eu dei a entender. Não tinha dúvidas de que você faria sua parte com competência. Estava mais preocupado com o capitão.

Só agora Kelaya percebeu um leve sotaque. Uma ênfase no "tê" quase imperceptível.

— Você não é daqui? — ela perguntou e ele arregalou os olhos, talvez um pouco chocado pela mudança súbita de assunto.

— Sou. Mas fui enviado para o exterior quando era criança, fui criado lá. Quando voltei ao continente, me alistei à Fenda.

— Por que estava preocupado com o capitão?

O rosto dele se mostrou um pouco confuso.

— Bem, está claro que sua presença aqui o deixou um pouco, digamos, desfocado.

— Onde você morava no exterior?

Dessa vez, a boca dele se curvou num sorriso.

— Ilhas Navidis.

Ilhas Navidis? Por que esse nome não lhe era estranho?

— Não sei se é de seu conhecimento, mas... — ela recostou os cotovelos sobre a mesa e uniu as mãos. — O capitão e eu cursamos a academia juntos e tivemos algumas divergências. Talvez seja por isso que ele fique um tanto nervoso quando estou por perto.

— Ele estava na sua cabine hoje.

— Sim, precisava repassar comigo algumas informações da missão.

— Vocês eram amantes? — ele perguntou de súbito, a voz um tanto seca.

— O quê?!

Kelaya passou os olhos pela sala para saber se alguém tinha ouvido a pergunta. Dan e Beth estavam sentados juntos; ela lia alguma coisa em seu aparelho de acesso ao Vírtua enquanto ele a fitava vidrado.

— Não se preocupe — Tai se aproximou —, eles não estão prestando atenção na gente.

Kelaya o mirou e seus olhos estreitaram-se. Ele levantou a palma das mãos.

— Peço desculpas, mas suas perguntas pessoais me deram a entender que eu também tinha essa liberdade.

Se Kelaya negasse com veemência ou ficasse curiosa sobre de onde vinha essa desconfiança, se entregaria. A melhor estratégia era desafiá-lo, como se estivesse blefando.

— E se tivéssemos sido? — Ela empurrou o tronco contra o encosto da cadeira e cruzou os braços.

— Isso explicaria muita coisa.

— Como o quê?

— Por quanto tempo estudaram juntos?

Ele estava tentando fazer o mesmo jogo de palavras que ela?

— Como-o-quê? — ressaltou entre os dentes.

— Algumas concessões. Sua vez de responder.

— Três anos. Que concessões?

— Não tenho permissão para falar sobre isso.

Ela soltou um riso curto.

— Acho que você não tem permissão para falar coisa nenhuma e mesmo assim quis dizer.

O rosto dele se fechou. Então o tenente se levantou e jogou a garrafa do Suii que bebera no lixo.

Ela continuou a observá-lo, à espera da resposta.

— Você está certa. — Seu olhar agora era diferente, quase carinhoso. — Não tenho permissão para falar sobre nada. Apenas espero que você tome cuidado.

— Não se preocupe, tenente. — Ela lhe lançou um sorriso dissimulado. — Eu e o capitão não éramos amantes.

Tai não respondeu, porém um vislumbre triste passou por seus olhos antes que ele saísse. Kelaya tentou se manter no personagem e fingir indiferença, mas a verdade é que seu coração batia rápido e retumbante. Por que ele desconfiava dela e de Zion? E o que ele queria dizer sobre tomar cuidado?

E o que mais estava acontecendo que ela não sabia?

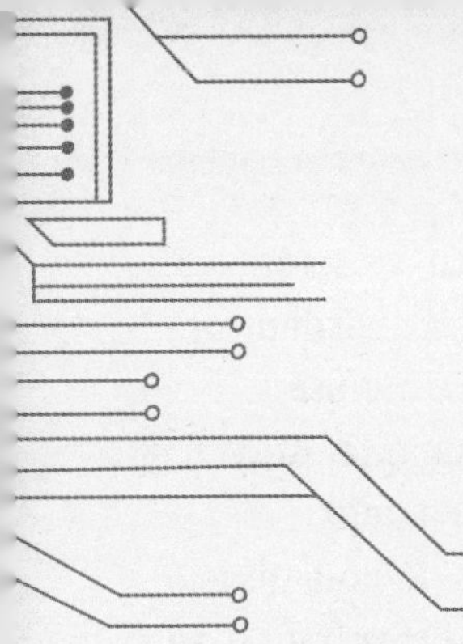

CAPÍTULO 18

ZION NÃO VOLTOU. Em pouco tempo, a Stella pousaria na base Babel, ambos seriam designados para outras funções e ficariam semanas sem se falar.

Kelaya já estava cansada de esperar por ele, sua cabine parecia ficar pequena e abafada a cada minuto. Era desesperador e irritante ficar refém da expectativa, uma sensação que flutuava no ar.

Decidiu, então, que a forma mais rápida de dar fim àquele suspense era ela mesma ir até a sala de controle. Decerto, ele ainda estava em conferência com os superiores, repassando cada detalhe sórdido da bem-sucedida missão. Se pelo menos ela o visse, poderia lhe deixar alguma mensagem, um sinal, ou uma indicação de um lugar para se encontrarem.

Kelaya ouviu passos vindo do corredor. *Será que é Zion?*

Devagar, ela foi até a porta e aguardou por um instante, mas os passos seguiram sem parar. Abriu com cuidado uma pequena fresta e viu cinco sombras desaparecendo em direção ao centro da nave. Aproveitou que o corredor estava vazio e sem obstáculos e caminhou até a sala de comando, entrando sem fazer barulho.

O voo estava em modo piloto automático, e os gêmeos, distraídos. Cal jogava uma espécie de tiro ao alvo em um dispositivo manual e Lisa lia artigos sobre... moda?

Os dois tentaram disfarçar, escondendo o que estavam fazendo quando se deram conta da presença dela.

— O capitão solicitou minha presença — Kelaya disse.

— O capitão saiu há pouco tempo — Cal respondeu ao mesmo tempo que sinalizava com as mãos. Os olhos estavam arregalados.

— Ah sim, claro. — Nunca havia mentido tão mal. — Nós nos encontramos no corredor e ele pediu que eu o aguardasse em sua cabine particular até que ele voltasse. Eu prometo que não vou falar nada a respeito. — Ela apontou para baixo da mesa onde eles tinham escondidos os consoles.

— Tudo bem. — Lisa riu nervosa. — Ele só foi conferir alguns dados de navegação. Deve voltar em poucos minutos.

A garota apontou com a cabeça para o corredor que dava para a cabine, mostrando que Kelaya podia prosseguir e esperar por lá.

Ela deu alguns passos para dentro da sala e foi tomada por uma sensação incômoda. Aquele espaço era apenas de Zion, e não dela, diferente da casa onde eles compartilhavam uma outra vida. Uma casa que não existia mais.

Vez ou outra, principalmente nos momentos em que se encontrava mais sozinha, ela era vencida por uma certa ansiedade sobre o casamento deles, uma urgência de ter Zion por perto para garantir que estava tudo bem. Como se aquele relacionamento, apesar de custoso, ainda fosse frágil e como se nem todos os esforços pudessem mantê-los juntos.

Kelaya respirou fundo. Não, aquilo era bobagem. Talvez estivesse sentindo-se assim por causa do que havia acontecido. A destruição do Vale, no mínimo, a deixara emotiva. Zion logo voltaria, era óbvio. Mas por que ele ainda não tinha voltado?

Percorreu a mão sobre a superfície da mesa e do balcão lateral. Tocou nos cilindros e confirmou que eram feitos de papel, só que de uma textura mais áspera; pareciam querer se desintegrar a qualquer momento.

A planta, que outrora estava bem viva, nesse momento carregava um aspecto murcho, como se as últimas horas lhe tivessem sugado toda a vida, e agora definhava em si mesma.

Lembraria Zion de regá-la.

Olhou com atenção sobre a mesa e algo lhe chamou a atenção. Havia um console particular de comando aberto em uma espécie de ficha cadastral de oficiais. Ela nunca tinha visto uma daquelas antes. Era de seu conhecimento que as informações pessoais da Fenda tinham uma hierarquia de sigilo, mas uma vozinha medonha a incitava a dar uma olhada.

Espiou na direção da porta. Acima dela havia uma tela com imagens de câmeras que mostravam quem entrava e saía da sala de comando. Ela perceberia quando Zion estivesse voltando. Era a oportunidade perfeita e até um crime deixá-la escapar.

Kelaya digitou sua matrícula no campo de pesquisa e logo uma enxurrada de informações surgiram na tela. Seus dados pessoais, histórico de notas na academia, informações sobre sua vida antes de entrar no regimento, todos os relatórios de missões de que ela participara. Era algo realmente impressionante. Rolou o cursor para baixo e um dado em especial lhe chamou a atenção.

“Estado Civil: Casada – Concessão”.

— O quê? — Kelaya jogou o corpo para trás, ao passo que tudo dentro dela recuava.

Prendeu a respiração e sentiu o sangue descer para os pés, uma onda de formigamento pelo corpo. Aquilo não podia ser verdade. Cerrou os olhos e aproximou o rosto da tela outra vez. Os dados do aparelho começaram a se misturar com as letras dançando à sua frente.

Calma, deve haver algum engano.

Com as mãos trêmulas, ela desceu ainda mais a tela. Quase no final, havia uma pasta escrito "anexos". Abriu para ver o que eram. Continha fotos dela em serviço: na academia, após as missões, quando recebera as medalhas de honra. Mas também havia outras. Ela andando pelo Vale de Ghor, olhando desconfiada para o lado; ela dirigindo um velopt perto da entrada de casa, Zion saindo da mesma entrada.

Kelaya sentiu as palpitações no peito dispararem, e o líquido ingerido havia pouco se revirou no estômago, a ponto de tornar quase impossível mantê-lo por lá.

Um último arquivo tinha o formato de vídeo. Ela clicou em cima e deu play. Zion e ela desembarcavam juntos de um navio; ela estava de vestido, com um sorriso largo, e ele com uma camisa com a gola desabotoada. Aquele tinha sido o dia do casamento deles.

Não. Não pode ser.

Apagou rapidamente a matrícula pesquisada e inseriu a de Zion. Procurou o mesmo campo, "Estado Civil", e também estava lá. No entanto, dessa vez, havia mais informações:

"Casado – Concessão para fins de controle".

Nada mais fazia sentido.

Ela ficou estática, encarando a mesa por alguns minutos, enquanto algumas lágrimas rolavam soltas pelo rosto. Parecia que tinha encontrado uma criatura assombrosa que roubara sua capacidade de se mover. Só se deu conta de que Zion, com Tai logo atrás, a encarava quando sua cabeça subiu levemente.

O capitão olhava dela para o console e do console pra ela.

— O que está fazendo aqui? — ele perguntou, as sobrancelhas unidas de modo severo.

Ela enxugou o rosto com pressa.

— Como pôde? — Sua voz saiu em um fiapo.

Tai, completamente constrangido, começou a sair de fininho.

— O que você sabe?! — Kelaya se virou para ele.

— Nada — ele respondeu, balançando a cabeça.

— Não parecia que você não sabia "nada" alguns minutos atrás.

Zion se virou para Tai com um olhar sanguíneo. O tenente levantou o queixo.

— Eu tinha suspeitas de que havia um relacionamento incomum — disse, impassível —, mas, baseado em minhas próprias percepções, nada que me foi revelado oficialmente. E confesso que, até essa manhã, ainda tinha certa descrença. — Ele balançou a cabeça. — Jamais pensei que de fato o afetaria, capitão.

— Saia! — Zion disse entre os dentes. — E nem pense em falar disso com alguém.

Tai assentiu e saiu.

Zion a fitou, havia círculos escuros sob seus olhos.

— Você não deveria...

— *Nem pense em dizer isso*! — O corpo dela tremia de raiva.

Ele tentou se aproximar, mas ela deu um passo para trás.

— Por que mentiu para mim? Eu não estou perguntando como sua subordinada, estou perguntando como... — A voz vacilou. — Diga, apenas diga!

Zion olhou para o chão e passou a mão nos cabelos, provavelmente maquinando alguma justificativa convincente. Sua respiração era tão pesada quanto a dela. Ele levantou a cabeça e o rosto se transformara. Agora estava duro feito pedra.

— Até quando você vai se iludir com a Fenda? — ele disse.

— O quê?! — Ela apertou os punhos.

— Sim, a cúpula da Fenda sabia do nosso casamento. Eu pedi permissão porque... — ele fez uma pausa e respirou fundo. — É assim que as coisas funcionam.

Kelaya arregalou os olhos, completamente perturbada.

— Seu desgraçado, você me manipulou.

— Não! Eles fizeram isso. — Ele voltou a se aproximar e, no mesmo instante, ela puxou a espada e a apontou para a garganta dele. A ponta encostada na pele desceu até o espaço sensível entre o pescoço e a clavícula. Zion recuou e levantou as mãos em defesa.

Kelaya sentiu o sangue, que faltava no estômago, correr com todo furor pelas veias, incentivando que ela tomasse a providência que sempre adotava quando estava com raiva e tinha de resolver algo difícil: lutar e destruir. Ao mesmo tempo, alguém havia feito um buraco em seu coração e deixado um vazio infinito que precisava ser preenchido com urgência. Mas ela não fazia ideia de como e com o quê.

— O que pretende fazer agora? — ele perguntou, o tom de voz completamente frio.

— Eu vou embora.

Zion cerrou os olhos.

— Ir! — ela repetiu e apontou para a porta com a cabeça. — Preciso ir.

A verdade é que ela precisava de ar. De preferência, um que não estivesse contaminado pela presença dele.

— Você vai desertar? — Ele piscou algumas vezes.

Os olhos dela faiscaram com aquela ideia. Nem ela mesma estava preparada para o que diria a seguir.

— Sim.

— Agora? Você está maluca? Vai ser pega e...

— Eu decido por mim — respondeu seca.

Zion respirou fundo e assentiu com a cabeça, devagar.

— Você quer dizer que pretende usar a nave de emergência? — Uma gota de suor escorria pela lateral do rosto dele.

Ela hesitou por meio segundo.

— Sim.

— Acha que ninguém vai notar?

Kelaya refletiu.

— A-até lá, eu já estarei longe.

Seus olhares se encontraram e pairaram no ar por alguns segundos como dois poços de prontidão. Não havia nenhum som ou movimento, apenas o do peito de Zion, que subia e descia contra a espada que ela segurava enquanto se mantinha gélida feito uma estátua. O mundo à volta deles tinha parado e só o que restava era aquela conexão mortal entre eles.

— Engraçado — ele disse com a voz rouca. — Eu pensei que essa seria a parte mais difícil.

Kelaya olhou para aquele rosto e gravou cada ângulo dele. O mesmo rosto que ela havia buscado por tanto tempo, onde encontrava consolo, prazer e um pouquinho de paz, era o que lhe dava o pior golpe que ela já sofrera.

De todos os inimigos que já havia enfrentado, ele fora o único que conseguira encontrar uma brecha em sua armadura imbatível. Agora, fincava-lhe uma faca afiada e a contorcia.

Por quê?

Mas não podia e não ia demonstrar o que sentia, o quanto estava humilhada, arrasada e ferida. E, o pior, o quanto sentia-se burra por ter sido enganada pela Fenda.

Maquiou qualquer sinal de fraqueza e engoliu a dor que queimava na garganta. Pediu para ele se virar e Zion obedeceu. Guardou a espada enquanto puxava a faca e a encostou em um ponto específico da parte de baixo das costas do homem que ela chamava de marido.

— Se eu quisesse te prejudicar, acha que isso seria suficiente? — ele disse.

— Seria suficiente para te deixar em uma cama para sempre.

Zion apenas riu, sem humor.

Eles saíram da sala particular para a sala de comando. Tai não estava e os gêmeos não demonstraram notar nenhuma anormalidade. Foram até um corredor que terminava na outra lateral da sala de controle. Ele parou e colocou a chave pessoal no meio da parede. Uma cavidade se abriu, dando acesso a uma escada. No alto, estava a nave de pequeno porte, acoplada para situações de emergências.

— Diga-me como ela funciona. — Kelaya apertou a faca nas costas dele.

— Depois que você entrar, essa porta irá travar e a parte de cima vai se abrir, liberando a nave menor — Zion começou a explicar.

Parecia que eles mal se conheciam: ela era uma oficial qualquer à qual ele estava dando instruções banais. O tom de sua voz era comedido e não havia nenhum traço de arrependimento ou pesar em suas feições. Jamais esqueceria aquele comportamento duro e frio que a mandava para longe.

Ela o fitou de novo, mas, dessa vez, ele desviou o olhar.

Resignada, Kelaya assentiu indiferente e fez todos os procedimentos que ele indicou. Quando a porta às suas costas se fechou, separando-os de forma definitiva, ela apoiou a cabeça nas mãos trêmulas e algo muito forte dentro dela se rompeu com as lágrimas que começaram a escorrer quentes em meio a soluços silenciosos.

Como eu fui idiota! Burra! Burra!

Maldito era aquele homem por desestruturá-la daquela maneira.

Por um momento, ela quis dar meia-volta e negar tudo o que estava acontecendo, convencer-se de que não passava de um delírio. *Nada aconteceu.* Ele não havia mentido para ela por todo aquele tempo nem se mostrava quase aliviado em se livrar dela, e a Fenda não a controlava através dele. Tudo não passava de um sonho esquisito, daqueles que você sabe que vai acordar uma hora ou outra.

Esse meio segundo de esperança, porém, foi logo quebrado pela realidade que a envolveu na mesma proporção que a escuridão à sua volta.

Kelaya não havia se dado conta, até o momento em que afivelava os cintos e prosseguia com a fuga, de que as duas únicas coisas que lhe deram alguma felicidade, e pelas quais ela vivia, não passavam de mentiras.

PARTE 2

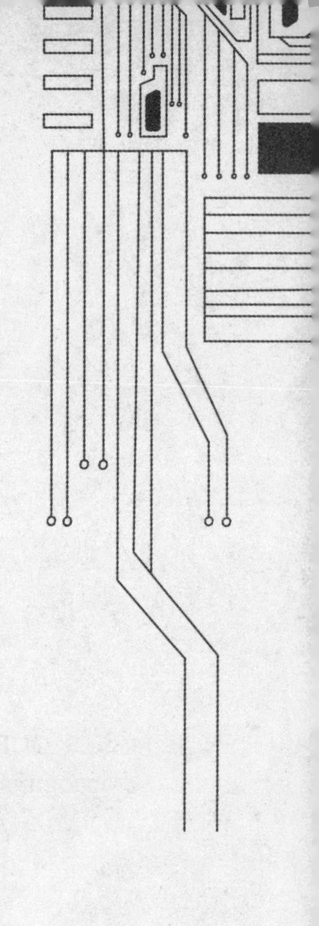

CAPÍTULO 19

OITO ANOS ANTES

NOS MESES QUE SE PASSARAM após a chegada de Kelaya à academia de recrutas especiais em Hinom, Zion e ela compartilharam praticamente todos os treinamentos e, mesmo assim, quase não se falavam. Foi aos poucos que ela relaxou, revelando todas as suas habilidades e um lado um tanto competitivo. Com isso, uma leve e mútua rivalidade foi se formando entre eles. Zion era melhor nas áreas geográficas e de história, Kelaya triunfava no conhecimento matemático e científico. Na luta corpórea, eram quase equivalentes. Ele, mais forte; ela, mais ágil. Havia uma espécie de equilíbrio que fazia um ou outro vencer por detalhes de diferença, ambos tinham de se manter em boa forma e concentrados se quisessem preservar o nível.

Quando completou o primeiro ano na academia especial, Kelaya precisou passar por um teste físico que contava pontos para a média final e poderia definir o futuro dela na corporação. A prova consistia em enfrentar o recruta com maior média de pontos da turma em uma luta corporal. É claro, o recruta em questão era seu monitor. No entanto, ela não estava se sentindo bem; justo naquele dia, seu corpo não respondia aos comandos da mente, como se a energia não fosse suficiente. Ele poderia, e com certeza iria, acabar com ela depressa.

Durante a luta, Zion encarou seu rosto e os olhos dele se estreitaram, sinalizando que havia percebido. Com sutileza, ele diminuiu o ritmo. Ela sentiu uma pontada de raiva. O que ele pretendia? Brincar e postergar a humilhação por mais tempo? Ela se rendeu assim que constatou o que ele fazia.

— Se desistir, perderá pontos da média final — a técnica responsável avisou.

Kelaya praguejou baixinho. Não queria perder ainda mais pontos que a derrota já garantia, mas não suportava a ideia de ficar postergando aquela humilhação.

— Ela não vai desistir — Zion anunciou enquanto a derrubava com uma rasteira e, em seguida, imobilizou-a no chão. — Use meu peso contra mim — disse baixinho, bem perto do ouvido dela.

— O que está fazendo? — ela grunhiu, tentando se desvencilhar — Não preciso que me ajude.

Zion aproximou o rosto. A poucos centímetros de distância, era possível sentir o calor de sua respiração. Os cantos dos lábios dele se curvaram em um sorriso.

— Claro que precisa. Você é fraca.

— O quê? — Ela arregalou os olhos.

— Achou mesmo que ia me superar? — Os olhos dele brilhavam, enquanto os dela pegavam fogo.

Kelaya envolveu a perna dele com a sua e, com toda a força que a fúria podia proporcionar, jogou-o para o lado com o próprio quadril, fazendo Zion perder o equilíbrio. Quando um de seus braços ficou livre, desferiu o primeiro soco. Pulou para cima dele, imobilizando sua perna com o próprio joelho, e disparou vários golpes. Apesar de seu oponente conseguir se defender de alguns, uma mancha vermelha se formou em seu punho.

A técnica apitou, o teste terminara e ela havia vencido, mas Kelaya não quis parar. O maldito sorriso ainda estava lá, estampado no rosto dele e, pela Fenda, ela ia arrancá-lo.

Outros recrutas vieram para afastá-los por ordem de um superior.

— Retire o que disse! — ela gritou enquanto estava sendo carregada por quatro braços. — Retire o que disse!

Zion ficou em pé, dispensando ajuda. Estava todo ensanguentado, mas ainda sorria. Olhou para ela e piscou.

Algo dentro de Kelaya se agitou. Uma pontada de arrependimento ao perceber que ele a ajudara, colocando de lado a própria reputação.

Na outra manhã, ambos se encontraram na primeira aula teórica do dia. Ele estava com o rosto inchado, alguns hematomas debaixo dos olhos e duas fitas curativas no nariz.

Será que devia pedir desculpas? Não, por que deveria? Ele a provocara. Ele escolhera ajudar, ela não tinha pedido aquilo.

A tutora da classe entrou na sala. Trajava o uniforme social da corporação: calça, blazer e quepe.

— Classe 33, hoje teremos teste de conhecimento geral — ela anunciou. — Vocês vão competir uns contra os outros. Quem será o primeiro voluntário?

Zion, exibido como era, foi o primeiro a levantar a mão. Amber, a colega sentada à frente, estava prestes a fazer o mesmo quando Kelaya a puxou pelo ombro.

— Amber, deixa eu competir com o Zion?

A garota revirou os olhos.

— Você já não o venceu ontem?

— Sim, mas hoje é diferente, quero mostrar que sou mais esperta. — Apontou com o dedo para a cabeça. — Prometo que faço o que você quiser, apenas me deixe ganhar essa também.

Ela mexeu os lábios marrons e bastante fartos de um lado para o outro, parecia hesitante.

— Quem vai concorrer com Zion? — a tutora perguntou.

Kelaya fitou Amber com seu melhor olhar de súplica e a colega finalmente assentiu.

— Eu! — Levantou a mão.

"Uhhhhhhh!!", foi o som que a sala lotada de cadetes fez.

— Silêncio! — a tutora ralhou. — Venham os dois até aqui. Agora virem-se para o restante da turma.

Lá da frente, ela podia ver os cochichos e as risadinhas dos colegas. Levantou a cabeça e encarou Zion, que a fitava com um semblante sério, diferente do dia anterior. Ele não parecia disposto a deixá-la vencer.

Ótimo.

— Vocês terão dez segundos para responder. Vamos começar com você, cadete K. — Ela se empertigou. — Quais são os três principais marcos históricos considerados pela Fenda e seus respectivos anos?

— Grande Revolução, ano 300 AAC; criação oficial da Fenda pelos rebeldes remanescentes, ano 315 AAC; e Batalha de Gilead, ano 318 AAC.

— Está certo. — A tutora sorriu, satisfeita. — Agora você, Zion. Por que os heróis da Grande Revolução não são nomeados em nosso governo?

— Para que não coloquemos nenhum indivíduo acima do Estado.

A partir daí se seguiu uma série de perguntas, dos assuntos mais variados, e ambos responderam tudo com facilidade: funcionamento de armamento, fabricação de bombas, localização geográfica, tipos de naves e manobras de voo. Até que uma pergunta simples pareceu desestabilizar Zion.

— Cadete, cite os três males que a Fenda erradicou de seus territórios.

Zion levou alguns instantes para começar a responder, diferente das outras vezes.

— Fome, economia livre e...

— E?

Kelaya percebeu que ele virou o rosto para ela, as pestanas dos olhos dele bateram rápidas e nervosas.

— O tempo está se esgotando, cadete.

De repente, Kelaya se percebeu encarando-o de volta e movendo os próprios lábios enquanto ele os lia e a imitava — no entanto, em voz alta:

— Família — ele respondeu.

— Está certo.

Kelaya voltou a atenção para a tutora, mas seu pensamento não estava mais nela.

— Qual o brasão e as cores da corporação? — A mulher se dirigiu a ela.

Finalmente, uma pergunta idiota o bastante.

— Um coelho de ponta-cabeça, nas cores laranja e amarelo.

A turma, que assistia vidrada, soltou uma gargalhada.

— Silêncio — a tutora disse com uma careta, ergueu uma das sobrancelhas e depois digitou algo no console portátil. — Cadete Zion, você venceu.

Mas ele não parecia feliz.

— Antes de vocês se sentarem — a mulher os interrompeu —, quero que escrevam um texto em dupla falando sobre os três males e como eles prejudicam a sociedade. Enviem-me até o final da noite.

Kelaya riu, até perceber que ela falava sério.

— Um coelho de ponta-cabeça, sério?! — Zion disse quando eles se sentaram na sala de pesquisa para começar o trabalho.

— Agora não te devo nada — Kelaya respondeu.

— Você não me devia nada, venceu de verdade ontem.

— E você me venceu hoje.

Ele soltou um riso curto.

— Quem me dera.

Kelaya começou a escrever a redação no computador com bastante rapidez; na verdade, aquele assunto não era nem um pouco difícil para ela, tinha vivido na pele a política da República e todos os malefícios que ela causou.

Zion a observava.

— Posso te fazer uma pergunta? — ele disse.

A garota assentiu sem tirar os olhos da tela.

— Quem era a pessoa que você pesquisava quando nos conhecemos aqui, nessa sala?

Que droga, ele não esqueceu isso.

— Alguém que deveria ficar no passado — ela respondeu baixinho.

Zion se mexeu na cadeira.

— Às vezes é difícil, né?

Ela parou e o encarou com a testa enrugada.

— O que você sabe sobre isso?

— Nada, na verdade.

Ele apertou os lábios, e Kelaya o observou por alguns instantes. Apesar dos machucados, tinha uma aparência agradável, quase gentil. Pensou no olhar que ele a lançara enquanto tentava responder à pergunta.

— Posso te fazer uma pergunta também?

Ele fez que sim.

— Quando você se alistou na Fenda?

— Não me alistei. — O rosto dele se contorceu. — A Fenda tomou todas as crianças e adolescentes que estavam sob a tutela do Estado quando invadiu Baca.

Isso foi um ano depois de ela se alistar, lembrava-se como se fosse ontem.

— Então você logo foi transferido para cá?

Ele deu de ombros.

— Cheguei um ano antes de você.

— Hum... — Ela voltou a digitar. — Deve ser difícil para você ser superado por uma garota novata na academia, então.

— Na verdade, eu adoro. Ainda mais quando ela fica brava quando não consegue fazer isso.

Kelaya o fitou boquiaberta. Um dos lábios dele estava inclinado, daquela mesma forma provocadora.

— Você gosta de me provocar, não é?

— Sim.

— Por quê?

Ele franziu os lábios e moveu a cabeça.

— É mais forte do que eu.

Ela o estudou. Por acaso ele estava flertando com ela? Não que fosse incomum, ela tinha dezesseis anos e já vira e ouvira muitas coisas durante o tempo de academia. Mas Zion parecia querer algo diferente.

— Vamos acabar logo com isso — disse ela, voltando a atenção para a tela do computador.

— Antes, posso fazer uma coisa? — ele perguntou.

— Depende.

Ao virar-se outra vez, prendeu o fôlego. O rosto dele estava agora bem próximo ao dela. Podia ver com mais facilidade os cortes fundos que havia pintado em seu nariz no dia anterior. Levantou os olhos e encontrou os dele; eram um poço profundo fazendo-lhe um pedido.

— Estou aguardando a resposta — ele disse baixinho.

Mas ela foi incapaz de responder. Como poderia? Estava hipnotizada por aquelas janelas negras que a chamavam.

Como se o mundo rodasse em câmera lenta, ela baixou os olhos para os lábios de Zion, que estavam entreabertos. Ele levou as mãos ao seu rosto e a puxou para que ela pudesse encontrá-los, eram quentes e macios. Kelaya fechou os olhos e deixou-o conduzi-la até uma sensação quente subir aos poucos pelo estômago. Então ela percebeu. Eles estavam se beijando.

Estavam se beijando?!

Por quê? E por que ela estava gostando?

Zion baixou as mãos e a rodeou com os braços, mas Kelaya o afastou no mesmo instante.

— Desculpa — ele disse, o rosto vermelho. — A-achei que você queria.

Ela não disse nada, simplesmente se levantou e saiu correndo. Disparou pelos corredores, passou pelas salas de aula teórica, a administração, o pátio de treinamento, até enfim chegar ao dormitório vazio. Trancou a porta e se sentou na cama, uma mão segurando o peito, que batia feito louco.

Pela Fenda, por que estava agindo daquele jeito?! Todo mundo beijava, o tempo todo, e fazia outras coisas muito mais íntimas.

Por que, então, suas mãos tremiam como o motor de uma nave velha, as pernas estavam a ponto de ceder e o estômago pulava tanto que parecia querer sair pela garganta? Por que sentia que, se ficasse mais um segundo nos braços daquele garoto, seu corpo derreteria todinho e ela estaria arruinada para sempre?

Ouviu uma batida na porta.

— Kelaya, sei que você está aí. Por favor... abra — Zion disse do outro lado. — Preciso me explicar, eu não...

Ela abriu a porta e o encarou. O rosto dele estava com todas as linhas vincadas.

— Eu fui presunçoso — começou a dizer enquanto entrava no dormitório, mal a olhando nos olhos —, não deveria ter feito aquilo.

Ela ajeitou o cabelo atrás da orelha.

— Não. Está tudo bem.

— Está?!

— Sim. — Empertigou as costas. — Não sei o que me deu, quer dizer... é-é supernormal, isso. Acho que já estava na hora de eu começar a fazer, inclusive.

Zion enrugou a testa.

— Como assim?

— O nosso corpo precisa de intimidade, certo? É como o treino físico. Eu nunca tinha me atentado para isso antes, até... — ela balançou uma das mãos para sinalizar a que se referia, porque não tinha coragem de dizer. — Mas agora eu vou.

— Não — Zion deu um passo para a frente —, não foi isso o que eu quis fazer com você quando te beijei. Droga! Eu fui mesmo um idiota — ele murmurou para si mesmo e depois respirou fundo. — Não era essa minha intenção, e não acho que deveria começar a beijar apenas por uma necessidade física.

— Não?

— Não.

— Então por quê? — ela perguntou com a testa franzida.

Ele fez uma pausa e passou a língua sobre o lábio inferior.

— Olha, esquece isso, foi um grande erro.

Ela sentiu uma pontada de decepção. Esquecer? Não esqueceria aquilo tão cedo.

— Tudo bem. Se é isso o que você quer.

Zion começou a esfregar o rosto e depois colocou as mãos nos bolsos.

— Quero te propor outra coisa.

Kelaya cruzou os braços e levantou uma sobrancelha.

— O quê? — Precisava voltar ao modo defensivo.

— Quero ser seu amigo.

— Amigo? — ela repetiu em tom de deboche. — Não estamos aqui para sermos amigos. Viemos pra cá para nos tornarmos os melhores guerreiros da Fenda.

— Eu sei — os ombros dele se levantaram —, mas você não sente falta de alguém para conversar, às vezes?

Na verdade, ela sentia, sim. Desde antes de entrar na Fenda.

Kelaya estudou os modos de Zion por um momento.

— Você pretende me enganar. Quer que eu baixe a guarda pra poder me vencer, é isso.

— Não, por que acha que me importo tanto com isso?

— Por que não se importaria?

Ele riu e balançou a cabeça.

— Vamos fazer um acordo: se você aceitar meu pedido, eu prometo que serei ainda mais implacável com você durante o treinamento.

— Como se você conseguisse.

— Duvida? — Ele estendeu a mão para ela.

Kelaya estreitou os olhos e depois apertou a mão dele.

— Sem truques, promete?

— Prometo.

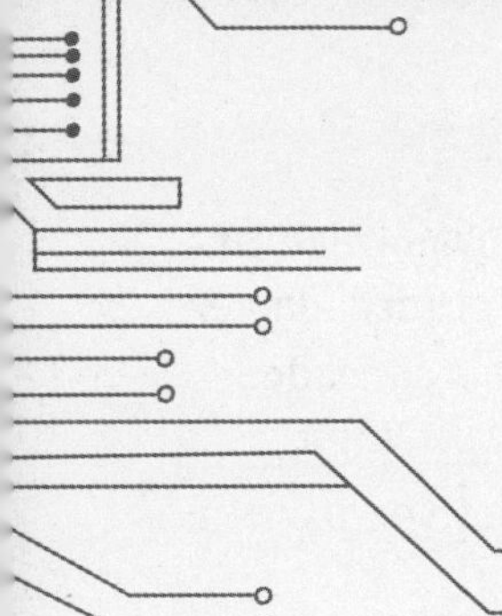

CAPÍTULO 20

PRESENTE

QUANDO KELAYA DEIXOU A STELLA CAPITÂNIA, ela não tinha ideia de para onde ir. Só queria ir. De preferência, para o mais longe possível.

A única coisa que passou por sua cabeça, num reflexo momentâneo, foi inserir as coordenadas que estavam camufladas no dispositivo roubado na missão e tentar chegar até onde o combustível fosse suficiente para levá-la.

Agora, prostrada com a cabeça entre as mãos, ela sentia o peso do que havia acontecido. As lágrimas grossas escorriam pelo seu rosto, mas evaporavam assim que encontravam o chão de capim seco estendido pelo cenário inóspito que a cercava naquele momento.

— Era mentira. Não passava de mentiras — repetia, constante, para si mesma.

"Superstições e ideologias não parecem o mesmo? Envolvem o medo e a fé e, ainda assim, são abstratos e inalcançáveis", Zion havia dito naquele dia. Será que ele queria avisá-la sobre a vida imaginária que vivia? Não, provavelmente não. Decerto, brincaria com ela até cansar. Talvez já estivesse cansado. Seus encontros eram cada vez menos frequentes e ele parecia cada vez mais cansado.

Mas... por quê?

Se ela ao menos conseguisse entender, talvez parasse de doer. E doía, doía muito.

Toda a sua vida, tudo o que dera à Fenda.

"Não há desigualdade de gênero aqui", eles diziam. Uma grande mentira.

Amber sabia?

Zion dissera que apenas a cúpula tinha essa informação, mas já não podia mais acreditar nele. Quantos tiveram acesso àquelas imagens? Quantos sabiam da sua intimidade?

"Senhorita", foi assim que o secretário Moloch a chamara em tom de escárnio. Ele sabia, ele ria. Mil possibilidades passaram por sua cabeça, mil cenas em que todos sabiam que ela estava sendo enganada, fazendo um papel de idiota. Cenas em que o capitão pirata gargalhava e contava vantagem com sua tripulação porque a soldado K., aquela tão superior aos outros e que servia tão bem à corporação, pensava que eles viviam um romance proibido. Depois, ele fazia comparações e falava dos momentos que eles dividiam, de quando faziam amor. Ao mesmo tempo, essas lembranças misturavam-se às que Zion a abraçava e a enchia de beijos, sem nenhum resquício de fingimento.

Como ele pôde ser tão cínico?

Kelaya escondeu o rosto entre as mãos e se encolheu, balançando pela força dos soluços. Ela sentia tanta vergonha de si mesma que queria poder simplesmente deixar o próprio corpo ali, no meio do nada, e fingir que aquilo nunca acontecera. Fingir se tratar de outra pessoa, uma pessoa patética. Mas não ela.

Será que ele se relacionava com outras pessoas?

Era implícito que o acordo exigia fidelidade, mas agora ela percebia quão burra tinha sido. A Fenda bem que avisara que esse tipo de relacionamento era prejudicial para pelo menos uma das partes. Mas, se eles sabiam, por que não a impediram? Por que não a protegeram?

Mas a Fenda protegia as pessoas?

Voltou a pensar no que acontecera ao Vale de Ghor. Recordou as pequenas casinhas com roupas penduradas nos varais.

— Algumas eram de bebês — sussurrou e, em seguida, começou a chorar.

Ela começou a respirar fundo na tentativa de se acalmar, mas a única coisa que conseguiu foi aumentar sua dor. O ar arenoso queimava ao entrar pelas narinas, ardendo ao descer pelos pulmões. Não havia alívio, apenas a sequidão dentro e fora de si. Enquanto a adrenalina esquentava seu sangue, tudo estava sob controle. Quando esfriou, o desespero tomou conta.

De tudo o que descobrira, a verdade era o que mais a atormentava: ela não era mais a recruta habilidosa com um grande futuro nem a soldado especial com números recordes de mortes e missões. Na verdade, as duas personagens incompatíveis que ela criara em sua mente acabaram se destruindo, restando agora só a realidade do que ela realmente é: uma mulher com o coração e os ideais partidos.

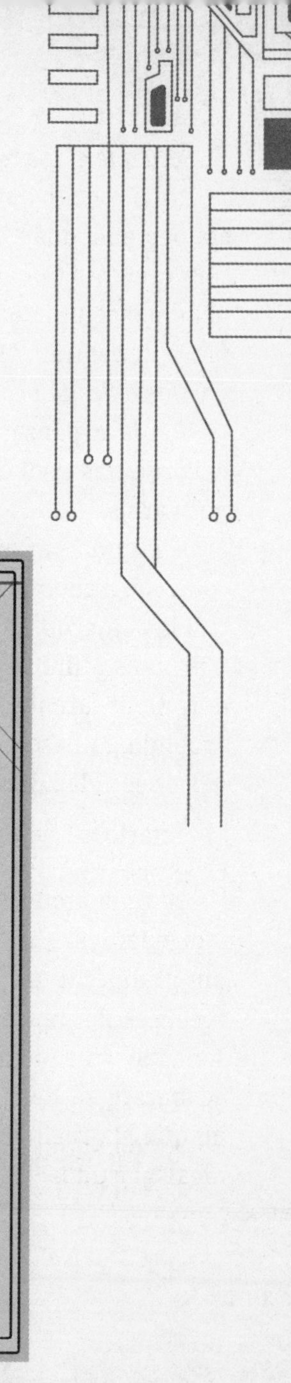

NOME: ZION HASKEL
TITULO: CAPITAO
SEXO: M..IDADE: 26
ORIGEM: BACA......................NUMERO DE SERIE: 1.136
POSTO: STELLA CAPITANIA
DESIGNACAO........1136

CAPÍTULO 21

PISANDO FORTE E RÁPIDO, Zion Haskel andava pelos corredores da base Babel sem olhar para ninguém. Amber o recebeu no hall do segundo andar e franziu as sobrancelhas quando viu que ele estava sozinho. Ele passou direto por ela sem dizer nada, mas parou ao ver em pessoa o secretário de segurança, marechal Moloch, diante da sala de conferência, esperando por ele. Trajava um uniforme parecido com o de Amber, mas branco e com uma insígnia que denotava seu cargo especial no governo da corporação.

Amber postou-se ao lado dele, e Zion olhou de esguelho, ao que ela apenas balançou a cabeça, quase imperceptível. O comandante fez um sinal para ele continuar e entrar, sozinho.

A sala, como tudo na Fenda, era iluminada por uma luz fria. Não havia janela, apenas paredes brancas, para que nada tirasse a atenção de quem estivesse falando.

— Sente-se, filho. — Ele fez um sinal com a mão, apontando para a primeira cadeira lateral da grande mesa que se estendia, enquanto ele mesmo se sentava na ponta. — Fomos informados que a nave de emergência da Stella foi usada. Por quem?

Zion já havia refletido em tudo que podia sobre o que acontecera e sentia que a situação estava sob o seu controle.

— Kelaya, ela desertou.

O secretário inclinou o corpo para trás na cadeira enquanto o analisava com certa curiosidade.

— Esperávamos que isso um dia acontecesse — respondeu, por fim.

— Esperavam?

— Sim. — Um sorriso malicioso despontou nos lábios do marechal. — Uma mulher que cai tão fácil nos encantos do romance não vai muito longe. Só preferíamos que ela não saísse viva.

Zion manteve o rosto impassível.

— Quando eu fiz a proposta, vocês disseram que seria bom para ela.

O secretário riu e depois ficou em silêncio, caçando alguma emoção no rosto de Zion.

— Seria bom para nós — apontou para si mesmo — manter uma soldado com tamanha habilidade sob nossos olhos. Mas sabíamos que o sentimentalismo da garota era uma fraqueza. — Ele inclinou a cabeça para o lado. — Por que não a impediu?

— Ela ameaçou a mim e a um de meus homens — Zion mentiu sem alterar nem um músculo do corpo. — Um homem essencial para a frota.

— Sei. E por que não a seguiu?

— Ela destruiu o localizador logo que alcançou voo e não conseguimos acompanhá-la, a nave menor é muito mais rápida.

O secretário suspirou e depois coçou o queixo com a ponta do polegar.

— Não sei se algum homem seu valeria tanto assim. — Ele balançou a cabeça. — Uma soldado como ela, com tanta habilidade e conhecimento, solta por aí, pode ser um prejuízo muito grande.

— Peço perdão pela minha falha, senhor. — Zion baixou os olhos.

— E isso te afetou de alguma forma, capitão?

Zion voltou a fitá-lo.

— Me deixou irado.

— Isso é bom. — Ele ajeitou a cadeira e inclinou o corpo na direção de Zion. — Nada como um homem movido pela raiva.

— Com certeza — Zion disse entre os dentes. — Não há nada que me encoraje mais do que a raiva.

Sentiu a mão pesada do secretário bater em suas costas, tapinhas de congratulação. Logo após, o homem soltou uma gargalhada que fez eco por toda a sala.

Qual foi a piada, Zion não soube dizer.

— Veja Amber — o homem disse ao apontar com a cabeça para o lado de fora. — Uma mulher que não me dá nenhum trabalho, sempre foi fiel à corporação. Um diamante negro. Se todas elas fossem úteis assim...

Zion só assentiu com a cabeça, bem devagar, quase que de forma inerte.

— E minha encomenda, capitão?

— Entregaremos em suas dependências em Baca, marechal — pigarreou. — Mas receio ter mais para negociar.

— Ótimo, sei de mais gente interessada. — O secretário bateu com os dedos na mesa. — Bem, imagino que esteja cansado. Alguma coisa que podemos te oferecer, já que não tem mais seu brinquedo? Não que eu achasse que você não se divertia de outras formas.

Zion mirou o sorriso devasso nos lábios do homem.

— Não — respondeu. — O senhor está certo, estou cansado. Prefiro me recolher.

O comandante deu de ombros e começou a se levantar.

— Mas antes, senhor. — Estendeu a mão para impedi-lo de continuar. — Quem irá atrás dela? Quero dizer, Kelaya não pode ofender a corporação dessa maneira e sair impune.

— Oh, sim. — O secretário Moloch fez um aceno com a mão. — Eu mesmo vou designar uma equipe para fazer isso. Não acho que devemos desperdiçar sua frota com essa imbecil. Já te tiramos de sua rota por causa dela.

— Entendo, senhor.

— Agora, sim, capitão. — O homem se levantou e estendeu a mão, ao que Zion respondeu com um aperto. — Está dispensado. Você e seus homens podem usar as cabines dessa base, Amber já deixou tudo pronto. Amanhã lhe daremos novas diretrizes.

Zion prestou continência e saiu.

Assim que ele deu alguns passos para fora, Amber já se colocou ao seu lado.

— Haskel, onde está a soldado especial que eu cedi para a sua tropa?

Um oficial da base do secretário passou por eles carregando uma bandeja pesada, recheada de comida. Ela o cumprimentou com um aceno de cabeça e um sorriso, como se nada estivesse acontecendo.

— Ela desertou — Zion respondeu depois que o homem se afastou.

— Por quê?

— Motivos pessoais, eu imagino.

— Como deixou isso acontecer?

Ele parou e girou os calcanhares.

— Sei das minhas responsabilidades, general, e não se preocupe: eu vou consertar isso.

— Você foi designado para ir atrás dela?

— Ainda não. — Zion mirou a janela panorâmica do corredor. — Mas eu vou.

— Por que você, e não eu? — Amber ergueu o queixo.

— Porque é o meu dever.

Eles mantiveram os olhos firmes um no outro por alguns instantes. A general abriu um sorriso fraco; não como alguém que estava feliz, era mais uma rendição.

— Pois bem, capitão Haskel. Tenho uma informação para você.

Zion se dirigia novamente para a sala de conferência quando viu o oficial saindo com uma bandeja vazia.

— Capitão, o secretário está em seu horário de almoço.

Zion ignorou o aviso e passou por ele como um raio.

— Secretário. — Prestou continência ao entrar.

— Zion?! — o homem disse com a boca cheia, o queixo e os dedos ensebados pelo bacon que ele engolia.

— Tenho novas informações sobre a missão e um problema que se desenrolou, senhor. — Ele voltou a atenção da comida para o homem que o encarava com as sobrancelhas juntas.

— Feche a porta. — O secretário fez sinal com a mão.

Ele obedeceu e depois se aproximou.

— Diga. — O comandante bebericou uma taça de bebida.

— Há indícios de que Kelaya se apossou de um dos dispositivos que nos foi designado destruir na missão.

O secretário cuspiu o líquido de volta para a taça.

— Como?! — Seu rosto começou a tomar um tom vermelho. — Eu pedi que apenas a sua equipe entrasse em contato com os dispositivos!

— Provavelmente um que estava na cabine, senhor. Alguma matriz de dados ou algo do tipo.

O secretário fechou os olhos, apertou os dedos engordurados nas têmporas e começou a massageá-las. A ordem de que Kelaya matasse o capitão da operação riseu partira diretamente dele.

— Confesso que não pensei nessa possibilidade. — Ele limpou os dedos em um guardanapo e depois pegou seu aparelho portátil de acesso ao Vírtua para digitar algumas informações. — Sabe, quando a mandei para essa missão, eu não esperava que ela voltasse.

Zion pigarreou.

— Mandou Kelaya para uma missão suicida, senhor?

— Existem sacrifícios que devem ser feitos — respondeu com uma expressão quase entediada.

— Entendo.

— Havia histórias macabras sobre aquele capitão. — O secretário mirou o capitão com um sorriso sinistro. — Precisava de alguém que fosse bom o bastante para enfrentá-lo e que eu não me importasse de perder.

— Entendo.

— Mas aquela bruxinha é astuta, não é?

— Muito — Zion disse e ficou em silêncio por um momento. — Se me permite, senhor, considerando a gravidade da situação e o quanto eu a conheço, o ideal seria que eu fosse atrás dela.

O homem ponderou, analisando-o cuidadosamente.

— Meus homens já estão de prontidão, só aguardando o tempo para abastecer a nave — Zion completou.

— Talvez você tenha razão. Até organizarmos uma frota... — O secretário suspirou.

— Além disso, senhor... — Zion se aproximou e depositou os punhos fechados sobre a mesa. Era possível ver as gotículas de suor na cabeça calva do secretário — essa era a minha missão, preciso finalizá-la.

O secretário o fitava com os olhos vidrados.

— Você quer mesmo se vingar, hein, garoto?

— Com certeza. — Sorriu. — Ela é minha.

O secretário bateu com a palma da mão sobre a mesa e riu alto.

— Eu gosto disso em você, Zion.

— Imagino que sim.

— Desde a academia, você sempre mostrou essa disposição. — Ele se levantou e começou a andar pela sala, deslizando a mão sobre algumas armas expostas no balcão lateral, e Zion o acompanhou com a cabeça. — Para onde você acha que ela vai levar o dispositivo?

— Quem sabe para uma frota riseu.

O secretário se virou de súbito e arregalou os olhos, com uma boleadeira eletrônica nas mãos.

— Você acha que ela nos trairia de tal forma?

— Eu senti alguns indícios nos dias que passamos juntos. Algumas dúvidas sobre lendas e mitologias. Acredito que ela queira desvendá-las.

— Por que não me relatou isso antes, capitão?! — o secretário ralhou, voltando para sua mesa exasperado. — Foi para isso mesmo que eu permiti esse seu romance fajuto!

A menção às lendas parecia ter tirado todo o sangue do rosto do comandante.

— Não pensei que fosse algo realmente sério até ela desertar — respondeu.

Alguém bateu à porta e o secretário mandou entrar. Era o mesmo oficial que levara a comida, vinha acompanhado de um garoto magro que não parecia ter mais de dezesseis anos, com os cabelos molhados e bastante perfumado, como se estivesse preparado para alguém. Ele tremia. O oficial ficou lívido ao perceber que Zion ainda estava ali.

— Agora, não! — o secretário vociferou, dispensando os dois com as duas mãos.

Ele se desculpou e empurrou o garoto de volta para fora da sala, enquanto Moloch xingava. Zion voltou a atenção para o secretário.

— Eu tinha muita confiança em você, rapaz, mas acabou de perdê-la. — O comandante apontou o dedo para o seu rosto. — Eu te darei uma única chance, é melhor não me decepcionar de novo!

Zion se inclinou levemente.

— Não haverá mais nenhuma falha — disse com seu tom de voz mais firme.

— É o que espero.

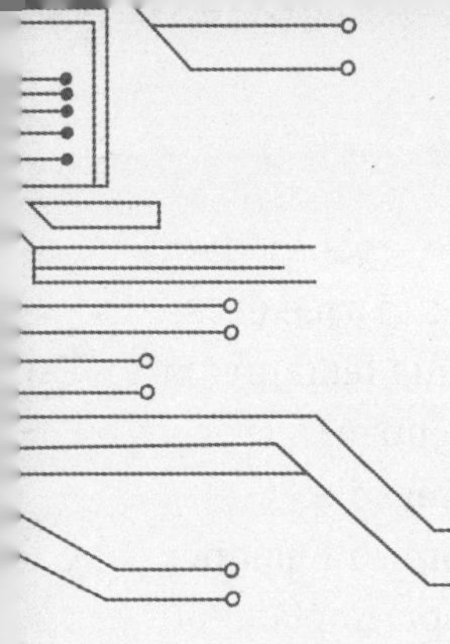

CAPÍTULO 22

KELAYA NÃO FAZIA IDEIA DE QUANTAS HORAS ou dias estivera sentada na mesma posição fora da nave. Não tinha visto o Sol nem as nuvens se moverem. Não tinha ouvido o vento soprar nem percebido o horizonte escurecer. A única coisa que ela via era a própria agonia.

Quando começou a voltar a si, percebeu algumas nuvens densas e escuras se formando acima de sua cabeça. Também percebeu outro tipo de dor, mais física, de fome e sede. E ela sabia que, mesmo com todo o preparo físico, se continuasse daquele jeito, não duraria por muito mais tempo.

Suspirou fundo, preenchendo o vácuo que havia se formado em seu peito depois que derramara tudo com as lágrimas. Já tinha passado da hora de fazer alguma coisa, procurar por um novo veículo, combustível para abastecê-lo e ir para... ela não fazia a menor ideia. Não havia absolutamente nada naquela região.

Olhou para a nave de emergência, que estava completamente inutilizável. A única alternativa que lhe restava era pegar o que trouxera consigo e se pôr a caminhar em direção ao Sudoeste, rumo contrário de onde viera.

A chuva que se formou foi suficiente apenas para deixá-la encharcada e o solo lamacento. Conforme ela se mexia, os pastos crestados emitiam sons que lembravam o crepitar do fogo. Mas, com o manto da chuva, a crosta dourada acabou ficando gosmenta e escorregadia.

Depois de caminhar por horas sem encontrar qualquer vestígio de abrigo, ela se sentou em uma parte plana do gramado, pegou o dispositivo que havia trazido consigo e o analisou de novo.

Alguns dias antes, se lhe perguntassem se ela acreditava em hipóteses sobrenaturais, destino ou coisas do tipo, ela simplesmente riria. Mas, após sua vida ter virado de cabeça para baixo, fazendo-a questionar tudo o que acreditava ser verdade, ela já não tinha tanta certeza se não existia uma força poderosa brincando com ela.

— Por que me trouxe para esse lugar? Tem alguma coisa aqui para mim, algo que faça sentido? — perguntou para o objeto.

Era uma plaquinha lisa e preta de metal. Não tinha nada aparente que pudesse lhe dar alguma pista, senão a inscrição numérica quase invisível.

Mesmo sendo completamente surreal, ela esperava alguma resposta. Não precisava ser algo hipoteticamente absurdo, como o objeto ganhando vida e abrindo um portal para outro planeta, mas algum sinal. Um som ou uma simples indicação de para onde ela deveria seguir. Ficou decepcionada pelo silêncio que se seguiu.

Voltou a percorrer o caminho, que parecia se estender para sempre. Enquanto as horas passavam, as necessidades físicas começavam a se abater sobre ela de forma implacável. Já fazia algum tempo que seu cantil ficara vazio e, por mais que tentasse se lembrar, não conseguia recordar há quanto tempo estava sem comer.

A visão já não lhe era tão confiável. Às vezes, tinha a impressão de ver algo ao longo da paisagem: uma nuvem de poeira formada por um movimento, um pequeno riacho cristalino, uma árvore recheada de frutos... mas não conseguia alcançar nenhuma das suas visões. Por mais que se esforçasse para se aproximar, ainda estavam lá, inalcançáveis, exibindo-se e instigando sua cobiça.

A noite caiu em tom de púrpura, e o calor escaldante do dia foi substituído pela solidão gélida da noite. Sua respiração estava pesada e seus pés vinham se arrastando sobre a relva amarela. Tocou a boca. Os lábios estavam tão ressequidos que ardiam só de pousar os dedos sobre eles.

Chegando a uma encosta ladeada por uma grande fileira cinza de rochas, coberta de arbustos secos, ela se deitou e permitiu que o corpo cansado relaxasse sob o céu negro e frio, sem uma única estrela.

Parecia até uma piada. Ela, a grande promessa da Fenda, aquela que ia trazer esperança e um futuro mais justo, morreria de fome e sede no fim do mundo e sozinha.

Fechou os olhos e uma lágrima escorreu até a orelha. Depois, ela pensou na outra personalidade: a Kelaya apaixonada. Essa já morrera.

Morrera quando ela havia lido a ficha secreta, morrera quando as palavras de confirmação haviam saído da boca do próprio marido, morrera quando ele havia fechado aquela maldita porta sem hesitar. Morrera como toda a vida naquele deserto infinito.

Kelaya deixou outras lágrimas escorrerem e a escuridão tomá-la por completo.

Assim que os primeiros feixes de luz do dia tocaram seu rosto, ela se colocou de pé, voltando a peregrinar contra o destino. Pelo menos três dias haviam se passado desde que fugira.

O ar não era tão seco quanto o do lugar onde estivera prostrada, pois uma certa neblina hidratava seu rosto. Poderia ser um sinal de que um abrigo estava próximo ou apenas os sentidos enganando-a.

Enquanto caminhava a passos arrastados, não percebeu uma pedra escondida no gramado acentuado. A pedra girou junto ao seu pé direito e Kelaya sentiu algo rasgar seu tornozelo por dentro, e, então, o impacto da sua boca encontrando o chão duro com um estrondo. A dor era tanta que não sabia dizer de qual extremidade vinha. Ela se contorceu enquanto mantinha os olhos cerrados, na esperança de que a pressão a acalmasse.

Alguns minutos se passaram e nada havia mudado. Tentou ficar de pé e mancar, mas foi em vão. O tornozelo latejava com uma dor excruciante e as forças já a abandonavam. Não tinha mais esperança de se levantar e voltar a caminhar. Deitou o rosto na grama lamacenta e fechou os olhos.

Humilhante! Talvez eu mesma deva acabar com isso.

Pela primeira vez na vida, esse tipo de pensamento lhe passava pela cabeça. E, refletindo melhor, talvez fosse o que fizesse mais sentido mesmo.

O que tinha sido sua vida, afinal? Até os doze anos, enquanto morava com a mãe em Baca, ela vivera ressentida por estar sempre à margem do mundo. Todo o esforço que havia feito nos outros doze anos para se afastar dessa margem e ser valorizada não fora suficiente. Cada dia de sua vida tinha sido uma prova, um teste que ela precisava vencer, e, embora se esforçasse muito para ser a melhor e merecer o prêmio, no final nunca era suficiente. Nunca seria suficiente.

Por mais sombrio que aquilo pudesse ser, o fato era que o seu fim alternativo era degradante, o oposto de tudo que ela planejara. Seria mais honroso que a própria espada a vencesse e terminasse de vez com tudo.

Ela inclinou o tronco e, com as mãos fracas, deslizou a espada das costas; a lâmina afiada reluziu contra os raios do sol da manhã.

Quantas vidas aquela arma havia tirado? Agora seria a vez dela. Talvez fosse até justo que a última fosse a dela.

Kelaya respirou fundo e liberou o soluço que a sufocava.

Havia justiça no universo, afinal. Uma justiça que punia, mas não acalentava a todos.

Fez um esforço muito grande para posicionar a ponta da lâmina fria contra a parte de trás do queixo. Seria rápido e sem dor. Buscou todo o vigor que lhe restava para dar o golpe final e, quando estava prestes a conseguir a coragem necessária, um som irritante a impediu de prosseguir.

Parou para prestar atenção. Parecia um veículo velho se aproximando. Só podia ser mais uma das obras de sua mente, enganando-a como das outras vezes, um truque do cérebro que fora programado para sobreviver, para não desistir.

— Que me atormente! — ela grunhiu.

Restavam-lhe apenas alguns segundos, e tudo o que ela queria era morrer de uma vez. Mas o barulho de lata se batendo só aumentava, cada vez mais alto e incômodo, até que parou, dando lugar a passos que se aproximaram.

Kelaya virou o rosto e vislumbrou uma figura cujos contornos torneados pareciam de uma mulher. O véu marfim escondia o rosto e os cabelos, deixando apenas uma fresta para os olhos claros que a encaravam. Até que ouviu uma voz abafada sair de trás do tecido e se dirigir a ela:

— Se eu fosse você, não faria isso.

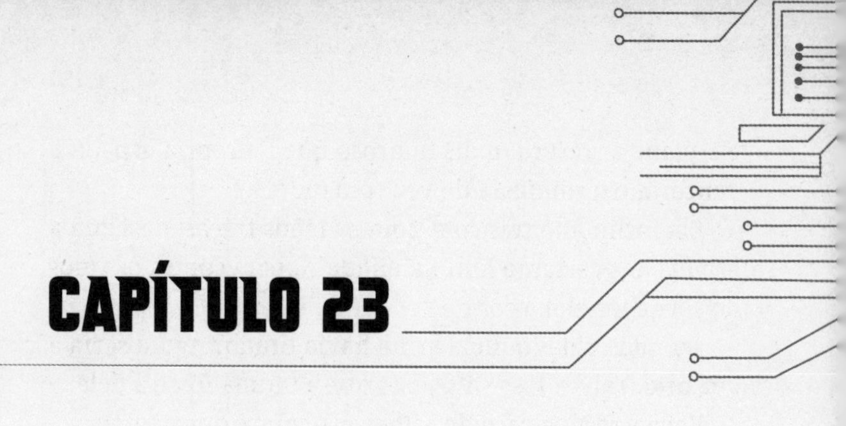

CAPÍTULO 23

A LUZ INSISTIA EM ENTRAR através das pálpebras, chamando-a para uma realidade que ela não queria enfrentar. Estava tão bem ali. Nas profundezas do vazio, só ela e mais nada. Se pudesse escolher, teria ficado assim para sempre. Mas a mente havia despertado, inquieta e curiosa para lembrar por que ainda estava viva.

Percorreu os olhos recém-abertos por todo o cômodo. As formas estavam embaçadas, então levou algum tempo para reconhecer o que a rodeava. Cortinas claras em uma janela grande permitiam que a luz de fora entrasse, iluminando a cadeira e a cômoda de madeira ao lado da cama. O chão de tábua e os móveis antigos pareciam pertencer a uma época que ela não conhecia. Apesar do cenário estranho, o conforto do cheiro delicioso que impregnava o ar fazia Kelaya se recordar de sua própria casa no Vale de Ghor, trazendo de volta a dor das lembranças.

Pensou na mulher que a resgatara, dando-lhe de beber e depois colocando-a dentro de um veículo motorizado que mais parecia uma caixa quadrada de latão. Pouco falaram durante o percurso. Kelaya dormia e despertava várias vezes, até que se viu sendo confortada em uma superfície macia, a mesma que estava nesse momento.

Tentou mudar de posição, mas foi impedida pelo peso do pé direito imobilizado. Qualquer movimento que fizesse lhe garantia uma fisgada dolorida vinda de dentro das ataduras. O uniforme havia sumido. Agora, ela vestia um traje leve da mesma cor do véu da mulher. O tecido transpassava seu corpo e estava preso com uma fita na parte da frente.

Kelaya voltou a recostar a cabeça contra o travesseiro e só então a notou. Estava sem o véu, mas os olhos claros eram inconfundíveis. Alta e corpulenta, a mulher tinha cabelos compridos e grisalhos, o rosto um pouco enrugado e com certa doçura nas expressões.

— Onde eu estou? — perguntou com uma voz rouca.

— Na minha casa.

— E onde isso fica, exatamente?

— Próximo às Charnecas do Sul.

— Charnecas? — O tom de voz ganhou mais força. — Você está me dizendo que toda aquela palha lá fora não está morta?

— Não. — A mulher olhou para fora e suspirou. — Na primavera, as urzes florescerão e um cheiro delicioso vai entrar por essa janela, atraindo abelhas e todo tipo de insetos.

— Hum...

A mulher se aproximou e se sentou na cadeira próxima à cama. Ambas se olharam com uma curiosidade recíproca.

— Meu nome é Adara Altman — ela disse.

— O meu é Kelaya.

— Sem sobrenome?

Ela tinha sobrenome. Dois, na verdade. Bittar, o de sua mãe, era o que constava em todos os seus registros, mas ela optara por não o usar como identificação desde que entrara para a Fenda. O outro, ela nunca se atrevera a dizer em voz alta: Haskel.

Apenas balançou a cabeça em negativa.

— Como você me achou?

— Bem... Eu fui buscar uma coisa e acabei te encontrando.

Kelaya não tinha visto nada por quilômetros. Então, aquela resposta era no mínimo estranha e, com certeza, não totalmente verdadeira.

— Aquela lata-velha é sua?

— A lata-velha — Adara disse em tom ofendido — salvou a sua vida.

— Não salvou muita coisa. — Desviou os olhos

Uma pontada de culpa apertou seu peito. Ela estava sendo rude, mas, naquele momento, era o que sentia. Adara ficou em silêncio por alguns minutos, analisando-a.

— Você estava muito fraca, desidratada e com o pé fraturado — ela disse, por fim. — Acho que ficou por dias vagando pelas charnecas. Te dei algumas doses de suplemento diretamente na veia.

Kelaya assentiu.

— Por quanto tempo eu dormi?

— Um dia e meio.

— Onde está meu uniforme?

Adara olhou para a porta.

— Joguei fora.

— O-o quê? Por quê?!

— Primeiro, estava um trapo. Segundo, não é seguro andar com esse uniforme por essa região. — Ela balançou a cabeça. — Aqui é uma zona distante, é verdade, mas você pode encontrar alguém que a denunciaria com facilidade. E... — ela inclinou um pouco a cabeça, como se estivesse em dúvida — acho que você não precisa mais dele. Estou enganada?

Kelaya fitou o teto e isso foi suficiente para Adara entender. Ela estava certa, mas ainda era estranho. Aquele uniforme e suas variações estiveram com ela por muito tempo, e, sempre que precisava esconder algo, era só o vestir. Como uma capa de proteção que agora ela não teria mais.

— Você é simpatizante de alguma facção? — Kelaya perguntou.

— Já pertenci ao Risa — Adara respondeu com as costas relaxadas contra a cadeira, as mãos cruzadas na frente do corpo. — Hoje, não mais.

Kelaya nunca imaginara que houvesse ex-riseus, mas ela também não pensara que haveria ex-fendas e, no entanto, ali estava ela.

— Por que saiu? — perguntou, intrigada.

A mulher abriu e fechou a boca, se remexeu na cadeira. Pela primeira vez, ela mostrava desconforto com o rumo da conversa.

— Essa é uma pergunta complexa.

De repente, seu estômago roncou alto e Adara sorriu.

— Eu te dei suplementos, mas seu corpo parece estar pedindo comida. — Enquanto falava, a mulher levantou-se, apressada. — Ainda bem que eu estava mesmo preparando algo para comermos. Volto já.

Logo, ela trouxe duas tigelas dispostas em um suporte de madeira que se ajustava na cama. Um continha um caldo verde, e o outro, pedaços de pão. Se antes o cheiro era delicioso, agora parecia sublime.

Depois de ajeitar o corpo na cama de modo que pudesse ficar sentada, Kelaya comeu devagar, enquanto Adara a observava com ares de satisfeita.

— Está muito bom, obrigada!

A anfitriã apenas meneou a cabeça.

— Você não vai comer? — perguntou.

— Vou. — Ela sorriu. — Daqui a pouco, lá na mesa da cozinha.

Depois que ela terminou de comer, Adara recolheu os utensílios e Kelaya apenas descansou as costas no travesseiro.

— Então — ela voltou ao assunto, antes que Adara pudesse deixar o quarto novamente —, vai me contar por que saiu do Risa?

A mulher colocou o suporte sobre a cômoda e, virando-se para ela, depositou as mãos na cintura.

— Direi o que você quer saber se você me responder algumas perguntas também.

— Vou fazer o meu melhor — respondeu, dando de ombros.

— Para onde pretendia levar o dispositivo?

Os sentidos de Kelaya ficaram subitamente em alerta. Tinha se esquecido por completo do dispositivo e de sua espada. Olhou em volta e não viu nem sinal deles.

— Onde estão?

— Estão seguros. — Adara se sentou de novo na cadeira perto da cama e se inclinou para mais perto dela. — Escondi porque não sabia com quem ia lidar quando você acordasse. Mas eu prometo lhe devolver na hora certa.

Ela deveria desconfiar da mulher, mas nem pretendia estar viva naquele momento. Qualquer pessoa poderia ter passado, a roubado e a deixado apodrecendo no meio da relva, porém Adara a salvara e não parecia disposta a nenhum método de tortura. A verdade é que ela não tinha muito a perder.

— Não levaria a lugar nenhum — Kelaya respondeu. A sinceridade estava estampada em seu rosto, ou ela esperava que sim, e no tom suave da voz. — Eu nem sei o que ele é, esperava que alguém me contasse.

— Não é o dispositivo que importa, mas sim as informações criptografadas que estão nele.

Kelaya estreitou um pouco os olhos.

— E quais são essas informações?

A mulher pareceu não ter ouvido a pergunta. Continuou olhando pela janela, as mãos cruzadas sobre as pernas.

— Onde o achou? — ela perguntou, sem voltar os olhos para Kelaya.

— Peguei de um oficial riseu morto. Eles estavam fazendo cópias que pretendiam distribuir, e nós as destruímos.

— Distribuir para quem?

— Para a população, eu imagino.

— Estranho. — A mulher olhou para ela e uniu as sobrancelhas.

— Por quê?

— Não é o tipo de coisa que eles fariam. A menos que...

Ela não terminou a frase.

— A menos que...?

— Não sei. — Ela sorriu. O sorriso era maternal, fazendo Kelaya se lembrar da própria mãe, embora não tivesse recebido muitos sorrisos dela em sua infância. — Estou apenas divagando, teremos que investigar melhor.

— Teremos? Tem mais alguém com você? — Ela olhou para a porta.

— Não, criança, somente você. — A mulher se inclinou para perto da cama. — Acho que você precisa se deitar de novo, está suando.

Kelaya queria protestar, mas o enjoo e a fraqueza estavam voltando a consumir seu corpo, fazendo-a tremer. Adara a ajeitou com carinho no travesseiro e depois a cobriu com uma coberta fina.

— Vai precisar de alguns dias até estar totalmente recuperada — disse ela, dando dois tapinhas leves na coberta. — Precisa descansar.

— Você ainda não disse o que são as informações.

— A Verdade — Adara respondeu em um tom solene.

O corpo de Kelaya se arrepiou sob a coberta. Ela queria saber mais, porém não conseguia manter os olhos abertos por muito tempo. Depois que eles se fecharam, sentiu uma mão afagar seus cabelos.

CAPÍTULO 24

O SONO NÃO FOI TÃO TRANQUILO como o anterior. Kelaya teve pesadelos incessantes, fragmentos pontiagudos de sua vida pregressa, lembranças que deveriam estar havia muito enterradas. Vez ou outra, sentia o corpo liberar espasmos, alguém aplicando compressas em sua testa e trocando sua roupa.

Viu a figura da mãe, muito magra, passando pela porta do apartamento em que viviam em Baca. Viu também uma versão de si mesma, mais jovem, contando que partiria no dia seguinte para se juntar a uma organização de guerrilha. As rugas no rosto da mãe ficaram mais intensas e, em seus olhos, uma emoção que ela nunca tinha visto antes. A jovem Kelaya tentou não demonstrar satisfação diante do desespero da mãe. Não era exatamente isso que ela sempre quisera? Um pouquinho de carinho, uma palavra encorajadora, ou que, ao menos, a mulher não demonstrasse desgosto ao olhar para ela?

Após uma crise de tosse, a senhora falou com as mãos trêmulas, a voz rouca:

— Você poderia, pelo menos, me dizer o que a fez tomar essa decisão e estar tão convicta de que a Fenda está do lado certo?

Kelaya viu sua figura jovem unir as sobrancelhas e cruzar os braços. Por certo, a mãe sabia que aquela atitude drástica da filha era sua culpa e, em esforço inútil, tentava compensar os anos de indiferença naquela súplica patética.

Então despertou. Ainda estava no mesmo quarto da casa de Adara, com algumas diferenças. Agora havia um pedaço de madeira, modelado como uma bengala, e uma muda de roupa, ambos sobre a cadeira ao lado da cama.

Kelaya engoliu em seco e mirou o teto. O último sonho estava vívido em sua cabeça. Por muito tempo, tinha reprimido essas lembranças, mas agora não havia mais motivos para fazer isso e ela deixou sua mente vagar pelos lugares doloridos da memória.

Por que ela não me descartou, como a maioria das mulheres faziam?, Kelaya se perguntava, desde que já tinha idade para entender essas coisas.

A verdade é que, uma semana depois de sua partida, a mãe morrera. Sozinha.

Mas Kelaya só descobriu isso anos depois, quando soube que ela lhe deixara uma quantidade de crédito que a Fenda não pôde confiscar, já que a mãe morrera antes de a facção ter legitimidade no território; e, depois, tentou não pensar mais sobre isso. Agora, diante da memória revirada, ela se perguntava se aquele era o motivo de a mãe ter trabalhado tanto e ter deixado Kelaya sozinha por tanto tempo. Será que a mãe queria garantir que a filha tivesse um futuro, que não ficasse desamparada?

Kelaya sentiu uma dor no peito e arfou, afastando os pensamentos. Não queria voltar a ficar emotiva, já estivera demais assim nos últimos dias.

Decidiu que já estava forte o bastante para se levantar e, apoiando-se na cômoda, alcançou a cadeira. Vestiu a calça sarja marrom e a camisa de viscose bege deixadas por Adara.

Ao sair do quarto com a ajuda da bengala de madeira, deu de cara com uma cozinha aberta e iluminada no fim do pequeno corredor. Atravessou o ambiente e olhou pela janela grande que dava para o pátio. Adara estava lá fora, dando de comer a algumas aves que não tinham asas.

Os animais — assim como a vida vegetal, e até em parte a humana, — haviam chegado ao Planeta Novo em forma de embriões, no intuito de povoar e garantir o ciclo natural da vida. No entanto, as indústrias da República os exploraram de forma cruel. A Fenda substituiu toda a utilização animal por recursos artificiais e, por isso, eles quase não eram vistos em seus domínios.

Mas, ali, eles pareciam felizes e livres. As aves juntavam-se na frente de Adara enquanto mexiam seus pescoços e faziam uma espécie de coral como retribuição por ela os abençoar com aqueles punhados de sementes.

Kelaya riu e se recostou no batente da porta. Adara veio em direção à casa, sorrindo.

— Enfim acordou — ela disse ao entrar. — E vejo que você está muito melhor.

— Tirando o pé, me sinto ótima.

— Você teve febre na noite passada — disse ela, apoiando o balde ao lado do fogão antigo. — Apliquei algumas doses de antitérmicos em você.

Kelaya se sentia mal por dar tanto trabalho a uma desconhecida. Não parecia certo ficar em dívida com alguém, ainda mais alguém que já fizera parte de uma facção inimiga tão odiosa.

— Me desculpe por te fazer gastar sua reserva de medicamentos.

— Não se desculpe, eles estavam sendo guardados para ocasiões como essa. — Ela retirou do forno um bolo fofinho e dourado que exalava o aroma mais divino que Kelaya já sentira em toda a vida. — Está com fome?

— Um pouco.

— Ótimo, porque eu também estou.

Adara continuava sorrindo com aquele jeito maternal. Kelaya forçou um sorriso tímido e, inconscientemente, abraçou o corpo com um braço. Não queria sentir a culpa que as lembranças provocadas por aquele tipo de cuidado lhe causavam.

A mulher mais velha serviu uma mesa farta com frutas, leite, ovos mexidos e o bolo quentinho. Algumas das frutas, Kelaya já conhecia; outras, não.

— Onde você consegue tantas coisas em um lugar tão remoto?

— Eu produzo quase tudo aqui mesmo. Vivo uma vida autossustentável.

— Oh! — Kelaya fez uma careta.

— O que foi?

— Nada, é só que parece estranho vindo de alguém que pertenceu ao Risa. — Tarde demais, notou que aquele comentário talvez a ofendesse e continuou: — A República não tinha nenhum problema em acabar com todos os recursos naturais do continente se isso gerasse mais lucro.

Adara, porém, não parecia ter achado o comentário impertinente.

— Você está certa — ela levou o copo até a boca e bebericou um pouco do leite —, mas é um erro julgar todos os indivíduos através de uma instituição. É mais complexo do que isso.

Kelaya teve de concordar. A partir daquele momento, não gostaria mais de ser julgada pelas lentes da Fenda.

— E é possível? Uma economia assim? Esse era um dos projetos da Fenda para quando tomasse todo o continente e a guerra acabasse.

— Talvez a guerra nunca acabe. — A mulher sorriu, sem mostrar os dentes. — Não sei se é possível em escala continental, mas, pelo que sabemos, era o projeto dos pioneiros quando trouxeram os embriões.

Os registros deixados pelos pioneiros continham todas as informações para a nova civilização crescer e se desenvolver de forma moderna, sem causar prejuízos a ninguém. Mas os cálculos de sobrevivência foram superados e o Planeta Novo foi povoado muito rápido. Ao menos, era o que a República dizia para justificar os problemas econômicos.

— Se quiser, te mostro depois como tudo funciona — Adara disse.

Kelaya assentiu. Parecia até um sonho, uma vida perfeita no meio de tanta guerra.

— Está uma delícia — disse, depois de comer um pedaço do bolo.

— Está mesmo. Fazia tempo que eu não tinha companhia, isso deixa qualquer refeição melhor, acredite.

Kelaya desviou os olhos. Seu lado soldado não estava acostumado a esse tipo de gentileza, a ter sua presença apreciada por um estranho. Adara parecia genuinamente feliz por ela estar ali.

— Você usa sistema de esconderijo aqui? — Kelaya olhou em volta, não se lembrava de ter visto a propriedade enquanto sobrevoava a região.

— Você é bastante observadora, hein.

Sentiu as bochechas arderem. Será que um dia pararia de agir como um soldado?

— Acho que fui treinada para isso — respondeu dando de ombros, e voltou a comer. — Antes de eu dormir, você tinha me contado sobre o dispositivo. Não entendi bem o que disse sobre o conteúdo dele.

— Por que está tão interessada no dispositivo e nas informações?

— Parece que ele me trouxe até aqui — disse pensativa, fazendo aparecer pequenas rugas em sua testa. — Eu gostaria de saber o porquê.

O rosto da mulher se iluminou.

— Termine de comer que eu vou te mostrar.

Depois de tirar os utensílios da mesa, Adara foi até o quarto e trouxe uma pequena caixa de madeira. De dentro dela, tirou um objeto em forma de um hexágono plano. A base era marrom com as pontas douradas, tinha cerca de dez centímetros de largura e uma entrada de conexão.

Ela pegou o dispositivo no bolso e o conectou na pequena entrada. Um teclado de números se projetou pela lateral, ao que ela digitou uma sequência e aguardou.

De repente, a partir do dispositivo, milhares de partículas douradas surgiram e começaram a se espalhar pelo cômodo, dando forma a uma espécie diferente de holograma. Elas formavam rapidamente figuras, símbolos, imagens e textos escritos em estilos diferentes. Kelaya notou a silhueta de algumas paisagens. Conforme Adara tocava nas partículas, as imagens mudavam. Viu a figura de homens; eles trabalhando, peregrinando e lutando entre si; cidades sendo construídas e derrubadas até, por fim, um monte se erguer e, logo em seguida, ser banhado em sangue.

— Como você conseguiu descriptografar?

Os olhos de Adara pareciam refletir todas aquelas imagens.

— Digamos que foi com isso que trabalhei por muito tempo no Risa — ela respondeu. — Por acaso, ainda sei como fazer.

Kelaya continuou observando a infinidade de informações que passava por seus olhos. Mal podia compreender qualquer uma delas.

Pestanejou algumas vezes, antes de perguntar:

— Mas o que é isso, afinal?

— O Logos. Ou melhor, um fragmento dele em forma de cânticos e figuras. Ainda assim, ele em si mesmo. — Adara foi até o dispositivo e o desconectou. As imagens cessaram.

— Em forma de cânticos? — Kelaya perguntou.

— Sim.

— Por quê?

— Para que nos lembrássemos.

— Lembrar do quê?

— Da Verdade — Adara sorriu —, como eu já lhe disse.

Mas que verdade?, era o que queria perguntar; em vez disso, resolveu ser mais prática.

— E exatamente qual é a finalidade disso?

Adara virou-se e o sorriso se alargou ainda mais, de modo que seu rosto parecia ter roubado a felicidade do mundo.

— Finalidade? — ela disse, balançando a cabeça. — Na verdade, tudo se origina dele.

NOME: AMBER SHEFFIELD
TITULO: GENERAL
SEXO: F....................................IDADE: 28
ORIGEM: DESE.......................NUMERO DE SERIE: 1.135
POSTO: BASE BABEL
DESIGNACAO..........1135

CAPÍTULO 25

PERDER SUA MELHOR SOLDADO tinha sido um golpe duro para a general Amber Sheffield. Que a Fenda não soubesse, mas considerava Kelaya uma amiga — apesar de achá-la, às vezes, uma idealista pudica.

Já imaginava que algo incomum acontecia entre ela e Zion desde a academia, uma rivalidade infantil e até obsessiva, mas nada que chegasse a ponto de prejudicar a carreira militar de uma oficial tão promissora. Muito menos daquela maneira.

Tudo o que lhe informaram era que a oficial havia desertado por não aceitar se submeter ao capitão, o que era suspeito, considerando a conversa que elas tiveram antes da missão.

Manobras controversas aconteciam na Fenda o tempo todo, e ela havia confiado justamente em Kelaya para descobrir mais a respeito. Suas suspeitas aumentaram com a mensagem que havia recebido dela depois da missão. Ela tinha encontrado algo e talvez precisasse escondê-lo, então, pressentira que Zion estivesse envolvido nesse engodo. Foi por isso que confiou quando ele disse que resolveria a questão.

Apesar de ter um irritante favoritismo junto ao alto comando, Zion era um dos poucos homens que ela respeitava, além de seu imediato Ishmael. Não apenas na corporação, mas entre todos os indivíduos do sexo masculino que ela tivera o desprazer de conhecer e com os quais se relacionara. Todos os outros eram traiçoeiros e repugnantes como Moloch.

Um arrepio percorria seu corpo toda vez que pensava nisso.

Tinha sido um alívio quando o marechal finalmente fora embora depois de perturbar o bom andamento de sua base. Esperava que ele ficasse na capital, de preferência bem longe dela.

— General? General? A senhora, está aí? — Ishmael a chamava pela rede de comunicação da base.

Ela liberou o microfone na tela transparente do Vírtua que descansava sobre a mesa.

— Sim, Ishmael, pode falar.

— Recebemos um alerta da guarda distrital da região central do continente.

— Sobre?

— Alguns civis estão fazendo protestos. Usando até de violência.

— Por causa do incidente no Vale?

— Sim.

Ela se recostou na cadeira e respirou fundo.

— A guarda não está dando conta de conter alguns civis? — perguntou.

— Parece que não, general.

Mais essa, agora!

Voltou a se aproximar do aparelho.

— O que a capital diz? Algum posicionamento?

— Até o momento, não, general.

— Certo, vou ver o que posso fazer. Obrigada por me informar, Ishmael.

Assim que desligou o comunicador, Amber foi até a janela e deu uma olhada na movimentação do lugar. Aquela base, Babel, era seu maior orgulho, a maior força de armamento da Fenda. Julgava-se muito mais competente e focada como líder que o atual secretário de segurança do continente, o marechal Moloch, cujos hábitos devassos, conhecidos por todos só traziam prejuízos para a causa. Se ela estivesse em seu lugar, já teriam tomado todo o continente. Sabia que a pouca idade e o tempo de carreira eram um empecilho.

A situação com os civis também era culpa dele, fruto de mais uma decisão precipitada com o aval da cúpula anônima. Se ele não tivesse resolvido bombardear todo um vilarejo diplomaticamente neutro como uma "forma de advertência", sem o conhecimento dela, não teriam mais esse contratempo.

Amber voltou à sua mesa e fez uma pesquisa rápida nas últimas atualizações. Havia vários registros de protestos civis protocolados nos últimos dias, a maioria no interior do continente e em especial nas divisas. Uma ideia surgiu em sua mente.

Talvez, essa fosse a sua chance.

CAPÍTULO 26

AS RUAS DE BACA eram estreitas e sujas. A metrópole, sob o comando da Fenda, sediava a administração do governo e mantinha a maior concentração de cidadãos, bem como as indústrias que produziam o Suii para alimentar o povo e o armamento para enfrentar a guerra.

Com certeza, aquele era o lugar que Zion mais odiava. Não apenas por ter sido onde vivera os piores momentos de sua infância, perambulando pelas ruas junto com outros garotos e aprendendo a se virar, durante um governo relapso como o da República, mas porque, mesmo agora, aquela cidade era simplesmente infernal. O ar denso e poeirento deixava um rastro marrom em tudo que tocava, o barulho dos veículos elétricos e o constante apito da guarda fiscalizadora faziam a mente latejar.

No entanto, era necessário estar ali se quisesse algumas informações de sua melhor fonte.

Ele olhou para a mensagem do secretário de segurança em seu aparelho pessoal, exigindo um relatório de localização. Enquanto digitava uma resposta, desviou de alguns meninos com roupas rasgadas e rostos sujos de fuligem que corriam pelos becos, fugindo das viaturas elétricas que faziam a coleta de mão de obra.

Tai caminhava ao seu lado; Elazar e Dan vinham logo atrás, ajudando a carregar as encomendas. Eles também não pareciam muito satisfeitos de estarem ali, principalmente Dan, que lançava olhares ansiosos para todos os lados.

Era preciso usar um veículo pequeno para atravessar aquelas avenidas infestadas de pessoas. Andando umas atrás das outras, com olhares mortos, elas se dirigiam como zumbis para os prédios designados pela administração local como o lugar onde prestavam serviço. Os edifícios altos lembravam prisões pontiagudas e eram ligados uns aos outros por uma espécie de ponte, formando uma imensa colmeia cinza que se estendia por toda a cidade.

Apesar do caos, Zion preferia fazer o caminho a pé, pois, depois de passarem pelo centro, vinha a parte “caída” da cidade. A instabilidade das ruas e dos prédios era em função dos bombardeios sofridos durante os anos de conflito, o que fazia daquela zona a pior de Baca. Sem qualquer maquiagem, era um reflexo perfeito da condição de seus moradores.

Por fim, os quatro entraram em um prédio cinza com a fachada pichada e vários vitrais da porta principal faltando. O odor de esgoto veio sobre eles logo que passaram os primeiros lances de escadas.

Chegando ao terceiro andar, Zion deu duas batidas rápidas em uma das portas. Um homem não muito alto, já passado da meia-idade, abriu uma pequena fresta e dirigiu-lhes um olhar desconfiado, até reconhecer Zion.

— Meu capitão! Entre, entre! Quanto tempo? Estava me perguntando quando o veria de novo.

— Eu estive ocupado, Vladi — Zion respondeu ao entrar na sala.

Enquanto os outros faziam o mesmo, ele escutou passos ágeis e barulhentos correrem em direção a um cômodo nos fundos. Em seguida, várias cabecinhas curiosas surgiram pela abertura de um buraco na parede. Elas se empurravam e cochicharam alguns xingamentos quando perceberam que foram descobertas por ele.

— Deveria escondê-los melhor — Zion ralhou, desviando do lixo eletrônico espelhado pelo chão. — Vi alguns deles correndo entre os becos enquanto vinha para cá.

O homem abriu os braços, impotente.

— São apenas crianças, não tenho como prendê-las aqui. — E apontou para que eles se sentassem.

De fato, o apartamento era pequeno e os poucos lugares que não estavam ocupados por lixos eram uma poltrona velha, na qual o homem se sentou, e mais dois bancos de madeira, ocupados por Zion e pelo tenente. Os outros continuaram em pé. De fato, seria impossível manter uma dúzia de crianças, que nem eram suas, trancafiadas ali por muito tempo.

— Imagino que trouxe alguns presentes para mim — Vladi sugeriu.

Zion fez um sinal. Elazar e Dan se aproximaram e depositaram quatro sacos de pano, pesados, na frente dele. O homem abriu e verificou o conteúdo, tirando de lá alguns enlatados. As crianças, que agora não estavam mais tímidas, apareceram no vão da porta para olhar também. Uma menininha bem pequena, com os cabelos desgovernados e bochechas rosadas, se aproximou subindo no colo de Vladi enquanto ele conferia a encomenda. Ela estava com um dedo na boca e observava os visitantes com seus olhos verde-uva que pareciam grandes demais para o rostinho infantil.

Zion manteve o mesmo olhar sério enquanto esperava, mas, sempre que estava ali, parecia que uma praguinha entrava em seu sistema nervoso e fazia com que ele mexesse a perna sem parar.

— Não tem muito dessa vez — Vladi disse.

— Está ficando cada vez mais difícil passar pela inspeção, e não tenho só você para suprir.

O homem suspirou e as rugas se acentuaram em sua testa.

— Certo — disse, empurrando os sacos para o lado. — Agora, mocinha, preciso conversar com esses senhores amigáveis que estão aqui. Quero que vá brincar com os meninos lá no quarto.

— Hoje vai ter comidinha?

— Sim. Se vocês fizerem o que eu falei.

Os olhos das crianças brilharam quando o homem respondeu e, aos pulos de alegria, elas sumiram no corredor. Vladi riu ao observá-las ir e Zion cruzou os braços, abaixando a cabeça, muito interessado em uma mancha no tapete.

Vladi era uma boa fonte. Ele prestava serviços consertando equipamentos e, por isso, conhecia e falava com muitas pessoas, até mesmo oficiais, o que sempre rendia uma boa quantidade de informações ilegais.

— Então — ele suspirou —, imagino que você também queira algo de mim.

— Sim, preciso saber o que você sabe sobre um carregamento de dispositivos móveis encomendado pelo Risa.

Os olhos do homem se arregalaram quando ouviu a pergunta.

— Não sei se essa informação vale apenas algumas latas de comida.

— Não, mas pode garantir que as latas sempre cheguem.

Por mais que eles sempre tivessem de fazer escolhas difíceis e acatar as ordens absurdas dos comandantes da Fenda, Zion era leal aos seus protegidos. Ele olhou de soslaio para os soldados que se mantinham em pé com as mãos nas espadas. Um deles era Dan, um garoto que vinha das ruas na mesma situação daquele bando de crianças. Assim como ele próprio.

— Espero que não me falte mesmo — Vladi murmurou. — Está cada vez mais difícil sobreviver com aquela gororoba que vocês nos dão.

— A gororoba impede que vocês morram de fome.

— Não sei se eu prefiro *não morrer de fome* a ter possibilidades. — Juntou as mãos na frente do corpo. — Pelo menos na época da República eu tinha a chance de tentar se quisesse algo melhor.

— Mas nem todo mundo tinha a mesma chance — retrucou Tai, que estava sentado no banco ao lado.

Vladi o encarou com uma das sobrancelhas levantadas. Parecia feliz em encontrar alguém para ter uma discussão sobre política.

— Ainda é melhor do que ninguém ter nenhuma, tenente. Afinal, de onde vem tudo isso? — Ele balançou os enlatados e lançou um sorriso debochado.

— Apenas responda à minha pergunta — Zion interveio, fazendo sinal com a mão para Tai não responder. — Já perdi tempo demais aqui.

— Muito bem, capitão. — O homem se ajeitou na poltrona e se aproximou, como se tivesse receio de sussurrar um pouco mais alto. — Há alguns dias, um artefato contendo dados da pré-chegada foi confiscado pelos riseus.

— O que são esses dados?

— Apenas lendas.

— E o que o Risa pretendia com elas?

Vladi virou a cabeça para a janela, e Zion o acompanhou. Os últimos raios de sol já levavam o dia embora.

— Sabe, capitão... — ele disse. — Às vezes, quando tudo está um caos, a única coisa que nos resta é acreditar em histórias.

Zion descruzou os braços, incomodado. Aproximou o rosto do homem e disse entre os dentes:

— Me diga, o que eles pretendiam fazer com todos aqueles malditos dispositivos?

— Cópias.

— Por quê?

— Ora, capitão! — Vladi esfregou o rosto e Zion notou uma sombra de angústia passar por ele. — Às vezes, quando se detém o único consolo, ele pode muito bem virar uma arma.

— Rum! — Tai deixou escapar.

Zion o fitou com severidade e ele deu de ombros.

— É o tipo de coisa que aqueles desgraçados fariam — justificou.

Voltou-se para o homem. Seu aparelho pessoal começou a bipar, mas Zion o ignorou.

— Você sabe de quem eles podem ter interceptado?

— Muitos antigos riseus que desertaram acreditavam de fato nas lendas. Pode ter sido de qualquer um deles.

— E para quem o dispositivo seria enviado?

— Não faço ideia, mas...

— Mas...?

Vladi apertou os lábios e refletiu.

— Existe um homem... — disse, devagar. — Ele já contava essas histórias para algumas pessoas, você sabe, de forma clandestina.

— Quem é esse homem?

— Não sei o nome, apenas que o chamam de profeta e que geralmente ele fica perambulando entre os abrigos.

Zion se empertigou.

— O que pretende fazer com ele, capitão? — Vladi perguntou com um leve tremor na voz. — É um bom sujeito.

— O que for preciso. — Zion levantou-se, fazendo sinal para seus homens. — Antes de irmos, me responda mais uma coisa. Ouviu algum rumor sobre planos de rebeliões?

O homem suspirou, depois deu uma risada curta.

— Você sabe muito bem que o ocorrido no Vale de Ghor deixou muita gente que estava neutra apreensiva. Óbvio que haverá retaliação.

Zion assentiu e Vladi os acompanhou até a porta.

— Por quanto tempo vai conseguir se virar com isso? — Zion apontou para os enlatados.

— Algumas semanas.

— Vou ver uma forma de ... — ele hesitou. — Não vai lhe faltar.

Vladi deu um sorriso fraco, olhando para as crianças que voltavam à sala.

— Gostaria de acreditar nisso, capitão.

CAPÍTULO 27

— NOS LEVE AOS ABRIGOS — Zion disse assim que o veículo de quatro lugares começou a se mover, deslizando no ar entre as construções e avenidas largas e sujas da capital.

— Não seria melhor relatarmos as retaliações das zonas neutras primeiro, capitão? — O tenente retrucou, sem tirar os olhos da estrada.

— Seria melhor você fazer o que eu digo.

— Como quiser, senhor.

Pelo retrovisor, Zion viu Elazar e Dan lançarem olhares sugestivos um para o outro.

Desde o incidente com Kelaya, a relação entre ele e seu tenente não era mais a mesma. Havia um crescente desconforto e até certo desafio da parte do subordinado em relação às suas ordens. Ele já não sabia o quanto poderia confiar no seu braço direito.

— A Fenda já está sabendo das retaliações — continuou Zion, levantando o aparelho que estava em suas mãos para que todos pudessem ver as últimas notícias. — A general Amber e seus homens estão sendo enviados à fronteira central para lidar com isso.

Se seriam suficientes, ele não sabia.

Assim que chegaram aos abrigos, região designada para os indigentes e dependentes químicos, Zion se deu conta de que o resto da cidade era um paraíso, comparado àquele lugar. Eles estacionaram em um beco um tanto escuro na lateral da rua principal. Quando desceram do carro, Elazar puxou um lenço do bolso para tentar aplacar o fedor de excremento, mas Zion duvidava que mesmo uma máscara de alta proteção pudesse fazer isso.

Olhos caídos e distantes os acompanhavam enquanto o quarteto desviava dos corpos sonolentos estirados pelo meio do caminho.

— Um pouco de Suii, por favor — pediu um homem magro e barbudo, deitado no meio da calçada, se atirando aos pés de Dan, que o empurrou para o lado.

— Não deveria ter trocado o seu por substâncias, velho.

— Dan, não. — Zion segurou o braço do garoto, que segurava a espada. — Concentre-se na missão.

Ele fechou a cara e olhou novamente para o homem se retraindo no chão com as mãos protegendo a cabeça, respirou fundo e voltou a caminhar.

— O que quer dizer com "trocar por substâncias"? — Elazar perguntou sob o lenço, caminhando ao lado do soldado.

— Drogas — Dan respondeu.

— Eles trocam a porção de Suii que recebem da administração por drogas, é por isso que estão tão magros — Tai explicou. — Sinceramente, não acho que essas pessoas podem nos ajudar.

Zion o encarou com uma das sobrancelhas unidas.

— Mas como eles têm acesso a isso? — Elazar insistiu.

— Os próprios agentes que fazem a distribuição. Assim, eles vendem as duas coisas de forma clandestina.

Zion olhou para trás e viu que o rosto de Elazar estava verde, só não sabia dizer se era por causa do cheiro cada vez pior ou pelo que acabara de ouvir.

— Não existe igualdade quando as necessidades são diferentes — Dan comentou, com os olhos fixos à frente.

— Preciso que vocês calem a boca agora — Zion os interrompeu.

Ele caminhou firme em direção a um indigente que parecia sóbrio e estava de pé perto de uma lixeira no outro lado da rua. O homem recuou quando o viu se aproximar.

— Onde posso encontrar alguém que chamam de profeta?

O homem arregalou os olhos e depois soltou uma risada que mostrava alguns dentes faltando.

— Qual é a graça?

— A graça é que você deveria saber mais que eu. Shiuuuuu! — Ele colocou o dedo indicador sobre a boca e depois riu de novo.

Zion já estava ficando sem paciência. Deu um passo à frente.

— Por quê?

— Shiiiu! Um pessoal como você o levou, ora.

— Há quanto tempo?

— Faz uns dias, já. — O homem começou a rir mais alto. — Mas eles não eram bonitões como você.

Zion o ergueu pelo colarinho imundo e o pressionou contra a parede.

— Algum seguidor dele ficou? Diga ou você terá o mesmo destino do seu amigo.

— Calma, chefe — pediu o indigente, erguendo as palmas das mãos trêmulas. — Tem a Laura. Ela tá lá dentro, nas camas.

Zion o soltou e engoliu em seco. Como ele odiava tudo aquilo.

— Lá? — Apontou para uma grande porta de metal que dava acesso ao barracão.

O homem fez que sim várias vezes, com os olhos baixos.

— Como é o seu nome? — Zion perguntou.

— Natanael — respondeu o indigente erguendo os olhos, e suas pupilas brilharam.

— Certo, Natanael. Obrigado.

— De nada, bonitão. — O homem levantou o dedo polegar em sinal positivo e abriu mais uma vez o sorriso banguela.

Zion girou os calcanhares mantendo a mandíbula cerrada.

— Calem a boca — grunhiu para as risadinhas que seus homens tentavam segurar.

Tai, porém, mantinha o rosto duro.

Zion empurrou a porta pesada e apertou os olhos para identificar formas no ambiente soturno. No final do corredor de camas amontoadas uma ao lado da outra, uma mulher muito magra estava de pé, com um véu cobrindo sua cabeça.

— Fiquem aqui — ele orientou os três.

Zion se aproximou e notou que ela segurava uma jarra, que usava para banhar um pedaço de pano e passar no rosto de alguns indigentes deitados.

— Você é Laura? — ele perguntou.

A mulher se virou e, ao vê-lo, deixou a jarra cair.

— Desculpe-me, senhor — disse a mulher enquanto se abaixava para recuperar a jarra, mantendo a cabeça baixa. Suas mãos e joelhos tremiam. — Sim, sou eu.

— Olhe para mim.

Ela ergueu o rosto. Seus olhos estavam afundados em olheiras escuras, a pele maltratada e o cabelo ralo sob o véu. Ele pediu que ela o acompanhasse até um canto onde não podiam ser ouvidos pelos que estavam deitados.

— Você conhecia o homem que chamavam de profeta?

A mulher começou a tremer ainda mais.

— Não vou te fazer mal, só preciso de algumas informações.

Ela engoliu em seco e os olhos se encheram de água.

— Sim, eles o levaram.

— Soldados da Fenda?

A mulher assentiu.

— Por quê?

— Não sei. — Ela soluçou e as lágrimas jorraram pelo seu rosto. — Ele não fazia mal a ninguém, pelo contrário.

— Ouvi dizer que ele contava algumas histórias.

— Sim, mas não eram nada. Apenas... apenas para não desistirmos.

— Sobre o que eram, exatamente?

— Sobre um lugar melhor, melhor que esse. Onde não sofreríamos mais.

Zion a mediu com o olhar. Não levariam um homem por conta de histórias inofensivas.

— Ele tinha algum contato com riseus?

— Não. Não que eu saiba.

Zion olhou em volta e observou os rostos das vozes que gemiam.

— Por que está aqui? Você não é como eles.

— Porque essa é a única alegria que me resta. — Ela passou a mão pelo rosto vermelho. — Ser útil.

— Entendo.

As linhas tensas da testa dela se suavizaram, e a respiração, aos poucos, foi voltando ao normal.

— Tome. — Zion tirou do bolso um papel.

— O que é isso? — Laura o pegou com a testa franzida.

— Uma forma mais segura de comunicação — ele explicou. — Vá até o endereço indicado. Mostre isso à pessoa que te atender e diga que o capitão Zion lhe enviou. Ela vai te dar algumas provisões.

— Suii?

— Não. Comida.

Laura abriu a boca, os olhos foram do papel para ele e dele para o papel várias vezes.

— Obri…

— E faça o favor de limpar aquele maluco lá fora.

Ela virou-se para onde Zion apontava. Natanael importunava Tai, que se mantinha impassível.

— Eu vou — a mulher disse enquanto ria e chorava ao mesmo tempo. — Prometo, senhor.

No caminho de volta ao veículo, Zion respondeu às dezenas de mensagens do secretário, que estava mais atordoado que o usual.

As notícias eram de uma rebelião civil no continente, tudo de que precisava.

CAPÍTULO 28

DE SEU POSTO, AMBER acompanhou o pequeno míssil indo em direção ao prédio abandonado. O edifício vinha sendo usado pelos rebeldes na cidade de Kiab, fronteira central entre as áreas dominadas pela Fenda e as zonas neutras. Quando o projétil atravessou a parede, labaredas de fogo iluminaram toda a paisagem, seguidas de um estrondo que retumbou por quilômetros ao redor do alvo atingido.

— Infantaria 12, avançar pelo leste — ela ordenou através do comunicador.

— Entendido, general — uma voz entrecortada respondeu na escuta.

Amber havia se candidatado para resolver a situação, ganhar crédito com o conselho e, quem sabe, mostrar que era ela quem limpava a bagunça do marechal. Sua equipe estava em uma superfície plana, protegida por uma barricada feita com naves e veículos inutilizáveis dos antigos conflitos. Com o ataque, Amber pretendia cercar um grupo de civis que resistia na zona sul da cidade.

— Espero que essa investida faça com que eles recuem e desistam dessa empreitada suicida — comentou a jovem auxiliar que manejava os instrumentos de controle.

Amber inspirou fundo.

— O que nosso infiltrado relatou no último contato?

— Nada novo, general. Apenas que alguns cidadãos estão com medo de que a Fenda repita nas demais regiões neutras o que aconteceu com o Vale de Ghor. Ainda não sabemos quem é o líder que incita as revoltas.

— Se Kelaya estivesse aqui, já teria resolvido isso — murmurou impaciente.

— General? — alguém chamou pelo comunicador.

— Na escuta.

— Sem sinal de civis na ala leste.

Estranho. Eles não tinham outra saída para fugir.

— Entendido, tenente — ela respondeu e virou-se para o lado. — Verificar relatórios de danos.

— Sim, senhora! — a auxiliar respondeu.

Um drone do tamanho de uma laranja se dirigiu até onde o míssil havia atingido e escaneou o lugar.

— Dez corpos no local, general.

— Só dez? Deveria ter pelo menos uma centena de civis envolvidos.

— Talvez eles tenham fugido quando viram o batalhão se aproximando, general.

— Tudo bem, avançar pela rua principal — Amber ordenou no comunicador. — Eles não devem ter ido muito longe.

— Entendido. Infantaria 12 avançando pela rua principal.

Amber ocupou-se de enviar uma mensagem aos comandantes de outras trincheiras. Embora estivesse responsável por liderar a operação principal pelo centro do continente, os conflitos vinham acontecendo em vários pontos das divisas. Outras seis bases foram solicitadas e também estavam comprometidas de alguma forma, algo que incomodava muito a cúpula da facção.

Fechou o programa de mensagens e voltou a erguer a cabeça quando, inesperadamente, uma saraivada de fogo alçou-se entre os prédios e se curvou em direção ao ponto onde ela havia enviado seus homens.

Seu corpo gelou.

— Recuar! — ela avisou através do comunicador, mas já era tarde.

Acompanhou pelo painel do console todos os soldados que estavam expostos serem atingidos pelas bolas de fogo e, na sequência, caírem um por um.

— Preparar contra-ataque! — berrou com toda a raiva que podia soltar.

Mísseis de longo alcance dispostos em linha reta na base improvisada foram ativados e disparados contra o local de onde vieram os tiros. O rastro de pólvora consumiu o ar e queimou os pulmões de quem estava por perto. O embate durou toda a madrugada, até que conseguiram conter as forças civis.

Ao amanhecer, Amber analisou lívida o perímetro destruído. Até então, o armamento dos civis vinha sendo amador: armas de baixo alcance, destroços e garrafas em chamas. Aquele tipo de artilharia significava uma única coisa: o Risa os estava financiando.

— Droga, droga! — Amber murmurou enquanto passava pelos corredores do prédio de uma escola, que agora estava sendo usada como base da Fenda na região.

Ishmael, seu imediato, vinha logo atrás.

— Tem certeza disso, general? — ele perguntou assim que entraram em uma sala particular.

— Feche a porta.

Ela foi até a janela e observou os guardas que faziam a ronda. Pediu para o imediato instalar sensores de mísseis portáteis.

— Nós os subestimamos.

— Os rebeldes?

— Não. O Risa! — Voltou-se de súbito para ele e fez uma pausa. — Quem foi que passou as informações dos Registros Proibidos sobre o Logos?

— Um dos nossos espiões.

— E se foi uma informação plantada? — Ela andava de um lado para o outro com as mãos às costas, enquanto o subordinado cumpria a ordem da configuração dos sensores. — Não é óbvio? Eles queriam que atacássemos o Vale de Ghor, era o que precisavam.

— Mas não foi a senhora que mandou atacar, foi o secretário.

— Sim, a cúpula já sabia sobre o artefato. Mas o Risa fez questão de chamar atenção. Histórias "sobrenaturais" — levantou as duas mãos no ar —, uma esquadria inteira escoltando um único dispositivo, um local neutro e totalmente desprotegido para fazer as cópias. Eu deveria ter previsto.

— Mesmo assim, não acredito que a senhora teria mudado a decisão do secretário. Já que, *oficialmente*, não sabíamos sobre o caso.

Amber parou e o encarou.

— Eu teria dado um jeito. Teria intervindo.

Ishmael mantinha-se concentrado, mexendo os dedos com agilidade sobre a tela transparente do console de mão.

— E agora? — O rapaz digitou os últimos códigos e a fitou. — Vamos tentar acordos diplomáticos para reconstruir a nossa imagem de novo?

Ela balançou a cabeça.

— Não, não vai adiantar.

— Qual é o plano, então, general?

— Apesar de conseguir contê-los, as nossas baixas foram uma vitória para eles. O Risa viu que eles têm potencial para nos causar danos e vai usar isso para incentivá-los ainda mais. Precisamos suprimir essa ideia o quanto antes.

— Quer que eu avise as outras bases, general?

— Não, ainda não. Precisamos resolver aqui primeiro. Se dermos um fim à revolta na parte central, vamos desencorajar nas outras regiões.

Ela foi até as duas mesas dispostas uma ao lado da outra no centro da sala, usadas para montar as estratégias de avanço e ataque. Ishmael a seguiu.

— Abra o mapa da cidade.

Ele fez a pesquisa no console e um holograma quadrado se abriu.

— Vamos demarcar todos os possíveis pontos de depósito de explosivos. Quero que nossos satélites fiquem atentos a qualquer carregamento que se aproxime.

— Sim, senhora.

Amber começou a estudar o mapa e a listar todas as possibilidades de ação. Uma sensação gélida lhe passou pela espinha quando se deu conta de que aquela não era uma simples revolta, com confrontos esporádicos de tomada de territórios como as que ocorriam nos últimos anos, mas sim uma premeditação do que poderia estar por vir.

O ressurgimento de uma grande guerra.

CAPÍTULO 29

SEMANAS SE PASSARAM desde que Kelaya fora resgatada. Ela conheceu todo o funcionamento prático da propriedade, um sistema integrado de produção, sustentação e reaproveitamento rigoroso. Tudo parecia funcionar como um único organismo vivo, calculado para não conter nenhum excesso ou carência.

Seu pé ainda estava imobilizado por uma tala, mas, com a ajuda do apoio de madeira, ela já podia acompanhar Adara em alguns trabalhos rotineiros, alimentando animais e cuidando da horta.

A melhor parte, no entanto, era quando elas iam ao jardim. Kelaya amava as flores, cuidar e estar entre elas sempre lhe fizera bem, e Adara notou isso com um elogio. "Mão abençoada para dar vida", foi o que ela disse, o que parecia completamente absurdo para Kelaya, considerando o número de vidas que aquelas mãos haviam tirado. Mas não teve coragem de falar sobre isso. Preferia pensar que estava em um lugar encantado, diferente do cenário de guerra que havia tomado o continente nos últimos anos. Da mesma forma que fazia com o Vale.

Nesse meio-tempo, Adara a deixou analisar as informações do dispositivo que mantinha os fragmentos do Logos.

Kelaya ficou bastante decepcionada ao entender que ele não era o tipo de poder que imaginara, uma fórmula ou um treinamento para alcançar força sobre-humana. Era mais um monte de histórias, que surgiram no Planeta Origem e apontavam para o que parecia ser uma filosofia de vida.

— Então, os escritos no dispositivo falam sobre um grande Ser, uma espécie de organização racional como fonte de tudo que existe? — ela perguntara no dia que Adara havia lhe mostrado o conteúdo do dispositivo.

— E para quem deveríamos voltar — a mulher mais velha concluíra.

Parecia ridículo. Se pelo menos fosse um poder real, que eles pudessem usar para seu próprio benefício e salvar o mundo...

— Isso não parece ser apenas... mitos ou lendas? — tentara argumentar.

Adara dera de ombros.

— Ainda não deixa de ser verdade.

— Nossa ciência discorda.

— Nossa ciência comprova aquilo que podemos testar. Não quer dizer que não exista mais.

Kelaya rira.

— Você é uma mulher inteligente, acredita mesmo nessas coisas?

— Por isso mesmo. Olhe à sua volta. — Adara havia circulado o ar com o dedo indicador. — Tudo que existe veio de alguma coisa que já existia antes, que também veio de outra anterior e assim sucessivamente. Jamais rastreamos um estado de "não existência", nem que fosse de uma pequena partícula. Você não acha que, para isso, é necessário haver algo que sempre existiu?

Kelaya não discutira mais desde então.

Quanto mais Adara explicava sobre o assunto, mais Kelaya sentia pena dela. Era uma senhora com certa idade que morava sozinha no meio do nada e se iludia com histórias fantásticas contadas havia muito tempo. Algumas vezes, achou tê-la visto falando sozinha quando estava fazendo uma tarefa na casa, ajoelhada ao lado da cama, ou até quando dava uma volta pela propriedade no fim da tarde.

A solidão podia fazer isso com uma pessoa.

Será que era assim que os riseus pretendiam manipular a população? Com histórias fictícias?

Kelaya não acreditava que essa era a resposta para o que tinha visto no navio cargueiro. Começava a pensar que talvez esses dispositivos fossem usados para acobertar outra coisa. Talvez uma droga ou especiaria, algo que deixasse os soldados como aquele capitão. Mas não comentou nada com Adara a respeito disso. Ainda não sabia o quanto poderia confiar nela.

Começou, então, a estudar as informações do dispositivo, mais por curiosidade e porque não tinha muito o que fazer com o pé imobilizado.

Certo dia, Adara e ela faziam a costumeira caminhada matinal pela propriedade, cada dia indo um pouco mais longe para desafiar seu corpo e, assim, ajudá-lo a recuperar-se mais rápido, quando Kelaya notou o armamento pesado de proteção enterrado em lugares estratégicos ao longo do terreno.

— O lugar parece bem protegido — comentou.

Os lábios de Adara se envergaram.

— Faço o que posso.

Caminhando um pouco mais longe do terreno, a mais jovem parou ao avistar um ornamento bastante peculiar. Era uma grande coluna construída de cipós e galhos entrelaçados, originados de duas árvores, com vários braços que saíam para fora da base principal e sustentavam alguns ninhos. No meio havia uma abertura e nela estava encaixada uma pequena casa entalhada na madeira que parecia ter se fundido à própria natureza.

Enquanto ainda observavam aquela bela imagem, ouviram um barulho de asas cortando o vento e, com ele, um gorjear alto. As duas viraram-se para a direção de onde vinham os sons bem a tempo de ver um passarinho de peito branco e costas negras passar por elas rapidamente, dando várias voltas ao redor da casa e pousando em cima de um dos ninhos com um galhinho no bico.

— Deve estar deixando o ninho mais aconchegante para os filhotes que vêm aí — Adara disse.

— Filhotes? Então tem ovinhos lá?

— Ah, sempre tem.

Depois que depositou o pequeno galho no lugar desejado, a andorinha virou-se para elas com seus olhos, que pareciam pedrinhas de diamantes negros, e ficou abrindo e fechando o bico, enfezada por estranhos estarem vigiando sua casa.

Kelaya sorriu. Assistir àquela cena lhe trazia uma sensação nostálgica. Lembrou-se da mãe novamente.

— Olha! — Apontou para a parte de madeira. — Tem traças corroendo as beiradas da casa.

Adara se aproximou para olhar bem de perto.

— É verdade.

— Será que tem como consertar para não comprometer o resto?

A mulher continuou estudando.

— Talvez. — Ela se empertigou. — Mas venha, preciso fazer algumas coisas antes.

Kelaya a seguiu até a horta de legumes, sentou-se em um toco de árvore próximo ao lugar onde Adara começou a trabalhar e ficou observando-a.

Ela sentia-se bem em estar ali; era como estar na cabana, pacífico e tranquilo. Porém, não tinha ideia do que o futuro lhe reservava e isso a deixava inquieta. Queria respostas, respostas do que fazer com a própria vida.

— Adara, você nunca me contou o motivo de ter abandonado o Risa.

A mulher não levantou o rosto, estava muito entretida analisando o caule de uma cenoura enterrada no solo.

— Bem, acho que o principal motivo foi porque o Risa não tinha intenção de levar o Logos até as pessoas. Não parecia certo.

— Só por isso?

Adara levantou os olhos severos e Kelaya enrubesceu. Não queria ser rude com quem cuidara tão bem dela. Mas, ainda assim, não pediu desculpas.

— Então, me diga você — Adara devolveu a pergunta. — Por que você saiu da Fenda?

Kelaya refletiu. Qual era a verdadeira resposta para essa pergunta? Nem ela mesmo sabia.

— Porque se mostrou uma facção mentirosa — disse em tom baixo. — Perdeu o seu propósito principal.

— Então não somos tão diferentes, afinal.

— Sim. — Ela soltou um riso sarcástico. — Claro que somos!

— Assim como você — Adara voltou a dar atenção aos seus legumes —, eu percebi que a República não tinha um propósito, não o que realmente importava.

— Mas o seu propósito era espalhar fantasias, o meu era real.

— Era? — Ela perguntou com um sorriso nos lábios. — Fazer do continente um paraíso a partir de uma suposta justiça social soa muito bom, mas nem por isso deixa de ser fantasia.

— Oh — Kelaya se exasperou —, então o que é o melhor? Se esconder no seu paraíso secreto e deixar que o mundo se exploda?

Adara sacudiu a cabeça.

— Eu realmente pensei que essa crença tinha morrido depois da Grande Revolução e das guerrilhas oriundas dela — disse suspirando fundo. — Nos tornamos animais naquele tempo, prefiro me esconder aqui a agir assim de novo.

— Mas o objetivo da revolução era evitar que isso voltasse a acontecer. Era acabar com um sistema que só proporcionava dor e injustiça.

— Ah, sim. — Adara empregou mais rapidez na tarefa com os legumes. — É muito fácil se esconder atrás de um ideal bonito, fazer coisas hediondas e depois dizer: “é para que não aconteça de novo”.

Kelaya estava realmente confusa. Por mais que ela estivesse decepcionada com a Fenda, era de se convir que seus motivos fossem genuínos.

— Adara — ela continuou —, eu gosto de você e sou grata por ter cuidado tão bem de mim. Mas você precisa aceitar que a República é a causa de todo o mal que vivemos hoje. E, inclusive, esse deveria ter sido o motivo de você ter se afastado do Risa.

— Todo o mal! — Adara repetiu, parecendo degustar cada palavra. — Muito abstrato, não acha? Se pelo menos você tivesse uma noção clara do seu inimigo, seria mais fácil enfrentá-lo.

— Eu tinha. — Apertou os lábios. — Os que defendem as ideias da República, o Risa!

— Com certeza! A República e todas as coisas que eles impuseram ao mundo.

— Sim. Eram eles que estavam no comando.

— E você já esteve sob o comando de quem era contrário às ideias da República e, mesmo assim, se decepcionou. Talvez o problema seja mais primitivo.

— Porque, como já disse, eles perderam seu propósito original. Mas se todos tivessem se mantido fiéis à causa...

— E você se manteve fiel à causa? — Adara a fitou implacável. — A República falhou, assim como qualquer sociedade que existia no Planeta Origem. E voltaremos a falhar, não importa quem esteja no comando.

Kelaya balbuciou, sem conseguir formular uma resposta.

— Oh, minha querida. — Adara suavizou suas expressões. — Todos nós nos convencemos de nossas boas intenções para lutar pelo que acreditamos e somos ludibriados pela ideia de que podemos salvar o mundo, mas, muitas vezes, nós o deixamos pior.

Ela se levantou e bateu as mãos para tirar a terra. Continuou seu pequeno monólogo mais para si mesma:

— A verdade é que somos facilmente seduzidos pelas conveniências que essa sensação de propósito pode nos dar, mas, pouco depois, ele apenas se perde e nós só queremos que nosso lado vença, custe o que custar.

— Então, você acha que a solução para os problemas do mundo seria não fazer nada, apenas esperar que todas as pessoas acreditem nessas histórias de esperança ou seja lá o que for?

Adara inspirou fundo.

— Eu penso que, se estamos no caminho errado, e está bem óbvio que estamos, o meio mais rápido de progredirmos é, antes de mais nada, voltarmos aonde tudo começou.

Kelaya apenas balançou a cabeça, incrédula.

— Ninguém deve ser obrigado a acreditar — Adara continuou —, mas se for a Verdade, e eu acredito que seja, não seria justo que todos soubessem?

— Concordo com sua ideia de que precisamos voltar atrás — Kelaya fitou o espaço vazio entre elas —, e a forma mais fácil é desfazendo todas as convenções que existem. Na verdade, elas precisam ser destruídas.

Kelaya ficou tão entretida em seus devaneios e opiniões a respeito de uma causa na qual nem ela acreditava mais que não percebeu quando Adara passou por ela e se afastou. Ao voltar a si, a mulher já estava perto da casa de passarinhos com uma ferramenta de ferro na mão e começava a desmanchá-la. Kelaya trancou a respiração e se apressou em ir até lá, pulando em um pé só.

— O que está fazendo?! — gritou.

— Não está claro? — Apontou para a ferramenta.

— Por que você vai destruir a casinha?

— Você mesma viu. — A mais velha apontou para o monumento. — Está coberta de traças, preciso demolir e construir de novo.

Essa mulher era mesmo estranha.

— Mas onde vão morar as andorinhas e os ovinhos que estão sendo chocados?

— Infelizmente eles vão ter que ser destruídos com a casa. Quem sabe algumas delas voltem depois.

— Você não pode destruir os ovinhos, onde elas vão ficar durante esse tempo? — Kelaya se colocou entre Adara e sua vítima. — Não, não há nenhuma garantia de que elas voltem. Além do mais, ela não está de toda perdida. Veja — Kelaya se virou e começou a apontar —, a base, ela está muito boa e foi forjada pelo tempo. Dificilmente você conseguirá fazer uma base tão boa depois.

— Você acha?

— Claro — assentiu com a cabeça várias vezes —, tenho certeza.

Era uma simples casa de passarinhos, mas Kelaya não queria que fosse destruída.

Adara a examinou e depois sorriu.

— Então me ajuda a consertá-la?

— Sim, ajudo. — Kelaya ofegou. — Só não faça isso. Não a destrua.

Enquanto elas trabalhavam no projeto, observou a mulher pelo canto do olho.

Que louca! Um pouco radical, no mínimo. Quem faria isso, simplesmente destruir algo com seres inocentes envolvidos?

Ao terminarem, Adara foi até a casa e buscou uma limonada para que elas se refrescassem enquanto observavam o pequeno empreendimento.

— Não ficou perfeito, ficou? — Kelaya disse.

— Não — Adara respondeu. — Realmente não ficou.

— O que vamos fazer?

— Nada. Por enquanto, nada. — Ela suspirou. — Se daqui a alguns dias precisar de mais reparos, eu farei. Mas haverá um dia em que ficará perfeito.

Kelaya franziu o cenho.

— Quando você se especializar em marcenaria?

— Rá! — Adara soltou uma risada alta. — Não tenho essa pretensão nem o talento para isso. Sei de minhas limitações.

— Então quando?

— Quando o Logos purificar tudo. — O rosto dela se abriu em um sorriso. — Ele deve consertá-la em um passe de mágica e ela ficará perfeita, como jamais ficaria em minhas mãos.

Kelaya a encarou com os olhos arregalados. Essa mulher só dizia coisas ilógicas. Parecia ter alguns parafusos a menos. Provavelmente ela tinha sido expulsa do Risa depois que a demência começara. Era muito possível que eles fizessem algo assim, aqueles cretinos.

— Mesmo que ele destrua e construa uma nova, as andorinhas não serão prejudicadas — Adara continuou.

— O Logos vai consertar uma casa de passarinhos?

— Sim. E tudo mais.

— Você percebe quão absurdo isso parece, dito em voz alta?

Ela deu de ombros.

— Eu acredito.

— E se por acaso não acontecer?

— Tenho certeza de que vai, ainda que eu já não esteja mais aqui. — Adara respirou fundo. — Mas, mesmo se não acontecer, eu fiz o melhor que estava ao meu alcance. Não deixei as traças a comerem nem a destruí, esperando que aparecesse alguém para construí-la depois. Ao olhar para ela, apesar de enxergar todas as suas imperfeições, eu me sinto em paz comigo mesma.

Adara terminou de beber sua limonada e manteve o sorriso medonho estampado nos lábios, como se se sentisse a pessoa mais satisfeita do mundo. Depois que terminou, ela foi para casa levando a jarra e os copos.

Kelaya ficou mais alguns minutos observando a casinha de passarinhos enquanto o Sol sumia no horizonte.

CAPÍTULO 30

— NO QUE ESTÁ PENSANDO? — Adara perguntou enquanto as duas picavam os legumes para o almoço, em um balcão próximo à pia.

— Na minha mãe.

— Oh! — Ela fez uma pausa. — Quer falar sobre isso?

Por que não?

— Pode ser.

— Como ela era?

— Uma versão mais magra e debilitada de mim.

— Então ela estava mesmo acabada — Adara disse com um dos cantos dos lábios virado para cima.

Kelaya riu e depois vincou a testa, porque, na verdade, ela realmente estava acabada. Adara percebeu.

— Desculpe, eu não quis...

— Tudo bem. Foi há muito tempo.

— Como ela se chamava?

— Vanessa.

— Belo nome. Vocês se davam bem?

Kelaya parou com a faca no ar por alguns segundos antes de continuar picando.

— Na verdade, mal nos víamos. Ela trabalhava muito. Você sabe, o lema da República era: "Quer ser alguém?

Trabalhe!", mesmo que, às vezes, trabalhar muito não fosse o suficiente nem para comer. — A última frase foi dita quase em um sussurro.

Adara assentiu com a cabeça e perguntou:

— Ela trabalhava com o quê?

— Eu... eu nunca soube.

Kelaya balançou a cabeça e começou a acompanhar os movimentos que Adara fazia com a faca. Ela tinha uma mão delicada, apesar do trabalho pesado da propriedade. Cortava a vagem em pequenos pedaços de forma quase perfeitamente uniforme. A verdade é que tudo que sua anfitriã fazia parecia conter essa delicadeza e contentamento.

— Foi por isso que você entrou para a Fenda? — Adara perguntou.

— Sim — Kelaya respondeu e depois se viu confessando o que poucas vezes havia dito: — Eu achava que eles poderiam me dar o que eu não tinha.

— E o que era?

— Oportunidade. Minha mãe trabalhava tanto, mas nunca tínhamos nada. Só impedia que morrêssemos de fome, como aconteceu com uma das crianças da vizinha.

— Sinto muito.

— Quando a Fenda estava prestes a tomar Baca, eu senti que enfim teria uma chance. — Parou com a faca no ar. — Que alguém realmente cuidaria de mim.

— E a Fenda cuidou?

— De certa forma, sim. Tudo o que eu sei, a pessoa em que me tornei, foi graças a ela. Mas...

— Mas...?

— Eu nunca pensei que eles usariam os sentimentos das pessoas para controlá-las.

— Sentimentos? O que quer dizer?

Kelaya fechou os olhos e esfregou a testa, tinha falado demais.

— Preciso te contar uma coisa.

— Pode me dizer o que quiser. Prometo não falar para ninguém fora dessa casa. — Sorriu.

— Você estava certa.

— Sobre?

— Eu não fui fiel à causa. — Kelaya pestanejou e percebeu que tremia enquanto tirava as camadas de uma cebola. — Eu fui enganada, mas também enganei, ou pelo menos achava que estava enganando.

— Como assim?

— Eu era casada. — Parou por um momento e viu sua imagem refletida na lâmina da faca. — Era. Sou. Não sei mais.

— Pensei que fosse proibido na Fenda.

— Eu também. — Voltou ao trabalho. — Mas, pelo visto, há exceções.

— Há?

Adara estava com os olhos arregalados. Parecia muito curiosa para saber mais. Nunca tinha falado com outra pessoa sobre isso antes, era estranho.

— Eu me casei com um colega recruta pouco antes da graduação. Nós tínhamos algumas divergências que acabaram se tornando... Você sabe. — Ela riu com amargura. — Eu pensei que tinha sido escondido, mas a Fenda estava ciente e, inclusive, foi ela que mandou que Zi... que ele se casasse comigo, para me controlar.

Adara absorveu as palavras e demorou um tempo para reagir ao que ela tinha revelado.

— Por que se casou?

— Como assim?

— Por que se casar? Não é algo comum hoje em dia, nem mesmo entre os riseus. Embora eles não proíbam como a Fenda.

— Zion. — Ela mordeu o lábio. — O nome dele é Zion. Ele me propôs.

— E por que você aceitou? Estou surpresa, vindo de dois soldados da Fenda.

Kelaya ponderou que tipo de resposta realmente honesta poderia dar a essa pergunta. Explorar os próprios sentimentos já era muito difícil, ainda mais compartilhá-los com outra pessoa. Mas, talvez, a ajudasse a se livrar da sensação de perda que sentia.

— Quando estávamos na academia, éramos muito competitivos — ela começou. — Como até hoje somos. Era o que a Fenda nos ensinava: vencer! Vencer! E precisava sempre ser um de nós dois.

A jovem parou abruptamente, um pouco trêmula.

— Certo. — Adara fez sinal com a cabeça.

Uma lágrima escapou-lhe na lateral do olho e ela a enxugou com a parte de cima da mão, fingindo que estava chorando por causa da cebola que cortava.

— Mas em certo momento eu percebi que alguma coisa tinha mudado. Ele estava apaixonado por mim, eu tinha certeza disso. E eu gostei dessa sensação. — Ela franziu o cenho. Parecia uma ideia egoísta, falando em voz alta.

— Entendo — Adara disse. — Mas, ainda assim, não teria por que se casar.

— Não, realmente não.

Kelaya engoliu em seco. Tinha começado a falar, agora precisava colocar tudo para fora.

E foi o que ela fez.

CAPÍTULO 31

SEIS ANOS ANTES

KELAYA ESTAVA PRESTES a se graduar depois de seis longos anos de academia, três naquela base especial, e os formandos foram liberados para uma noite de folga. Como imaginara que a maioria fosse ficar bêbada e farrear pelos arredores da região, decidiu ficar sozinha para pensar e tomar o controle de suas próprias emoções. Não havia lugar melhor para fazer isso senão às margens do oceano negro e impetuoso.

Andou pela costa abraçada ao próprio corpo, fitando as profundezas de vida e mistérios que o homem, nem mesmo no Planeta Origem, conseguira dominar. A espuma branca ia e vinha umedecendo a areia sob seus pés, enquanto o vento frio cortava o rosto. No entanto, eles não eram suficientes para aplacar o turbilhão de seu interior. Mesmo tendo esperado muito tempo por esse momento, a cadete não se sentia tão realizada quanto achava que estaria.

Era ridículo. Completamente ridículo.

Fechou os olhos e jogou a cabeça para trás, inspirou fundo e soltou, tentando se livrar da nuvem que pairava em sua mente. Olhou mais à frente e avistou um vulto sentado na areia, com os braços apoiados sobre os joelhos. Esperava não ser nenhum conhecido estendendo as comemorações até a praia.

Continuou andando e hesitou após perceber que o vulto pertencia justamente ao responsável por suas emoções alteradas.

Ele virou a cabeça e a encarou, fazendo o pulso dela disparar no mesmo instante. Não conseguia compreender como aquele garoto tinha o poder de provocar certas sensações sobre ela mesmo à distância.

Mantendo o olhar, Kelaya se aproximou em passos lentos.

— Posso sentar? — Perguntou apontando para o espaço vazio ao lado dele.

Zion assentiu com a cabeça, os cabelos negros ondulando com o vento.

Por alguns minutos, não disseram nada, mas o silêncio não era desagradável. Ela se perguntava o que ele fazia ali e em que estaria pensando.

— Amber, então? — ela disse para quebrar o gelo, referindo-se ao fato de nenhum dos dois ter ficado em primeiro na turma.

Os lábios dele se abriram em um sorriso fraco.

— Fomos soberbos demais em não a considerar.

— Fomos idiotas, isso, sim. — Ela assentiu. — Aquelas brigas patéticas.

— Mas não foram só brigas, né?

O sorriso provocador, característico dos lábios dele, se abriu e Kelaya corou.

Nos últimos meses, eles brigavam de dia e, à noite, mal podiam esperar para se encontrarem em algum canto do prédio. Não se beijavam como naquela vez na sala de pesquisa, mas era bom ter alguém para falar, reclamar, rir e dividir alguns fardos, embora nem todos houvessem sido compartilhados. Nesses encontros, muitas vezes ela se pegara desejando que eles repetissem o beijo. E essa proximidade com Zion, a expectativa e as sensações que sentia impediam que desejasse se relacionar com outra pessoa.

Com o tempo, percebeu que aquilo era exatamente o que a Fenda tentava evitar. Se fossem apenas os beijos e tudo o que deveria vir depois, seria corriqueiro, banal e, com o tempo, descartável. Mas as conversas geravam vínculo, algo muito mais difícil de quebrar, e faziam com que eles se importassem um com o outro.

Embora Kelaya tentasse se convencer de que nada daquilo importava, que seu objetivo ainda era claro e que ela estava prestes a conquistá-lo, sentada ao lado de Zion naquela praia, não tinha mais tanta convicção sobre isso.

— O que pretende fazer depois da formatura? — ele perguntou fitando o oceano.

— Você já sabe. Entrar para o rol de agentes especiais da Fenda. — Ela o encarou e sorriu, mas ele manteve o olhar preso às ondas. — E você, vai mesmo ir embora? Como é que sempre diz... ser livre?

Ele assentiu.

— Devo ir embora com as frotas exteriores na próxima semana. Quero conhecer todos os continentes, e pelo menos isso a Fenda vai me proporcionar.

Era uma escolha curiosa de palavras. "Pelo menos isso". Para ela, a Fenda tinha proporcionado tudo.

— Nunca saí do continente — ela disse em um sussurro.

— Por que não se candidata para uma vaga de patente superior? Eles fazem algumas expedições.

Kelaya fez uma careta.

— Não quero liderar ninguém.

— Certo.

Zion apertava as mãos e balançava um dos pés na areia. Parecia especialmente nervoso e tão insatisfeito quanto ela — o que era absolutamente irônico, considerando que ambos quase se mataram para conquistar aquilo.

— Tudo bem? — ela perguntou.

Ele apenas riu.

— O que foi?

— Nada, gostei da gentileza da pergunta.

— Só porque eu quis saber se está tudo bem?

— Talvez tenha sido o tom que você usou. — Ele se aproximou, a lateral de seus corpos se tocou.

Kelaya sentiu um arrepio e ele passou a mão por trás de suas costas.

— Talvez hoje você ainda não tenha me irritado — ela disse, retraindo-se.

Zion recuou e voltou a fitar o mar. Um tempo depois, enquanto ela desenhava símbolos na areia gelada, a voz dele voltou, baixinho:

— Foi isso o que você sempre quis, Kel?

— Isso o quê?

— Uma vida solitária.

Kelaya enrugou a testa. Aquela pergunta era mais profunda do que deveria.

— Não estaremos solitários — respondeu olhando para ele —, seremos ligados a uma corporação.

— Isso não significa que teremos alguém.

— Mas essa foi a vida que escolhemos.

— Foi?

O ar começava a ficar pesado.

— Você está bêbado, por acaso? — ela perguntou e riu.

— Não. — Ele virou o corpo totalmente para ela, as pupilas dilatadas como duas crateras cujo fundo era impossível de alcançar. — Estou muito lúcido quanto às minhas perspectivas.

— E isso é ruim?

— Sim.

— Por quê?

— Porque você não está nelas — ele disse sem nenhum resquício de humor na voz.

— O-o que está querendo dizer? — Ela sustentou o olhar no dele e sentiu o fôlego abandonar seus pulmões.

Falar de sentimentos era perigoso. Por mais inevitáveis que fossem, eram totalmente proibidos e poderiam atrapalhar o futuro.

Zion inclinou um pouco o corpo em sua direção. Dessa vez, ela não recuou. Notou que seu coração começava a ritmar com as ondas que batiam contra as rochas em algum lugar perto dali. Será que finalmente ele a beijaria de novo?

— Vai me responder? — ela disse, o rosto quase colado no dele.

Os cantos dos lábios dele se estenderam, contornando um belo sorriso que combinava com a pontinha brilhante dos olhos.

— Acho que você sabe muito bem do que eu estou falando. — Ele diminuiu a distância entre eles e levou a mão até a nuca da garota, paralisando o corpo dela por completo.

Kelaya estava apavorada demais com todos aqueles sentimentos para fazer qualquer coisa, então só esperou que ele continuasse. Para sua felicidade, ele encostou os lábios nos dela e começou a acariciá-los com toques afáveis. Ela sentiu o corpo estremecer e ser tomado por espasmos de satisfação, como da primeira vez. Agarrou a frente do moletom dele e o puxou para mais perto. Queria-o perto, mesmo não admitindo; queria-o por perto para sempre.

Kelaya pensou que o beijo avançaria para outra coisa, uma espécie de despedida entre eles. Fazia sentido, já tinha passado da hora. Mas logo que o calor começou a fluir através deles, Zion parou e afastou o rosto alguns centímetros.

— Você sabe o que eu sinto por você.

Não, ela não queria falar de sentimentos. Só queria que ele continuasse e acabasse logo com aquilo.

— São apenas beijos, Zion — ela respondeu depois de recuperar o ar. — Somos apenas colegas.

— Apenas colegas? — ele repetiu com uma careta. — Não, não somos apenas colegas.

Ela sentiu uma pontada de arrependimento por ter dito aquilo.

— Sei que horas você levanta, que horas dorme, o quanto odeia o Suii e o que daria para comer uma comida fresca. — Ela riu e ele continuou: — O que te faz rir, o que te deixa irritada. As matérias que prefere estudar e que vai bem, seus pontos fracos e fortes quando luta. — Ele encostou a testa na dela e finalizou com um sussurro. — Sei quem você teve que deixar.

— E eu sei quem você *não* precisou deixar — ela respondeu num sussurro alto. — Tão mais simples.

— Simples? — Ele meneou a cabeça. — Não é simples não ter ninguém com quem se importar.

— Sim, é, sim.

Kelaya recostou-se no peito de Zion, os braços dele a envolveram e eles ficaram assim por alguns minutos.

— Você me venceu. — Ele soltou um riso triste. — Para sempre.

— Não venci.

— Você ganhou meu coração. — A voz dele era tão aveludada que parecia fazer-lhe carinho. — Detém a minha fraqueza. Eu não tenho chances contra você.

Kelaya se afastou de forma abrupta.

O que ele queria exatamente?

— Você está apenas brincando comigo — ela disse com o tom de voz um pouco mais elevado. — É algum truque? Alguma pegadinha de despedida? Não vou cair nessa.

As sobrancelhas dele se juntaram, dando a seu rosto o mesmo aspecto sério e frio de quando estavam em missão.

— Você não acredita nos meus sentimentos?

— Não.

Ele mordeu o lábio e mirou o mar.

— Então acho que só tem uma coisa que eu posso fazer pra você acreditar em mim.

— O quê?

— Te pedir em casamento.

Ela demorou a raciocinar o que ele acabara de dizer. Pensou em rir, tamanho era o absurdo. Mas ele continuava sério e agora a fitava com ainda mais intensidade.

— Você está maluco? É proibido!

— Sim, por isso mesmo. É prova de que eu não estou mentindo. Estou disposto a fazer um disparate como prova do meu completo comprometimento com você.

— Para, para já com isso!

Zion se levantou e estendeu uma mão para ela.

— Vem comigo?

— Para onde?

— Embarcar em um navio clandestino que sai pela manhã e pedir para o comandante nos casar. Eles ainda têm a competência da República para isso.

Kelaya mantinha a boca aberta, em completo estupor. Zion continuou com a mão estendida e, enquanto encarava seus olhos, ela soube que era verdade.

Ele estava oferecendo o coração, o tempo e a vida. Ela não entendeu que tipo de sentimento a impeliu naquele momento — se era a seriedade daquela proposta e a promessa que vinha com ela, ou a possibilidade de ter tamanho poder sobre uma pessoa, alguém que ela poderia chamar de seu e que a desafiava de uma maneira indescritível. Mas era tentador. Tentador demais para que ela negasse.

Se havia uma lembrança muito clara em sua mente daquele dia, era o momento em que segurou a mão daquele homem, com convicção e de todo o coração.

E, se fosse bem sincera consigo mesma, gostaria de nunca a ter soltado.

CAPÍTULO 32

PRESENTE

— DEPOIS DISSO, nós usamos o crédito que recebi da minha mãe e mais algumas economias que Zion juntou durante a academia para comprar a posse de uma casa em uma zona neutra. Nos encontrávamos sempre que estávamos de folga. Era supercansativo, mas parecia valer a pena. Pelo menos para mim. — Kelaya fez uma pausa. — Eu fui muito burra, não é?

— Não! — Adara, que ouvira tudo com muito interesse, balançou a cabeça com veemência. — Para construir um relacionamento, é preciso crer que dará certo. Não te culpo por acreditar nisso, mas... puxa! Vocês eram bem malucos mesmo. — Ela sorriu.

Kelaya devolveu o sorriso com o rosto vermelho, sentindo certo conforto.

— Por outro lado — Adara continuou —, não me espanto com a forma como tudo aconteceu. Sempre pensei que essa ideia da Fenda de querer separar o corpo dos sentimentos não poderia dar certo. Dura por um tempo, mas é o mesmo que querer lançar uma rede ao mar antes mesmo de tecê-la.

Kelaya vincou as duas sobrancelhas.

— Parece funcionar bem para os outros.

— Só sabemos que algo realmente funciona para alguém se conhecermos o que se passa dentro dele.

— É impossível saber.

— Sim, impossível. — Adara ficou em silêncio um instante e depois a fitou, séria: — Seja sincera comigo. Você está brava, na verdade, porque achou que o havia vencido, e no fim foi ele que te venceu?

— Não! Eu... Argh! — Kelaya balançou a cabeça e uma onda de raiva voltou a golpear seu coração. — Faz sentido.

Ela cortou fora o talo de uma abobrinha com muita força, como se ele fosse o pescoço do próprio marido. Adoraria que fosse.

Desgraçado!

Os cantos dos lábios de Adara se ergueram e ela não pôde segurar uma gargalhada alta.

— Eu realmente me apaixonei por ele. — Kelaya a mirou, estupefata.

— Me desculpe. — Ela enxugou as lágrimas. — É que eu acho que esse é o grande problema de qualquer relacionamento. Não é tão diferente, afinal.

— Qual? Eles existirem?

— Não. A expectativa do que queremos ganhar. Talvez, se essa expectativa fosse menor, não perderíamos tanto. — Adara aproveitou para roubar um pedaço dos legumes que Kelaya picava e jogou-o para dentro da boca.

— Isso é impossível. Sempre alguém ganha e sempre alguém perde.

— Não se ambos se doarem. É a única coisa que de fato podemos controlar, não? — Sorriu e estendeu um pedaço de um de seus legumes para ela.

Kelaya aceitou e ficou olhando para o pedaço de cenoura nas mãos, enquanto Adara continuava com o discurso.

Essa lógica parecia bonita, mas, na prática, não era tão simples. Dar e dar, sem ter garantias de receber, era estupidez. Na verdade, havia uma resposta que aprendera assim que entrara na Fenda, muito mais simples, e ficaria com ela: as convenções familiares, quaisquer que fossem, eram instituições que só haviam causado dor e traumas ao longo dos anos, com a fachada de serem sagradas, quando, na verdade, nada mais eram que vínculos que permitiam abusos físicos e emocionais até o indivíduo não suportar e, então, se rebelar, escapando daquele ambiente — não sem antes, é claro, conseguir algumas boas feridas.

Tinha escapado dessa armadilha na infância, mas caído na vida adulta e agora estava tendo de tratar as feridas.

— Posso dar minha opinião sincera? — Adara perguntou.

— Sim.

— Eu acho que o que você buscava na Fenda não era uma oportunidade, mas algo que Zion, não a facção, te ofereceu, e por isso aceitou sua oferta.

— Por favor, não diga essa palavra — murmurou entre os dentes.

— Amor? É tão óbvio assim? Mas não é apenas uma palavra. Não pode ser.

Kelaya bufou e tratou de terminar logo sua tarefa.

— E de onde você sabe tanto sobre casamentos? — perguntou.

— Bom, eu também me casei — ela comentou casualmente e Kelaya parou de novo o que estava fazendo. — Não como você, com direito a cerimônia e tudo. Muito romântico da parte dele, eu diria. Mas, não, não tive essa oportunidade.

— Quando você estava no Risa?

— Não. — Balançou a cabeça. — Depois. Durou cinco anos. O nome dele era Niclas.

— Ele foi embora? Te abandonou?

— Oh, não! — O sorriso dela sumiu dos lábios — Ele morreu.

— Sinto muito.

— Não faz muito tempo. Ele me abrigou aqui depois que fugi dos riseus. Isso era dele. — Adara apontou em volta. — Qual é? Não achou que eu construí tudo sozinha, achou?

— No mínimo, melhorou. — Kelaya sorriu. — Vocês se davam bem?

Adara não respondeu de imediato. Foi até o fogão e colocou todos os legumes em uma panela grande já aquecida. Quando os vegetais se chocaram com o calor do recipiente, um aroma delicioso levantou no ar.

— Ele me irritava muito — ela respondeu, mexendo todos os ingredientes. — Tinha coisas que ele fazia que eu realmente odiava. Entrava em casa com as botas encharcadas depois de eu ter recém-limpado. Às vezes, ele fazia uns barulhos, sabe? Eles não me deixavam me concentrar no que eu estava fazendo. Argh! Eu passava metade do tempo gritando com ele. Na facção, nós prezávamos pela ordem.

Kelaya assentiu. Ela imaginava que, se ela e Zion passassem tanto tempo juntos, também brigariam por essas coisas. Até porque ela já conhecia as manias irritantes dele.

— Mas sabe o que é mais engraçado? — Adara continuou, enquanto ela se sentava à mesa. — Quando ele morreu, foram dessas coisas que eu senti mais falta. Eu ficava pensando que daria tudo para ouvir aqueles barulhos horríveis de novo e conviveria pela eternidade com aquilo se fosse possível, desde que ele estivesse comigo.

Kelaya suspirou e fingiu não notar as lágrimas da amiga. Sim, ela já começava a ver aquela mulher como sua amiga.

— No meu caso, foi diferente — disse, baixinho. — Nosso problema era questão de confiança.

Adara foi até a mesa e depositou uma das mãos ásperas sobre a da jovem.

— Você está certa. Tem coisas que são inaceitáveis e, se nos colocam em risco, realmente precisamos nos afastar. Porém, ter alguém com quem você pode se sentir à vontade o bastante para ser você mesmo é uma dádiva.

— Mas isso pode machucar, e muito — Kelaya desvencilhou a mão.

Adara se afastou e foi até a janela contemplar as cores do dia. Kelaya observou sua silhueta torneada enquanto ela falava:

— Sim, relações podem machucar. Mas é justamente porque elas também podem nos fazer muito felizes. Quando somos feridos por um inimigo, nós não nos importamos, é natural que ele queira nos ferir. Mas, quando vem de alguém que amamos, que nos trouxe certa alegria, é insuportável.

— Exatamente!

— Mas, veja — Adara se virou —, é um paradoxo. Não ter ninguém pode nos poupar de algumas tristezas, mas também nos privar de alegrias.

— Bem, se você puder se poupar de alguma dor, eu sugeriria que o fizesse — Kelaya respondeu de modo sarcástico. — A esse respeito, acho que a Fenda está certa.

— Deve haver outro jeito. Precisamos aprender a construir as relações da maneira certa, e não simplesmente acabar com elas.

Kelaya se levantou e, com um pouco de esforço, começou a colocar os pratos na mesa. Os pensamentos fervilhavam na cabeça. Ela conhecia Zion desde os quinze anos de idade e era verdade que, com ele, tinha passado ótimos momentos. Mas, se soubesse que toda a alegria que teria fosse resultar na dor que sentia agora, preferiria nunca ter sorrido. As alegrias eram meras memórias doces, enquanto a dor, um amargo presente, e ela a sentia em cada espaço da alma.

— Bom seria se tivéssemos alguém que só nos desse alegria, e nunca desgosto. — Kelaya percorreu com o dedo a figura de uma flor desenhada no prato que segurava na mão.

— Teria que ser alguém perfeito — Adara respondeu.

— Sim, mas não seria bom encontrar alguém assim?

— Geralmente, quando nos deparamos com tamanha perfeição, nossas próprias imperfeições acabam sendo reveladas.

Kelaya soltou uma lufada de ar.

— E quando tudo de você já foi revelado?

— Acredite, sempre há mais.

CAPÍTULO 33

NOS ÚLTIMOS DIAS, os homens da Stella Capitânia haviam intensificado as buscas, mas não encontraram um vestígio sequer de Kelaya. Passaram por regiões sob o domínio da Fenda, pelas zonas neutras e até algumas inimigas, sabendo que teriam de tomar o dobro de cuidado; no entanto, não encontraram nada que pudesse levar a alguma pista. Além disso, uma revolta civil tinha estourado nas fronteiras de uma ponta a outra do Continente Baixo, despachando boa parte das tropas fendas para lá e deixando tudo mais perigoso.

Em sua sala particular, o capitão Zion tirou de uma das gavetas do armário uma pequena placa lisa de metal. Ele a analisava com cuidado. Já havia feito isso centenas de vezes depois que o objeto fora liberado por Elazar, que não havia conseguido descriptografá-lo.

Kelaya não fora a única a se certificar de colher uma cópia do dispositivo para análise durante a tomada do navio do Risa. Zion estava muito interessado em saber o que aqueles dados poderiam lhe dizer sobre o Planeta Origem. Mas, com a deserção dela e a possível morte do tal profeta, o objeto era a única pista que poderia levá-lo até sua esposa.

Girou a cadeira e observou a pequena planta, que, por mais que ele regasse, não revivia.

Alguém bateu à porta.

— Entre — Zion autorizou, de costas para a entrada.

— Mandou me chamar? — Tai disse.

— Sim. Sente-se.

Zion girou a cadeira de novo e pousou os olhos no tenente enquanto ele se acomodava. Tai era só alguns meses mais velho que ele e, nos últimos dias, o capitão vinha considerando que seu secundário começava a se ressentir por ter de se submeter a alguém tão novo quanto ele.

Era a única hipótese que poderia explicar as recentes atitudes de insubordinação, por mais que Tai tentasse disfarçar. Não era que ele não cumprisse as ordens, mas havia certo descontentamento e até alguns vislumbres de raiva na maneira como ele respondia.

Queria saber o que havia causado aquela mudança. A menos que...

Será que ele se apaixonou por Kelaya? Não, não pode ser, eles passaram tão pouco tempo juntos.

— Soube que vai enviar Samara e dois guardas em uma missão paralela novamente? — Tai iniciou a conversa.

— Sim.

A sombra de desconforto passou pelo semblante do tenente, mas ele não disse nada.

Zion levantou-se e começou a andar pela sala, até que perguntou:

— Se você fosse um riseu dissidente e quisesse esconder algo muito precioso, para onde iria?

— Sairia do continente.

— Mas isso não seria possível.

Por alguma razão, Zion *sabia* que Kelaya ainda pisava no mesmo chão que ele.

Tai cruzou os braços e encolheu os ombros.

— Iria para algum lugar onde me sentisse seguro?

Impossível. O único lugar em que Kelaya se sentia segura era uma pilha de cinzas agora.

— Você acha que os riseus acreditam nessas lendas? — Zion mudou de assunto.

— Não. — O homem passou a mão na nuca. — Com certeza, não.

— Por que distribuir um dispositivo para a população se ela não tem como acessá-lo, então?

Os dois ficaram em silêncio por alguns instantes.

— Para atrair o povo? — Tai disse. — Já que eles são os únicos capazes de ler.

— Pode ser. — Zion parou. — Nenhuma chance de descriptografá-lo?

— Elazar diz que não temos a tecnologia necessária. Talvez, se formos ao exterior e levarmos para um de nossos contatos...

— Não temos tempo para isso. — Deu um soco na mesa.

— Certo, senhor.

Tai certamente pretendia parecer respeitoso, mas seu tom de voz e os lábios comprimidos tinham um ar sarcástico, e Zion já estava farto daquilo.

— O que você sabia sobre mim e ela?

O tenente arregalou os olhos sob a encarada severa de Zion e depois pigarrou.

— Já disse, senhor. Foi apenas uma desconfiança.

— E por que isso te preocupava?

— Pensei que pudesse atrapalhar nossa missão.

Mesmo Tai mantendo o rosto plácido, Zion não acreditou nem por um momento no que ele dizia. Sentou-se e, com os braços sobre o encosto da cadeira e as mãos entrelaçadas na altura do queixo, cerrou os olhos antes de provocá-lo:

— Pois saiba que a diretoria da Fenda sabia sobre nós o tempo todo.

O tenente permaneceu estático, mas Zion notou uma veia saltar-lhe no pescoço e depois os pulsos se comprimiram em um estalo.

— Por isso ela ficou tão brava — continuou, lançando um sorriso de desdém. — Nenhuma mulher gosta de descobrir que foi enganada.

A respiração de Tai começou a ficar acelerada, logo ele chegaria ao estado de espírito que Zion pretendia.

— É realmente uma pena que tudo tenha acabado assim. — Ele arqueou uma das sobrancelhas e aguardou a reação que viria em seguida. — Não posso mentir que vivemos momentos muito bons. Se é que você me entende.

— Por quê? — Tai perguntou entre os dentes.

— Ora — Zion girou a cadeira de forma quase entediada —, não é da sua conta, tenente.

Ele conseguiu prever o soco que veio em sua direção, dando tempo de desviar para o lado. A mão do capitão formigou quando aproveitou a abertura e atingiu Tai na lateral do abdômen. Com o golpe, o tenente se desestabilizou e cambaleou para trás.

Zion se colocou de pé e rodeou a mesa em um salto. Tai, que já havia se recuperado do golpe, jogou-se em cima dele, lançando-o para trás. Uma sucessão de socos e chutes foram trocadas até que o capitão conseguiu segurar seu oponente pelo colarinho e o pressionar contra a parede.

— Se você quiser viver, me responda. — As palavras lhe saíam com gosto de sangue da boca. — Por que se importa? Quais são os seus sentimentos por ela?

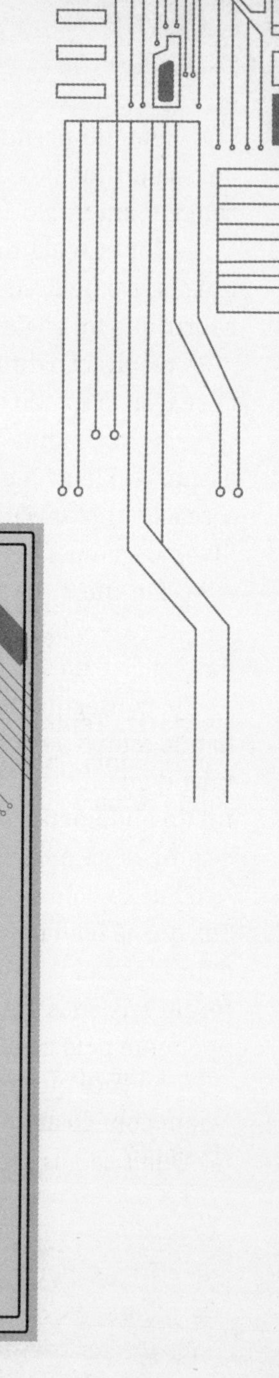

NOME: TAI BASSEBETE
TITULO: TENENTE
SEXO: M...IDADE: 27
ORIGEM: ILHAS NAVIDIS.........NUMERO DE SERIE: 1.834
POSTO: STELLA CAPITANIA
DESIGNACAO.........1834

CAPÍTULO 34

— **PELA ÚLTIMA VEZ**, o que foi que aconteceu? — Samara se aproximou, tentando ver o estrago que ele escondia.

Tai apertou ainda mais a gaze que estancava o sangue do nariz. Tentou respirar fundo, mas até esse pequeno esforço doía. Já não bastavam as dores por todo o corpo, ainda tinha de lidar com a insistência irritante de Samara.

— Já falei, eu bati em uma placa solta da parede da cabine — respondeu.

— Não existe nenhuma placa solta na cabine. Você acha que sou idiota?

— Preciso que você saia! — Ele se afastou e apontou para a porta de sua cabine particular. — Estou com dor e tenho que me recompor para voltar ao meu posto.

— Voltar? Quer dizer que o capitão não te expulsou da nave?

Tai contraiu o rosto, o que lhe causou ainda mais dor.

— Não. — Soltou um riso seco. — Por que ele faria isso?

— Talvez porque ele tenha te dado um soco na cara.

— Quem disse que foi ele?

— Eu sei que foi! — ela gritou, sua voz ecoando no pequeno cubículo.

O tenente pestanejou. Simplesmente não tinha como lutar contra o sexto sentido de algumas mulheres, e, então, assentiu.

Samara sentou-se na cama com uma expressão desolada.

— Ele nunca fez isso com nenhum dos seus homens. Nunca destratou nenhum deles.

— Acho que porque ninguém tentou o atacar antes.

— E por que você fez isso? — As sobrancelhas delas se arquearam.

— Perdi a cabeça por um momento.

— Você, perdendo a cabeça? — Ela riu, sarcástica. — Com o capitão? Não entendo. Por quê?!

Ele tentou mais uma vez inspirar com força, mas estava mesmo difícil.

— Não posso falar.

Tai encarou aqueles olhos castanhos naturalmente delineados e inquisidores. Eles tinham um vínculo de camaradagem, mas ele não podia explicar para ela, não agora, o que havia acontecido.

— Pelo menos, ele não vai te reportar? — ela perguntou em um sussurro.

— Não, não vai. Só não quer que eu chegue perto da sala de comando.

Samara soltou uma lufada de ar e balançou a cabeça. Tai não respondeu à repreensão silenciosa, apenas virou o rosto e manteve os olhos fixos em um ponto à sua frente.

— Às vezes, eu gostaria de poder te entender — ela disse.

— Não somos treinados para isso.

Ele podia senti-la encarando-o.

— Entender um ao outro — ele explicou, voltando o olhar. — Me desculpa?

Samara fez que sim com a cabeça.

— E essas missões que o capitão tem te enviado com os guardas, pode me falar o que são?

— Você sabe que não.

— Tudo bem. — A voz demonstrava o ressentimento que sentia.

— Espero que tudo volte ao normal — ela disse antes de se levantar.

— Duvido muito.

— Só não faça mais nenhuma besteira enquanto eu estiver fora. Ok?

— Vou tentar — ele respondeu e um raro sorriso despontou em seus lábios.

Samara também sorriu, e seus olhos viraram uma linha curvada.

Quando ela saiu, Tai encostou a cabeça no travesseiro e depositou um tablete de gelo artificial em cima dos hematomas. Parecia que seu rosto latejava de dor só pelo esforço mental de *pensar.* Ele precisava colocar as ideias em ordem. Recapitular tudo que tinha acontecido e decidir o que fazer.

Na Fenda, toda lealdade era suspeita. Comandantes e subintendentes digladiavam entre si por uma posição frente ao alto comando, mas ele tinha um respeito muito grande por Zion. Era um homem que, com sua inteligência, salvara por diversas vezes a equipe.

Diferente dos outros líderes, que usavam seus subordinados apenas como armas, a influência e o favoritismo de Zion junto à direção da facção eram usados para suprir algumas pessoas que, enquanto as disputas aconteciam pelo continente, eram negligenciadas. Ele não podia alimentar todo mundo, mas fazia o que estava a seu alcance.

Tai se sentia mal pela forma como vinha agindo, mas não conseguia disfarçar a confusão de sentimentos desde que conhecera Kelaya. Nunca se imaginara perdendo o controle daquela maneira, mas, quando Zion pronunciara aquelas palavras, degustando de forma divertida e quase indiferente cada sílaba, seu instinto de proteção viera à tona, fazendo-o esquecer completamente quem ele era e onde estava.

Desde que soubera que a garota prodígio da academia estava a serviço da Fenda, ele tivera uma curiosidade muito grande de conhecê-la. Com os anos, passara a ouvir histórias sobre como ela se distinguia na corporação e sentia um orgulho natural por ela.

Então, ao descobrir que a tripulação da Stella a resgataria em uma missão, ficara nervoso e, ao mesmo tempo, eufórico por finalmente poder encontrá-la. Conseguira manter a compostura de um oficial, algo que não acontecera com Zion e ela quando se colocaram na frente um do outro, e, assim que os analisou juntos e seus respectivos comportamentos, percebeu que havia algo entre eles. No entanto, jamais ousara supor a verdade:

O capitão e ela eram casados em segredo.

CAPÍTULO 35

QUANDO TAI ESTAVA PRESTES a completar quatro anos, fora levado do Continente Baixo para a Ilhas Navidis e entregue para um casal estrangeiro com boas condições financeiras e que poderia criá-lo — uma prática comum com as crianças, na época da Grande Revolta.

Acontece que, depois de alguns anos, esse casal veio a morrer e ele acabou voltando ao Continente Baixo. Sem muita perspectiva e no auge da guerra, ele havia decidido se alistar à Fenda. Com o tempo, encontrara na corporação um propósito pessoal sob a liderança do capitão Zion Haskel.

No entanto, esse propósito pessoal e o passado, nesse momento, convergiam-se em uma confusão de sentimentos que ele não sabia como administrar.

Sob o efeito dos analgésicos, ele tinha pegado no sono e, quando acordou, se sentia um pouco melhor. Era hora de voltar ao trabalho. Mais tempo enfurnado em uma cabine não resolveria nada.

Foi até a sala de Samara tentar encontrar alguma pista das missões paralelas que ela andava fazendo. Seus auxiliares, James e Mika, estavam com os rostos colados nas telas dos computadores de registros.

Tai limpou a garganta.

— Soldados.

Os dois se levantaram em um salto, prestando continência.

— Tenente!

— Como vão os relatórios? — blefou apontando para os monitores holográficos.

— Bem, senhor. — O rapaz alto ajeitou os óculos circulares, que quase ocupavam o rosto inteiro. — Até o fim da tarde, já teremos dado baixa no estoque de suprimentos do sistema extraoficial.

— Dar baixa em todos os suprimentos?

— Sim. Os que a oficial Samara levou.

— Ce-certo. — Tossiu. — Pode me confirmar a localização da entrega?

Os auxiliares se entreolharam, confusos.

— Baca e as demais bases da Fenda no continente, senhor.

— Ok, soldados. Continuem o ótimo trabalho.

Eles voltaram para seus lugares e Tai saiu a passos pesados pelos corredores.

O que o capitão pretendia? Os suprimentos eram para as famílias espalhadas pelo continente.

Quando menos percebeu, já estava à porta da sala de comando, contrariando as ordens de seu superior. Ele se deteve na entrada, sem que ninguém o visse. De costas para ele, os gêmeos permaneciam concentrados em suas funções. Podia ouvir Zion falando com alguém por videochamada do seu lugar no mezanino.

— Já estamos há semanas nessas buscas, Zion — a voz vociferou. — Preciso que você encontre aquela garota o mais rápido possível. Não pode haver nenhum vestígio dessas informações.

A voz era do secretário de segurança.

— Ninguém quer mais isso do que eu, senhor — Zion respondeu em tom impassível.

— Me avise assim que rastreá-la. Eu mesmo quero dar um fim nela.

— Claro, senhor.

— E os suprimentos de que você me falou? — o secretário exigiu.

— A maior parte já foi entregue e está a caminho de Baca, senhor.

Tai sentiu o sangue do corpo desvanecer. Tentou extrair sentido naquilo, mas só existia uma única conclusão lógica: o capitão se vendera.

A chamada de vídeo havia acabado. Ele nem percebeu quando seus pés já tinham o levado até metade da escada de acesso ao segundo andar. Zion o fitou enfurecido. Ele desrespeitara suas ordens, era verdade, mas o que o capitão fazia era algo muito pior.

— O que você está fazendo aqui? — O tom de seu superior se elevou.

— O que *você* está fazendo? Traindo nosso pacto! Pelo que essa equipe tanto lutou?

— Sai daqui, agora!

— Seu covarde, não tem vergonha de se tornar um cachorrinho obediente?! Até a sua mulher você vendeu!

As pupilas do capitão se dilataram, o maxilar retesou e as mãos se fecharam em punho. Os olhares que se encaravam ardiam como fogo. Antes que eles se encontrassem para um novo confronto, Beno e mais um subalterno entraram no meio e estavam prestes a segurá-los.

Porém Tai não pretendia fazer nenhum escândalo dessa vez, só queria que Zion ficasse ciente da espécie baixa que ele se tornara.

— Tirem-no daqui, antes que eu mesmo o mate! — Zion berrou.

Tai sentiu quatro mãos pesadas em torno de seus braços e logo se viu sendo arrastado porta afora.

— Traidor! — gritou enquanto era levado.

CAPÍTULO 36

O SOM INTERMITENTE misturado ao aroma de terra molhada avisava sobre a chuva torrencial do lado de fora. Kelaya imaginou o solo sendo lavado e todos os nutrientes necessários para nutrir a vegetação espalhados através do curso contínuo da água. Ela gostaria de que algo assim acontecesse consigo também. Seria tão simples poder apenas se banhar e a água se encarregar de levar embora tudo que era ruim, mas, ao mesmo tempo, nutrindo-a com aquilo de que ela mais precisasse.

Adara terminou de retirar a tala de seu pé e deu uma batidinha na panturrilha.

— Pronto. Só precisa começar a movimentá-lo aos poucos e logo ficará bom.

— É o que pretendo fazer nos próximos dias. — Sentada na cadeira, ela mexeu o pé devagar, tentando girá-lo sem causar dor.

Kelaya havia sentido o corpo perder a forma torneada durante os dias que se passaram. Os músculos já não tinham a mesma força e agilidade de antes e a mente estava inquieta pelo nível baixo de endorfina que ela produzira durante aquele período. Precisava voltar a se mexer se quisesse recuperar a forma para enfrentar a viagem.

— Você pretende ir embora? — Adara perguntou.

— Sim. — Kelaya voltou a atenção para a amiga e sorriu. — Quero dizer, preciso. Não posso viver a sua custa para sempre. Eu só tenho que saber para onde ir.

— Enquanto não souber, pode ficar o tempo que quiser.

— Eu agradeço, mas preciso mesmo tomar um rumo na minha vida.

Adara pegou os utensílios usados para tirar a tala e os guardou na gaveta do armário da cozinha; depois foi até a porta dos fundos, onde ficou observando a chuva. Será que ela tinha ficado chateada? Mas era verdade. Kelaya não fazia ideia do que faria, só sabia que precisava ficar longe da guerra e longe de Zion. Nos últimos dias, vinha se esforçando para não pensar nele, assim conseguia suprimir a dor da mágoa e deixá-la guardada, bem lá fundo.

— Adara — ela chamou, mas a outra continuou olhando a chuva.

Kelaya pensou por um segundo. Havia um assunto que sempre animava a amiga.

— Tem uma coisa que eu ainda não entendi sobre o Logos.

— Sim? — A mulher se virou, o entusiasmo iluminava suas feições.

— Você disse que o Risa não queria dividir o Logos. Mas, então, para que eles faziam cópias?

Ela apoiou a cabeça no batente da porta e suspirou.

— Nós não tínhamos esses escritos até um tempo atrás; eles vieram com os pioneiros do Planeta Origem, mas foram perdidos ao longo dos anos e tudo o que sabíamos era apenas histórias contadas e recontadas. Até que... até que um dia eu os encontrei.

— Você?!

— Sim.

— Onde?

Adara falou enquanto caminhava de volta para a cadeira ao lado de Kelaya:

— Passei muitos anos com a incumbência de encontrá-los, esse era o meu trabalho no Risa. Quando abandonei a facção, eu trouxe o dispositivo contendo todos os escritos comigo antes de apagar qualquer vestígio no banco de dados deles. Mas só agora decidi enviá-lo para alguém e colocar minha localização para que a pessoa me encontrasse.

— Então foi você? — Kelaya arregalou os olhos. — Por que não me disse antes?

— Ainda não tinha certeza se poderia confiar em você. — Ela deu de ombros. — E se você fosse um riseu disfarçado, plantado como isca?

Kelaya fez uma careta como se tivesse sido muito ofendida com essa suposição. Uma riseu?! Nunca.

— Quem é essa pessoa para quem você enviou?

— Alguém que poderia transmiti-la de forma honesta e rápida. Que já vinha fazendo isso há algum tempo em Baca.

— Para Baca? Nada entra em Baca.

— Enviei por contrabandistas, eles sempre dão um jeito, você sabe. — Adara cruzou os braços. — Mas os riseus receptaram minha mensagem e ficaram com o dispositivo. Por isso desconfiei de você.

— E o que você acha que eles pretendiam fazer?

— Além de virem atrás de mim, pensei que eles o analisariam apenas como um documento histórico. Um rico documento histórico usado em pesquisas. — Uma das laterais de sua boca se levantou em um sorriso reflexivo. — Mas parece que eles tinham outros planos.

— Não consigo entender por que essas histórias são tão importantes.

— No sentido acadêmico, antigas civilizações podem ter sido construídas a partir delas, e talvez isso tenha sido o problema, o apego unicamente cultural. Afinal, hoje não passamos de uma civilização fabricada.

Adara falava em um tom pensativo, como se reavaliasse cada uma das respostas.

— Eu estudei todos os dados sobre a antiga cultura e não me lembro de nada parecido com o Logos — Kelaya murmurou.

Adara sorriu em resposta.

— Não é de interesse da Fenda que a população saiba sobre ele. Nenhum deus quer ser trocado. Por que acha que eles mandaram destruí-lo?

Kelaya pensou na reação do secretário ao receber a informação.

— Mas se isso era tão importante para o Risa, o que faziam em um navio abandonado, fora da sua zona de proteção?

Adara cruzou os braços e, com uma mão, alisou o queixo enrugado.

— Talvez eles quisessem ser pegos.

— O quê? — Pensou por um momento, imaginando qual seria a motivação por trás daquilo. — Como uma isca?

— Se for o bastante para causar uma forte represália, medo e revolta... Por que não? Seria a isca perfeita.

Kelaya se levantou e, em passos lentos, começou a andar pela cozinha.

— Isso é loucura.

— Tem coisas que são difíceis de entender, mas o que posso afirmar é que não são apenas histórias. Se fossem, não haveria tantos que o temessem ou que quisessem subjugá-lo.

Adara inclinou o corpo em direção a ela.

— Sabe — ela continuou em um cochicho —, eu também pensava isso, até começar a meditar e compreender que as histórias na verdade falavam sobre mim.

— Sobre você?

Adara fez que sim.

— Coisas que eu jamais contei a ninguém, que só eu poderia saber.

— Como algo que foi contado há… não faço ideia de quanto tempo, fala sobre você?

— Essa é a beleza da coisa. — Adara pegou suas mãos e as apertou. — Do Logos emana um poder vivo, atemporal. Não pode ser domado à nossa vontade nem pertencer a um grupo seleto de pessoas. Ele não se relativiza, jamais; ele é a própria essência.

— Do que adianta um poder, se ele não pertence a ninguém nem pode ser usado?

Adara voltou a se recostar na cadeira.

— Na verdade, você pode ser usada por ele se estiver disposta. Ele mesmo te concederá o poder.

Kelaya pestanejou.

— Como assim?

— É isso mesmo.

— Você… hã… Ele concedeu poder a você? — Kelaya perguntou, com o cenho enrugado.

— Sim — Adara respondeu simplesmente.

— E você já o usou?

— Sim.

— Como? Quando? Onde?

— Uso para vencer meu inimigo — ela disse e fechou as pálpebras de forma contemplativa.

Uma sombra de confusão invadiu a mente de Kelaya. Será que ela tinha perdido alguma informação importante durante as conversas? Não tinha certeza de quem era o inimigo de Adara atualmente, já que ela não lutava mais por nenhuma facção; no entanto, lembrou-se do que tinha visto no navio. O capitão não parecia ter controle sobre si mesmo. Talvez acontecesse algo daquela forma com aqueles que tinham o Logos. Era estranho, mas ainda poderia ser útil.

Como estava interessada em saber mais, decidiu contar tudo o que acontecera durante a tomada, quando pegara o dispositivo. Adara ouviu o que ela tinha a dizer, e o branco tomava seu rosto enquanto ela ouvia.

— Pode ser que o Risa esteja produzindo supersoldados que tenham resultado nisso — Adara respondeu. — Na minha época, havia alguns testes.

— Eu sabia! — Kelaya bateu com a mão em uma das pernas.

— Mas... pode também ser outra coisa.

— Que coisa?

Adara passou os olhos pelo cômodo e refletiu por um momento.

— O Logos é a fonte de tudo que é bom — ela respondeu —, é a bondade e a perfeição no seu estado mais puro. Mas todos que se rebelam e se mantêm distantes acabam sucumbindo a si mesmos e, por consequência, à maldade. Como a luz e a inexistência dela. — Ela apontou para a luminária que iluminava o ambiente e depois para o quarto escuro ao lado. — Longe da luz, só resta a escuridão. O que você viu pode ter sido o outro extremo.

Um arrepio percorreu todo o corpo de Kelaya. Parecia muito improvável que ela simplesmente não soubesse nada a respeito disso durante seus vinte e quatro anos de existência.

— E qual dos dois é mais forte? — perguntou.

— Ora — Adara levantou os braços como se fosse óbvio —, nada que é criado será maior que seu criador, ainda que se convença disso.

Kelaya engoliu em seco. Já não bastava descobrir a existência de um poder, agora aprendia que também existia um oposto, do qual ela deveria se manter distante.

Quer dizer, não tinha certeza se acreditava realmente nisso.

No entanto, pelo que tinha compreendido, a única forma de se manter distante de um era estando perto do outro. Adara falava como se ela tivesse de saber dessas coisas, quando não passavam de coisas surreais. Como ela poderia ter certeza de qual era o certo e qual era o errado?

— E como eu faço para ter o poder do Logos, então? — Kelaya disse em tom de desdém.

Adara apertou os lábios antes de seu rosto se suavizar.

— Você deve crer — respondeu.

— Então só depende de mim?

Ela balançou a cabeça.

— Quando você crer, você o buscará, mas os méritos ainda não serão seus. Entende?

— Na verdade, não. — Seu rosto estava dolorido por se manter tanto tempo franzido. As coisas só ficavam mais confusas.

Adara sorriu como se estivesse ensinando uma criança cheia de dúvidas.

— Vou te contar uma história. — Ela se recostou na cadeira e Kelaya achou por bem voltar a se sentar. Aquilo poderia levar muito tempo. — De todas as histórias contidas no dispositivo, essa é a mais importante. Todas levam a ela.

FRAGMENTO DO LOGOS

O Cântico Maior diz:

O Logos estava com o Ser
O Logos é o Ser
Quando o Ser que sempre
É disse,
As maravilhas da matéria
de sua boca surgiram,
E a vida se fez.

O ente veio depois,
Perfeito como o Ser que o fez.
Sobre o ente estava a
autoridade delegada,
Mediante uma única
condição.
E tudo que existia se curvava
ao ente que vivia para o Ser.

O ente quis viver por si mesmo,
A condição quebrou.
Tudo que existia
Para o ente não mais se curvou.

Separado do Ser,
Amaldiçoado o ente foi.
Tornando-se seu próprio deus,
Matando tudo que tocou.

Mas, de tal ente o Ser não
desistiu.
E assumindo a natureza do que
sofre e produz o mal,
O caminho inverso tomou,
E a maldição se quebrou.

CAPÍTULO 37

OUVIR A HISTÓRIA DO CÂNTICO MAIOR não ajudou Kelaya a se sentir melhor, pelo contrário: os pesadelos ficaram mais intensos e sufocantes, e os rostos, que outrora ela havia esquecido, voltaram a assombrar suas memórias. Rostos jovens e inocentes.

Já passava da metade da madrugada e ela ainda não conseguira pegar no sono. Cansada de rolar de um lado para o outro na cama, pegou a espada que Adara havia devolvido e saiu para tomar um ar.

Esse era o seu horário preferido para treinar quando ainda era uma soldado. A penumbra da noite, o frescor do ar e a sinfonia dos insetos embalando o silêncio da solidão criavam uma atmosfera ideal para a concentração e o melhor proveito dos exercícios. Era disso que ela precisava, colocar o corpo para trabalhar e esvaziar a mente.

Pegou a espada e começou a movimentá-la, de um lado para o outro, como se estivesse lutando contra alguém invisível. Podia ver as cores refletidas pelo luar misturarem-se no horizonte enquanto o corpo girava com velocidade: o verde-musgo do gramado, o marrom da casa ao fundo e as árvores que não passavam de sombras negras;

tudo virava linhas que se estendiam e se misturavam conforme a música da lâmina cortava o ar.

Para que seu corpo voltasse ao ritmo, ela começou com exercícios leves e, aos poucos, foi intensificando até ficar totalmente exausta. Golpeava com força, como se estivesse tentando espantar as imagens de terror que, volta e meia, invadiam suas lembranças. Defendia, saltava e girava no mesmo ritmo que os vislumbres das aldeias sendo destruídas e que o som dos gritos de misericórdia a atacavam. Mais rápido, mais rápido, mais rápido, até que eles desapareceram por completo.

Não demorou muito até sua respiração ficar ofegante, o suor escorrer pelo rosto e os braços fatigarem. Precisava ter paciência. Não seria do dia para noite que voltaria à forma física ideal ou que esqueceria tudo o que havia feito.

Ela se sentou e fechou os olhos para recuperar o fôlego.

Era nesses momentos de quietude e puro esvaziamento de si que Kelaya mais se lembrava das frases do Logos, constantes e intrigantes.

Uma frase em especial ocupava seus pensamentos com mais frequência, obrigando-a a refletir sobre ela.

"E assumindo a natureza do que sofre e produz o mal."

Adara dissera que se tratava de algo do presente, mas exatamente a que mal se referia? A República, a Fenda ou a Guerra? Como ele havia tomado a natureza disso? O que de fato queria dizer *"o caminho inverso tomou, e a maldição se quebrou"*?

Quando ela abriu os olhos, as primeiras luzes do dia já despontavam ao longe. Por um momento, encarou a lâmina da espada em sua mão. Estava iluminada, espelhando as cores da manhã.

Enquanto a meneava, um dos feixes tímidos do amanhecer refletiu em seu próprio rosto. Aproximou e analisou por um instante a imagem que via desenhada ali.

Assustou-se ao perceber que não era nada do que já tinha visto antes, havia algo inédito e terrível naquele rosto branco e mais magro que o habitual. Por trás dos olhos aparentemente inocentes e marcados por linhas vermelhas, Kelaya viu dor, raiva, tristeza e culpa, muita culpa.

Seu corpo foi tomado por pavor, um pavor congelante que a fez tremer em calafrios.

Jogou o objeto para longe. Não queria mais ver a si mesma, muito menos sentir aquela sensação ruim.

Estava na hora de voltar. Quem sabe fosse seu organismo precisando de nutrientes e, por isso, reagira daquela maneira?

Preciso comer alguma coisa. É só isso.

Pegou a espada sem olhar muito para ela e voltou para a casa. Depois de comer, foi encontrar Adara, que a esperava no celeiro.

— O que acha de aprender a dirigir a lata-velha? — A amiga bateu na parte de cima do veículo.

— Por quê?

— Não sei — ela deu de ombros —, você pareceu interessada nele.

— Sim, é bem bizarro um veículo sobre rodas. Que tipo de combustível ele usa?

— Eletricidade. Se não tiver carga extra, não chega muito longe. A República copiou alguns modelos que foram descritos nos registros antigos do Planeta Origem. Acho que se chamavam au-to-mó-vel. — Ela parecia degustar cada sílaba. — Foi o que me trouxe até aqui.

Kelaya se aproximou.

— Tudo bem, é sempre bom aprender algo novo.

Adara foi dando as orientações. Primeiro ela deveria pisar em um pedal, depois girar uma chave, mexer uma alavanca, segurar um círculo que ficava na altura do peito, pisar em outro pedal, mexer na alavanca de novo, girar o círculo conforme a direção para a qual o veículo deveria ir, o que não era muito diferente dos veículos atuais. O problema era mexer na alavanca e nos pedais ao mesmo tempo, de novo, de novo e de novo. No começo, o automóvel desligava toda hora, mas logo ela foi pegando o jeito.

A instrutora gargalhou várias vezes. Porém, por mais engraçado que a situação fosse, Kelaya não conseguia rir.

Depois que terminaram, elas entraram na casa em silêncio e Kelaya foi direto para o banho. Sentiu uma vontade súbita de tirar o suor do corpo e a sensação que a angustiava. Quando voltou para a cozinha, desembaraçando os cabelos molhados com as pontas dos dedos, Adara olhou para ela com a testa franzida.

— Aconteceu alguma coisa? — ela perguntou, sentada diante da mesa.

Kelaya sentiu o estômago gelar de novo. Por que estava se sentindo daquela maneira? Parecia que algo muito ruim havia se alojado dentro de si e precisava ser expulso.

— Aconteceu. — Ela se aproximou de forma lenta. — Adara, eu preciso te contar uma coisa.

— Você está se sentindo bem? Quer se sentar?

O rosto da mulher se transformou em pura preocupação.

— Melhor não. — Kelaya balançou a cabeça.

— Tudo bem, estou ouvindo.

Kelaya apertou as mãos uma na outra. Sentiu o suor frio correr pela testa.

— Eu... eu sou uma assassina.

A frase tinha praticamente pulado de sua boca, sem que ela notasse. Ouvir aquilo de seus próprios lábios a deixou perplexa e aliviada ao mesmo tempo. Adara arregalou os olhos, mas Kelaya continuou:

— Eu era uma agente especial da Fenda encarregada de fazer o serviço sujo.

A mulher pestanejou e depois engoliu em seco.

— Certo, mas por que você está me contando isso agora?

— Achei que gostaria de saber quem você abriga em sua casa.

Adara fitou o chão e depois voltou a encará-la.

— B-bom, todos nós temos nossos erros e...

— Não, você não está entendendo. Eu fiz coisas ruins, não foram simples erros, coisas *realmente* ruins. Não conseguia ver dessa maneira, até... até agora.

— Você quer me contar algo específico? — Adara ergueu o queixo e juntou as duas mãos em frente ao corpo.

Ela fez que sim.

— Mas antes, por favor, sente-se. Nada vai melhorar com você parada aí de pé e com o rosto branco como se tivesse visto uma assombração.

Kelaya obedeceu e, depois de um tempo, começou a contar:

— Nós invadíamos regiões que a Fenda tinha interesse em dominar e matávamos quem não queria se submeter à facção. Eu... eu simplesmente matava. Acabava com a vida daquelas pessoas.

Ela viu a face de Adara ser tomada de tristeza.

— Uma vez... nós estávamos em uma pequena vila próxima à Baca. Ela ficava bem em uma rota de transporte que era importante para a Fenda conquistar, nos daria certa vantagem quanto à locomoção dentro do continente. Já tínhamos tentado todo tipo de acordo diplomático, mas os moradores não cederam. Então eles nos mandaram para lá, para convencê-los por *outros meios*. E foi isso o que fizemos. Montamos um cerco, tentando pressioná-los a aceitar nossos termos. — Kelaya respirou fundo antes de continuar. — E uma garota, que não deveria ter mais de quinze anos, fugiu. Eu fui atrás dela, imaginando que ela poderia ser uma informante do Risa. Na minha cabeça, ela já tinha idade para ser alguém treinado como eu era na idade dela. — Fez uma pausa e deixou uma única lágrima que pendia no cílio escapar. — Com uma expressão de medo, como eu nunca tinha visto antes, ela implorou pela vida. Mas eu não quis ouvi-la. Ela precisava ser eliminada e foi o que eu fiz.

Kelaya olhou para Adara, que apenas a escutava com atenção.

— Parecia que o fato de ela simplesmente respirar impedisse o progresso e colocava em risco a minha própria existência. Fazia todo o sentido para mim na época. Mas agora... Depois do que aconteceu no Vale de Ghor, eu vi todo o horror de forma clara.

Ela ficou em silêncio por um tempo.

— Sabe a minha mãe? — perguntou, de repente. Adara assentiu com a cabeça. — Eu a abandonei para morrer sozinha. Eu sabia que ela estava doente, no fundo eu sabia. Queria me vingar por ela ter me deixado a maior parte do tempo abandonada naquele maldito apartamento e eu fiz o mesmo com ela. Queria que ela sofresse o que eu sofri todo aquele tempo. Mas, depois, eu me senti mal e quis saber o que tinha acontecido com ela. Foi aí que conheci Zion.

Seus lábios começaram a tremer e a voz saiu embargada.

— E sobre meu relacionamento com ele, a verdade é que eu o usava para me sentir bem. Menos culpada, sabe? Mal podia esperar para me afogar nele e esquecer tudo. Me transformar em outra pessoa. — Ela balançou a cabeça e deixou as lágrimas silenciosas rolarem de uma vez. — A Kelaya que amava não era a mesma que matava. Uma não era culpada pelos crimes da outra.

— Entendo.

— Não, não entende. Eu só queria me vingar de todo mundo. Como se eles fossem os culpados de todo o mal. Eu não via que era eu... sou eu. Eu deveria pagar por isso. Ser condenada ou algo assim.

— Por quem? — Adara perguntou em um tom sarcástico. — Por qual das duas facções, que levaram você a pensar assim, você deveria ser punida?

— Isso não justifica o que eu fiz.

— Não, não mesmo. Mas o fato é que todos nós estamos sujos de sangue.

Enquanto Adara falava, o coração de Kelaya era esmagado dentro do peito. Ela baixou a cabeça e fechou os olhos. A verdade que ela sempre tentara ocultar estava ali, mais viva do que nunca no horror que a fez entender.

Não podia salvar ninguém, muito menos o continente ou o planeta, quando ela mesma precisava desesperadamente ser salva.

Voltou a encarar Adara nos olhos.

— Sou eu, não sou?

A mulher inclinou a cabeça, mostrando que não havia entendido.

— Dos versos do Cântico Maior — Kelaya disse em quase um sussurro —, o ente "que sofre e produz o mal".

Adara sorriu, mas não um sorriso feliz; era daqueles sorrisos que os dentes nem aparecem e que só tentam transmitir algum consolo. Ela se aproximou e passou a mão na cabeça de Kelaya, tentando acalmá-la.

— Sim, minha querida. Assim como eu.

Kelaya a fitou, confusa.

— Por acaso você fez algo parecido enquanto esteve no Risa?

— Oh, não. Eu era do Departamento de Pesquisa.

— Então por que diz que também é você?

— Porque todos nós somos como a sombra que achou que poderia existir por si mesma. No final das contas, nossos crimes custaram o mesmo preço.

CAPÍTULO 38

HAVIAM SE PASSADO ALGUMAS semanas desde que Kelaya confessara tudo para Adara, e, desde então, decidira que estava na hora de ir e buscar algum tipo de expiação. Como seu pé já estava recuperado e certo vigor voltara a seu corpo, sentia-se fisicamente segura para enfrentar a jornada e buscar seu destino.

Em uma mochila de lona preta, ela guardava alguns suprimentos calóricos para alimentá-la durante a viagem: um cantil de água; um artefato que Adara havia lhe explicado ser uma bússola analógica, que servia para indicar direções sem estar conectado ao Vírtua; e uma flor seca para lembrá-la do lugar.

Enquanto guardava suas coisas, os traços da história contida no dispositivo começavam a se conectar, dando forma ao esboço de uma grande pintura. No entanto, ainda era estranho que ninguém soubesse nada a respeito dela. Como se vivessem séculos indiferentes à fonte de sua própria existência.

Kelaya deslizou a mão por sobre a espada antes de depositá-la ao lado da mochila. Em cima da cadeira, estava o presente que Adara lhe dera: uma roupa especial, adaptada para o clima da região. As peças eram de um acinzentado claro com faixas escuras nas laterais. Passando a mão pelo tecido do casaco, dava para sentir as pregas marcando a altura dos ombros e da cintura. Por dentro era forrado por um tecido carmesim e um cinto rodeava a barra que caia solta nos quadris. Já a calça, do mesmo tecido, esticava conforme fosse necessário. Havia ainda botas pretas de um material que parecia resistente e confortável.

Depois de deixar tudo preparado, percorreu os olhos pelo pequeno quarto.

Quanta coisa tinha mudado dentro dela naquelas últimas semanas. Quanto havia descoberto sobre si mesma.

Kelaya ouviu uma batida na porta.

— Entre.

— Quase tudo pronto? — Adara cruzou os braços e recostou-se na porta.

— Sim. — Ela sorriu. — Mais uma vez, obrigada por tudo.

Adara apenas balançou a cabeça e um sorriso fraco roçou seus lábios.

— O que pretende fazer agora? — Kelaya perguntou. — Quero dizer, com o Logos?

A mulher mais velha entrou no quarto e se sentou na cama.

— Levá-lo para Baca.

— Baca? — Kelaya arregalou os olhos. — É a capital da Fenda. É muito... muito perigoso para alguém como você.

— Acho que não tenho alternativa.

— O que quer dizer?

Adara passou as duas mãos nas coxas.

— Sente-se, preciso te contar uma coisa.

Kelaya obedeceu e dedos enrugados envolveram os seus.

— Preciso confessar que eu não a encontrei por acaso, já estava monitorando qualquer nave que se aproximava. Sabia que você viria.

Kelaya assentiu.

— Por causa das coordenadas.

— E também porque eu acreditava que alguém viria. — Um lampejo brilhante surgiu em seus olhos. — Principalmente depois que eu tive coragem de expor o Logos, mas nunca esperei que fosse uma soldado dissidente da Fenda.

— Por que ir até lá?

— Porque você estava certa, não posso mais me esconder.

— Desculpe por isso — Kelaya corou —, eu estava brava quando falei aquilo. Você fez bem em se manter afastada de tudo.

— Não. — Adara balançou a cabeça e algumas lágrimas escaparam. — Eu fugi do Risa porque, quando encontrei o Logos, soube que eles não pretendiam dividir a descoberta com a população. Parecia injusto não saber sobre nossos antepassados.

— Sim.

— Mas eu tive medo e o escondi apenas comigo. Não o compartilhei nem com meu marido. — A voz da amiga falhou em um soluço ofegante, e o coração de Kelaya se contorceu. — Eu deixei que ele morresse sem saber.

— Está tudo bem. — Kelaya apertou sua mão, mas Adara continuava balançando a cabeça em negativa.

— Depois que ele morreu e fiquei totalmente sozinha, eu comecei a estudar os escritos e entender a verdade. Algo dentro de mim se iluminou, ao mesmo tempo que começou a incomodar. Eu não poderia mais mantê-lo só para mim.

— Foi quando resolveu enviá-lo?

— Sim. Deixei minha coordenada para que aqueles que acreditam nas histórias pudessem me encontrar e, quem sabe, formar uma comunidade.

Naquele instante, Kelaya se deu conta do quanto Adara se sentia solitária.

— Para que pudéssemos nos ajudar e, juntos, levá-lo a outras pessoas — ela continuou. — Essa caminhada não é fácil sozinha, sabe?

O coração de Kelaya se apertou. O dispositivo, que era para alguém bom e que tinha fé, assim como Adara, havia parado nas mãos de uma assassina cética como ela. Por um momento, um pensamento esquisito passou por sua cabeça: e se esse fosse o destino que ela deveria encontrar?

Adara apertou a mão da amiga mais uma vez e a olhou nos olhos. Kelaya mal acreditou quando se ouviu dizer:

— Eu vou com você.

Adara a encarou com os olhos arregalados.

— Você vai? — Enxugou as lágrimas.

— Bem, não tenho muitos compromissos pelos próximos… — Ela fingiu pensar. — Dias da minha vida.

O rosto enrugado se abriu em expectativa.

— Mas… você acredita?

Kelaya respirou fundo antes de responder.

— Acho que acredito, embora seja difícil de visualizar.

Adara deu dois tapinhas em sua mão e sorriu.

— Ver é o que menos importa. Você tem falado com Ele?

— Falar?

— Sim, o Logos se agrada em nos ouvir.

Kelaya franziu o canto dos olhos e lembrou-se do pedido que havia feito enquanto perambulava pelas charnecas.

— Acho... Acho que eu já falei com Ele, sim.

— Ótimo! — Adara levantou-se em um ímpeto de animação. — Preciso me organizar para partirmos

— Espere! E os animais?

— Você acha que eu não pensei neles? Há muito tempo eu os preparei para um sistema de autossustentação com suprimentos que devem durar pelo menos um ano. Até lá, devemos estar de volta.

Kelaya abriu um sorriso. No que aquela mulher não havia pensado?

Adara saiu do quarto e voltou no mesmo instante.

— Hinení! — ela disse.

— Hinení?

— É a palavra usada por aqueles que se prontificam a cumprir a missão do Logos.

— Hi-ne-ní. — Kelaya repetiu, assentindo.

A palavra teve um gosto doce em seus lábios.

CAPÍTULO 39

DEITADA, KELAYA FITAVA O TETO e esperava a chegada do amanhecer. Adara e ela partiriam nas primeiras horas do dia com o automóvel até uma das costas e, de lá, pegariam uma embarcação clandestina até o centro-oeste do Continente Baixo. Ela sabia que seria uma longa viagem e que deveria ter dormido mais para repor as energias, mas a ansiedade simplesmente não permitia. Mal conseguia conter a expectativa da mudança, do novo propósito que se estendia em seu caminho.

Ela estava começando a acreditar no poder que Adara tanto devotava, mesmo não tendo nenhuma manifestação palpável ou visível dele. Talvez fosse a história do Cântico Maior e a possibilidade de acabar com a culpa que sentia, ou talvez a esperança de haver algo além da realidade aterrorizante, não sabia dizer; só sabia que o Logos poderia ser real. Queria que fosse. E, de repente, deu-se conta de que estava na hora de começar a agir como alguém que acreditava.

Como deveria começar?

"Ver é o que menos importa", Adara dissera e provavelmente ela estava certa.

Kelaya se sentou na cama, depois se colocou de pé, cruzou as mãos, descruzou e voltou a se sentar. Não sabia se tinha um modo correto de fazer aquilo.

Limpou a garganta, balançou os braços e respirou fundo. Só precisava relaxar.

— Bem... acho que já sabe sobre mim, né?

Não, está muito informal. Não deve ser assim.

— Grande Poder...

Argh! Que coisa mais idiota.

— Olha, isso tá ficando ridículo. Quer dizer, eu! Eu estou sendo ridícula, não você.

"Você"? Não deveria dizer "você".

Escondeu o rosto entre as mãos e suspirou.

— Não sei como fazer isso direito. — Puxou as pernas para cima e as dobrou, deixando o corpo mais relaxado. — Já nos falamos lá no deserto, pelo menos eu falei, e acredito ter sido respondida. Então, vou tentar não inventar muito dessa vez. Sei que já deve saber tudo sobre mim, mas vou contar mesmo assim.

Aos poucos ela foi se acalmando e se sentindo mais à vontade.

— Confesso que eu aceitei essa missão mais por Adara. Ela é uma pessoa boa e está correndo perigo ao ir para Baca sozinha. Mas quero que saiba que estou disposta a fazer o meu melhor para que... para que o objetivo seja alcançado. É o certo, não?

Kelaya fez uma careta. Havia acabado de se livrar de um dever e já se comprometera com outro. Dessa vez, com algo que nem compreendia ou sequer conseguia ver. O mistério da vida era que parecia impossível não estar a serviço de alguém: de uma pessoa, de uma facção, de uma ideia ou de si mesmo; e se o Logos era a bondade no seu estado mais puro, então fazia sentido elegê-lo para tomar esse posto inevitável.

— Que assim seja — ela se ouviu dizer e sentiu-se bem, muito bem por isso.

Tão bem que seu corpo relaxou até ela quase adormecer outra vez.

De repente, uma sirene soou alto e estridente e ela sentou-se em um rompante na cama com o coração disparado. Não fazia ideia de onde vinha o som. Apenas calçou as botas e correu.

Antes de chegar até o quarto de Adara, encontrou-a de pé, ainda sonolenta, segurando um aparelho que mapeava a região.

— Eles já estão aqui — ela disse com o rosto lívido.

— Eles quem?!

— O Risa. Estão a algumas milhas ainda, mas temos que ser rápidas.

Adara saiu em direção à cozinha, com Kelaya logo atrás.

— E o sistema de esconderijo? Talvez eles não vejam a fazenda!

— O sistema não suportaria um ataque armado, você sabe. Não podemos arriscar. Pegue a sua bolsa.

Kelaya foi até o quarto, colocou a roupa que Adara lhe havia dado dentro da mochila, colocou-a nas costas e prendeu a espada. Quando ela voltou, ambas se dirigiram ao celeiro, com pressa.

— Ouça com atenção. — Adara parou e segurou Kelaya pelos ombros. — Ainda tinha muito o que te falar, achei que teríamos mais tempo.

— Como assim? Você não vem?

— Não. Eu vou ficar.

Kelaya balançou a cabeça, trêmula.

— Adara, não.

— Vou despistá-los com explosivos, é a única chance de você conseguir vantagem.

— Eles vão te matar.

Ela hesitou por um segundo.

— Eu sei.

— Não, você não pode... E a casa, os animais?

— Apenas vá — Adara disse com a voz embargada e começou a empurrá-la para o veículo.

Kelaya negou com a cabeça, Adara apertou seus braços com mais força.

— Você vai levá-lo ao mundo!

— Mas eu não sei nada a respeito dele, não tenho esse poder.

— Não importa, você já sabe o que é preciso. Ele mesmo vai te mostrar o resto.

Seu corpo estremeceu.

— Por que você não usa o poder contra o Risa?! — Kelaya tentou uma última ideia, com a voz desesperada. — Você disse que usava contra o seu inimigo!

Lágrimas cintilantes rolaram pelo rosto da amiga.

— Pobre criança. — Adara sorriu, deslizando os dedos para suas mãos, e então segurou-as junto ao peito. — Meu maior inimigo... sou eu mesma.

Kelaya a encarou boquiaberta, as lágrimas escorrendo sem sua permissão.

— Sempre lutaremos em alguma guerra. Assim como em nossa volta, há uma guerra acontecendo aqui. — Adara tocou o dedo indicador na própria testa. — Precisamos saber qual vale a pena lutar e qual poderemos ganhar. Não fuja dessa luta, nunca mais. Agora, por favor, faça o que deve fazer.

Kelaya sempre fora uma soldado e se tinha uma coisa que soldados sabiam fazer era ignorar as emoções e fazer o que havia de ser feito. Então, mesmo sem muita certeza quanto ao que estava prometendo, ela assentiu. E as duas se abraçaram.

— Você precisa partir o mais rápido possível. — Adara se afastou e começou a explicar enquanto tirava a lona de cima do automóvel. — Vá para a costa Sudeste, lá você deve encontrar um barco de pesca clandestino. Dê isso a ele. — Ela depositou em suas mãos uma espécie de joia com uma pedra preciosa. — Era do meu marido, herança de família. Será o bastante para te levar à costa Leste.

— Adara — Kelaya engoliu o choro —, você tem certeza? Sei que não estou em minha melhor forma, mas eu posso lutar, eu posso...

Sem olhar em seus olhos, Adara a empurrou de leve para dentro do veículo.

— Por favor, vá. — A amiga fechou a porta e se inclinou trêmula na janela, depositando um beijo suave em sua testa. — Não temos mais tempo.

Atônita, Kelaya ligou o automotor, que bradou como uma lata-velha pedindo descanso. Olhando para frente, sem conseguir encarar a amiga por medo de desistir, Kelaya sussurrou um "obrigada". E foi a última coisa dela que Adara ouviu antes de virar as costas e sair correndo em direção à casa.

Kelaya pisou fundo no acelerador e, deixando uma nuvem de poeira para trás, seguiu em alta velocidade em meio à vegetação seca.

Quanto mais se afastava, mais tinha vontade de olhar para trás, porém permaneceu com as mãos firmes no volante e os olhos marejados no horizonte.

Ela tinha certeza de que, caso olhasse para trás, acabaria cedendo. E nessa nova missão, cuja natureza ela mal entendia, jamais poderia falhar.

CAPÍTULO 40

DE SEU LUGAR NO MEZANINO da sala de comando, Zion conseguia perceber os olhares sugestivos que Lisa e Cal trocavam entre si. Como eles tinham aquela ligação biotecnológica, podiam se comunicar sem dizer uma única palavra.

Desde o dia da primeira briga com Tai, os gêmeos pareciam não agir mais com naturalidade. Certamente eles tinham ouvido os sons de corpos se chocando e coisas se estilhaçando que vieram da cabine particular, e não disfarçaram o espanto ao ver Tai sendo carregado pelos guardas horas depois.

Zion odiava a sensação de estar perdendo a confiança de sua equipe. Era tudo de que ele menos precisava. Principalmente naquele momento.

Tai, o homem em quem ele mais confiava, seu braço direito, tinha uma ligação com a mulher com quem Zion estava casado havia mais de seis anos — ou pelo menos fora isso o que ele confessara após o primeiro confronto. O capitão se forçava a se acostumar com a ideia, embora não fosse tão absurda, considerando o gênio de ambos.

Ele precisou afastar Tai do subcomando da nave para o bom andamento de seus planos. Não confiava mais no bom senso de seu tenente depois de saber de seu envolvimento emocional.

Àquela altura, Zion já não tinha muitas certezas. Uma das poucas que restavam era: o que antes ele achara ter sob controle agora já não tinha mais.

Além disso, mais uma zona neutra havia sido patrulhada por sua equipe e nenhum vestígio de Kelaya foi encontrado. Ainda restavam duas a serem verificadas e ele não perderia mais nenhum segundo. Com a revolta dos civis contra a Fenda, havia muitas chances de que os riseus, informados por espiões sobre o vazamento do dispositivo e da caça a uma soldado dissidente, tivessem destinado suas forças para encontrá-la também.

O tempo estava contra ele.

— Samara enviou notícias? — ele perguntou aos pilotos.

— Sim. Ela já está em posse e se dirige ao local — Cal avisou com a linguagem de sinais.

— Bom — Zion respondeu da mesma forma. Parte do seu plano estava funcionando.

— Senhor? — Elazar chamou através do sistema de comunicação.

— Na escuta.

— Captamos uma mensagem de um ataque a uma propriedade próxima às Charnecas do Sul.

— Charnecas do Sul?

— Sim.

Não havia absolutamente nada naquela região. A menos que... estivesse escondido por tecnologia de sistema de esconderijo, como Kelaya fizera na cabana. Só alguém com conhecimento em armamento avançado usaria dessa técnica. Como... um riseu dissidente!

— Quantos homens? — Zion perguntou.

— Uma frota inteira.

Ele prendeu a respiração. O Risa não atacaria uma propriedade privada com uma frota, a menos que algo muito importante estivesse escondido lá. Zion sentiu o coração disparar.

— Recalcular rota de voo — ele ordenou aos pilotos. — Informe ao secretário e solicite sete naves de apoio. Inclusive a dele.

— Mas, senhor. Só sete naves? — Elazar questionou.

— Façam o que eu pedi! — Zion bateu na mesa, a mão tremendo.

Será que todo mundo estava disposto a tirar sua calma e contradizê-lo? Só precisava encontrá-la logo. Quando ele a encontrasse, tudo isso acabaria.

CAPÍTULO 41

KELAYA AGUENTOU FIRME até as primeiras explosões ecoarem no céu. Já estava a dezenas de quilômetros rumo ao Sudeste, mas era possível ver, através do retrovisor, os reflexos avermelhados das explosões contra o vazio negro.

Sabia que, por mais que estivesse bem armada, Adara não poderia ter resistido por muito tempo contra uma frota inteira. E, a julgar pela intensidade do show de cores no céu, a casa antiga com chão de tábua, os jardins, as plantações, os animais e o ninho de pássaros não existia mais.

Um sentimento de pavor e desesperança lhe tomou o peito e a garganta. Era como se estivesse vendo o mesmo filme outra vez. Primeiro foi o Vale, e com ele todo o seu refúgio, e agora o santuário que a acolhera.

Algo parecia lhe dizer que toda a beleza do mundo não tinha como sobreviver.

A dor cresceu até quase sufocá-la.

— Logos, por que não interveio? Por que não fez nada? Ela estava pronta para cumprir a sua missão! Ela... — O soluço saiu entrecortado, dolorido.

Kelaya apertou as mãos no volante do automóvel e as lágrimas correram livres pelo seu rosto, enquanto o barulho do motor e do vento abafavam os sons do desespero.

Adara havia se tornado uma amiga, uma confidente, uma instrutora paciente e amorosa, quase... quase o que uma mãe deveria ser. E Kelaya a deixara para trás, sozinha, assim como fizera com a própria mãe muitos anos antes.

A culpa que ela tentara reprimir durante esse tempo rebentou mais forte do que nunca.

— Por que não consigo consertar as coisas?! — gritou para o painel. — Eu só queria fazer algo bom. Dessa vez, eu queria mesmo fazer algo bom.

Todas as suas decisões, por mais que tivessem boas intenções por trás, eram seguidas por um rastro de dor e morte. Pensara que agora seria diferente, mas estava enganada. A disputa entre as facções só causava dor e destruição, e não existia nada que ela pudesse fazer.

Nada!

Porque, até quando ela tentava acertar, ainda errava. Ela estava destinada a uma vida de guerra, até o fim.

O continente se destruía em chamas e ela não podia salvar nem uma andorinha.

Conforme Kelaya avançava, a escuridão se derramava sobre ela, tomando-a e sufocando-a por todos os lados. Sentia uma sensação constante de medo e opressão em todo o corpo. O caminho, ora plano, ora íngreme, ficava cada vez mais difícil; ela apenas rogava para conseguir chegar a algum lugar.

Como previra, o automóvel dava sinais de que a carga de eletricidade não duraria muito. Ela precisava de um lugar seguro para descartá-lo e se esconder até o perigo iminente passar. Em pouco tempo, as naves do Risa estariam à sua procura, e um automóvel barulhento como aquele era fácil de ser encontrado.

Kelaya avistou um paredão de pedra se estendendo logo à frente, as formas visíveis apenas pela luz fraca da noite que terminava. O automotor morreu pouco antes de chegar ao local.

Quando saiu do veículo, sentiu o leve frescor da maresia. O cânion gigante acabava próximo ao mar Sul. Kelaya poderia seguir o resto do caminho a pé.

Circulou uma das paredes elevadas e começou a procurar por um local de desova. Não demorou a perceber uma gruta funda aberta no solo entre duas rochas gigantes. Voltou para onde tinha parado a lata-velha e a empurrou até lá.

Ouviu o tinir da lataria se debatendo contra as pedras enquanto o automóvel caía.

Foi com isso que ela salvou minha vida, duas vezes.

Sozinha e exposta novamente, Kelaya abraçou o próprio corpo. Sentia-se vulnerável aos inimigos.

"Meu maior inimigo... sou eu mesma", as palavras de Adara voltaram, mansas e profundas.

Kelaya olhou para o alto e finalmente pôde enxergar a imensidão hostil a que Zion se referia naquela conversa, no topo da floresta. Um relâmpago cortou o firmamento de cima a baixo, seguido de um estrondo arrepiante.

Fechou os olhos e esperou a tempestade cair e a lavar.

— Como alguém trava uma guerra contra si mesmo?! — ela gritou para o nada e soltou uma risada sem vida. — É essa guerra que eu devo lutar? Contra mim?

O silêncio se estendeu por um longo tempo.

— Então me ajude, pois não consigo sozinha.

E foi apenas o eco de sua voz e do furor da natureza que a acompanharam pelo caminho rumo às grandes pedras.

CAPÍTULO 42

KELAYA ESTAVA EM UM LABIRINTO formado por um amontoado de rochas escuras e largas. As paredes frias, que impediam as luzes dos relâmpagos de tocarem o chão, formavam um imenso corredor sombrio cujos gemidos do vento pareciam cantar em favor da morte. Uma chuva torrencial caía enquanto os pés de Kelaya avançavam a passos cuidadosos por sobre as formações planas que escorregavam por causa dos musgos e da água. Já no meio do caminho, à sua direita, ela se deparou com uma cavidade negra dividindo uma grande pedra de cima a baixo. Pegou a mochila e o leitor do drive, que emitia uma luz bem fraquinha, e, apenas com ela, enfrentou a escuridão da fenda que se abria à sua frente.

Conforme penetrava nas profundezas do lugar, o acesso se alargava, deixando o percurso mais fácil. Ouvia um gotejar constante que lembrava um minadouro de água e foi tateando a parede até encontrar a nascente. Ela se agachou e, com as mãos em concha, levou um pouco de água ao rosto, livrando-se da sujeira causada pela força da tempestade. Molhou os cabelos, os braços e a nuca e se sentiu limpa.

Aproveitou para apanhar o traje preparado por Adara para que ela enfrentasse a viagem. Depois de trocar a roupa e encher o cantil, Kelaya seguiu caminho. Já tinha andado cerca de trinta metros quando chegou ao fundo. Os olhos, acostumados ao breu, reconheceram que ela estava em uma caverna, um espaço oco que parecia ter sido escavado por baixo pela própria natureza.

Ela se sentou, repousou as costas na saliência dura e fechou os olhos. A ressonância de tudo era tão confusa. A ordem dos acontecimentos, os sentimentos, as decepções, as descobertas. O que era verdade? O que era mentira? Ela precisava se esvaziar de tudo e apenas ouvir.

Mas ouvir o quê? A consciência? O barulho da natureza em fúria, ao longe, lá de fora, era a única coisa audível na caverna.

Kelaya transferiu a atenção para a sua mochila outra vez, aproveitando para averiguar todos os utensílios que poderiam ser-lhe úteis. Tirou os itens da bolsa e os colocou à sua frente.

Pegou a joia e a flor seca e as guardou em um compartimento do cinto do uniforme, bem junto ao corpo. Depois, segurou o dispositivo e passou o polegar sobre a superfície lisa. A luz fraca emitida pelo leitor refletia a parte laminada do objeto, possibilitando que ela visse parte do próprio rosto.

— Informações que são a fragmentação do Logos, mas ainda Ele em si mesmo — ela recitou, analisando o aparelho como se fosse uma pessoa.

Conectou o drive do leitor, digitou a senha, e as imagens surgiram como das outras vezes. Um fragmento, ela só precisava de um fragmento. Deveria ser o bastante para responder às suas dúvidas.

— Por que deixou isso acontecer? — disse com raiva. — Por que deixou Adara morrer? Por que não acaba com essa guerra? Eu não entendo.

Um grilo começou a cantar no canto da caverna.

— Confesso que parte de mim diz que tudo isso é bobagem, uma perda de tempo. Historinhas que faziam Adara sentir-se melhor, mas que não puderam salvá-la. Todos nós somos apenas pedaços de matéria que terão outras serventias daqui a um tempo. Mas minha mente... ah, bem no fundo, minha mente diz que eu devo acreditar. — Kelaya riu sem humor e alcançou uma pedra que estava ao seu lado. — Talvez minha mente nem seja minha. Que pedaço de matéria pensa, afinal? — Rolou o objeto entre os dedos. — Que pedaço de matéria sente, ri e chora ou... sequer ousou ter vontade própria?

Lembrou-se de toda a raiva, de cada ato de violência, cada último suspiro, cada expressão de agonia sob a lâmina. O que antes era seu trunfo agora se tornara uma grande mácula em suas mãos.

Fechou os olhos e desejou poder mudar o passado.

A pedra escapou-lhe dos dedos, obedecendo à força da gravidade, e encontrou o chão duro. Kelaya percebeu que também não podia mais resistir à força, ainda maior, que a impelia naquele momento.

De sua garganta, um gemido alto e desconsolado ecoou por toda a caverna. Ela apertou os punhos contra o rosto com toda a força. Por mais que tentasse se controlar, sua respiração era rápida e sufocante.

— Me salve! — Ela pediu, espalmando as mãos contra o rosto, as lágrimas se derramando entre os dedos. — Eu preciso ser salva de mim, não tenho forças para vencer tudo isso. Eu pensei que minha raiva era justa. Aquelas pessoas me feriram, elas precisavam saber e... eu feri também. — A quietude se estendeu sobre ela. — Por favor.

Ela voltou a fitar as imagens e, com as pontas dos dedos, procurou por um verso em especial, que logo se projetou:

MAS, DE TAL ENTE, O SER NÃO DESISTIU.
E ASSUMINDO A NATUREZA DO QUE SOFRE E PRODUZ O MAL,
O CAMINHO INVERSO TOMOU,
E A MALDIÇÃO SE QUEBROU.

Kelaya tinha certeza de que alguém estava ali e a ouvia, embora não sentisse absolutamente nada. Esse pedido podia ser atendido. Era o que o Cântico Maior dizia.

Em silêncio, respirou fundo e se sentou com as pernas cruzadas. Não tinha mais o que dizer, tinha chegado a hora de ouvir.

Ela lia os versos e ouvia a melodia das canções. Alguns ela não conseguia entender, outros lembravam as histórias que Adara lhe explicara. Sem que ela esperasse, sua mente vagou até onde ela não queria que fosse.

Zion.

— Não! — disse a si mesma. — Ele me usou, me traiu. Eu o amei e ele me enganou. Não é errado odiá-lo.

Não estava pedindo o direito de se vingar, embora tivesse pensado muitas vezes nisso. Só queria poder odiá-lo, na condição de ofendida que era. Ela não abriria mão disso.

Forçou a mente a pensar em outra coisa. Mas, quanto mais ela se esforçava e negava, mais a urgência do que deveria fazer a atormentava. Fechou os olhos com força e deixou as lágrimas voltarem a escorrer.

Uma vozinha, que parecia vir de dentro dela, começou a sussurrar:

Sua dívida foi redimida, o Logos diz, o Logos diz. Seu direito de cobrar agora é meu, meu, meu.

Apesar de fraca, a voz era aterrorizante e audível, sobressaindo os cânticos que o holograma projetava, mais alto que seus próprios pensamentos. Como se alguém estivesse falando com ela pessoalmente.

Seu corpo estremeceu por inteiro. Ou ela estava sonhando, ou era o próprio Logos que estava ali, falando dentro dela, naquela pequena caverna.

— Não, não posso.

— ***A parte mais difícil eu já fiz, o Logos diz, o Logos diz. Seu direito de cobrar agora é meu, meu, meu.***

Ainda com os olhos fechados, ela levou uma das mãos ao coração. Era como se o órgão fosse um ser vivo e à parte, com vontade própria, que não queria abrir mão daquele sentimento que lhe pertencia. Deliciar-se nas sensações melancólicas que o ressentimento causava era uma espécie de compensação para ele. A única coisa que lhe restava. Não era justo abrir mão daquilo.

— ***Agora pertence a mim, o Logos diz. Entregue a mim. Seu direito de cobrar agora é meu, meu, meu.***

Kelaya entendeu o que aquelas palavras significavam. A absolvição interna de sua maldade havia sido providenciada, paga pelo único que tinha direito de cobrá-la e de puni-la, mas que não o fizera; a bondade no seu estado mais puro. Mas também exigia algo dela. Na verdade, o que havia ganhado era muito maior do que aquilo que deveria entregar.

Não podendo, por nada no universo, abrir mão de um tesouro encontrado, ela disse em alto e bom tom as palavras mais difíceis de sua vida:

— Está bem... eu abro mão. Sim, abro mão de odiá-lo.

Imediatamente, sentiu como se um grande peso tivesse sido tirado de suas costas e, com ele, toda a culpa que carregava também desvaneceu. Não era como se os crimes que ela cometera durante aqueles anos não tivessem existido — eles ainda estavam lá, bem claros em sua memória —, mas, o peso deles, alguém tinha levado.

Aos poucos, Kelaya foi abrindo os olhos e percebendo que algo extraordinário havia acontecido. As partículas que formavam o holograma, emitidas pelo dispositivo, a envolveram. Configuradas em uma forma que ela nunca vira antes, uma cintilação vívida e quase palpável a circundava; trespassava as mãos, o corpo, a alma.

— O que é isso? — Kelaya sussurrou.

Ao levantar-se, as partículas a acompanharam.

Ela olhou para o chão e não enxergou o fundo onde os pés se apoiavam. A projeção havia mudado o cenário, não estava mais no mesmo lugar escuro e comprimido de antes. Era como andar por entre águas que espelhavam o céu em um horizonte infinito.

A voz viva e presente continuava penetrando o fundo de sua mente, como a peça de um quebra-cabeça que completa o jogo apresentando com clareza todas as respostas.

— ***A maldição, eu quebrei. Vem, vem, vem!***

Uma onda de alívio lavou sua alma. Apesar de ainda estar triste por Adara, seu coração estava em paz. Finalmente ela sentia paz.

Adara tinha razão. Era real, magnífico, inexplicável!

— Eu vou — respondeu e olhou para o vazio espelhado. — Mas para onde?

— ***Pelo caminho que eu tracei. A maldição, eu quebrei. Vem, vem, vem!***

Então sua mente foi tomada por uma presciência, sendo aberta para tudo que ela tinha visto e aprendido nas últimas semanas. Kelaya conseguia ver e entender a realidade sob um novo ângulo. O plano do Logos percorria um fluxo fixo e eterno, apesar do mundo que se deteriorava em rebeldia. Cada ente respondia como parte do processo, e ela agora sabia, simplesmente sabia, como deveria responder dali em diante.

Sentia-se pertencendo a algo maior, completo e imutável. No entanto, certo receio e dúvida sobre si mesma a inquietaram.

— Não sei se consigo.

— ***Eu te ajudo. O poder é meu... Vem!***

— Vou precisar mesmo de ajuda.

Ela começou a caminhar por sobre aquele chão de águas sem fundo, então, em um ressoar cálido e ao mesmo tempo transformador, a voz proferiu:

— ***Dele... eu te dou!***

Nesse momento, a luz cintilante que tomara o lugar se desfez, fechando a projeção do holograma consigo. Kelaya se viu de joelhos no chão sujo da caverna. Olhou ao redor e tudo estava exatamente da mesma forma que antes. Menos ela.

É esse o poder do Logos, pensou, *gerar uma nova vida.*

PARTE 3

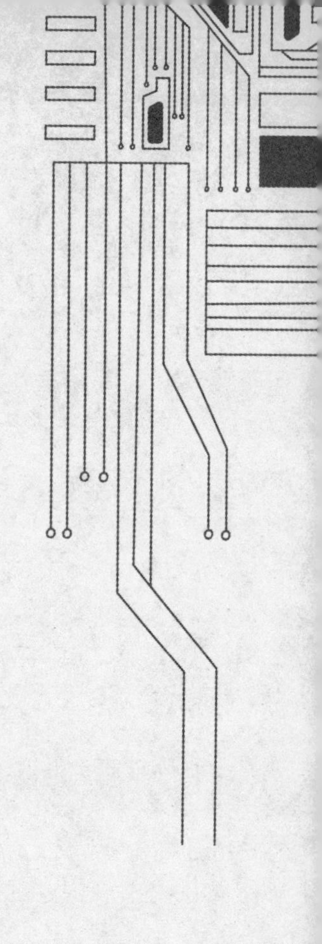

CAPÍTULO 43

A PAISAGEM, QUE PARECIA outrora ter sido bela e verdejante, apresentava-se como um cemitério de cinzas brancas. Zion chegara tarde. O cheiro de madeira queimada e pólvora que impregnava o ar, somado à ardência provocada pela fumaça, não impediam que Zion andasse pelos destroços tentando achar respostas do que sobrara do ataque do Risa.

Enquanto fazia isso, mirou um ponto específico que chamou sua atenção. Havia algo de muito estranho naquele lugar, a destruição e a paz partilhavam a mesma cena. Ele sentia-se estranho, como se estivesse em um sonho confuso e disforme. Sua mente era bombardeada por centenas de perguntas, e a maior delas era: "Por que raios Kelaya viria para essa região?".

— Senhor! — alguém o chamou, assustando-o.

— Sim. — Ele girou os calcanhares, dando de cara com Beno, a face negra mais severa que o normal.

— Encontramos um corpo.

Zion engoliu em seco.

— Homem ou mulher?

— Pela estrutura óssea, a dra. Mark diz que é possível que seja uma mulher.

O capitão assentiu devagar, como se sua cabeça estivesse sendo levada pelo peso da inércia.

— Quanto tempo até descobrir a identidade?

— Aproximadamente duas horas, senhor.

— Não temos tudo isso — murmurou, tentando controlar as batidas do coração, que insistiam em pular fora do compasso. — E quanto à frota do Risa?

— Nossos batedores eletrônicos disseram que eles estão perto. Pelo histórico de tráfego, parecem estar procurando algo.

— Procurando algo? — Zion levantou a cabeça abruptamente.

— Sim.

— Por que não me disse antes?! — perguntou rápido, a voz quase falhando.

Beno o encarou, confuso.

— Desculpe, senhor, achei que seria mais importante saber sobre o corpo e averiguar...

— Já descobriu de quem é a propriedade? — Zion o interrompeu e começou a andar com passos fortes em direção à parte externa do terreno.

Beno o acompanhou na mesma intensidade.

— Sim, Elazar já teve acesso aos dados, está em nome de um homem: Niclas Altman.

Era provável que estivesse morto havia muito tempo. Desde as últimas batalhas, os registros civis não eram mais atualizados, ainda mais em zonas quase esquecidas. Ele rodeou todo o perímetro até encontrar o que buscava. Marcas, quase completamente cobertas pela poeira, de um veículo que andava sobre a terra e que, pelo padrão do rastro, escapara antes de a destruição começar.

— É isso!

Zion avistou Elazar vindo em sua direção. Antes que ele pudesse dizer qualquer coisa, adiantou-se:

— Qual a localização da frota do Risa?

O homem lhe mostrou o holograma com o mapa.

— Estão a Sudeste, senhor.

Zion analisou a imagem. A frota tinha ido na mesma direção que o veículo.

— Quanto tempo até o reforço chegar?

— Cerca de uma hora, senhor.

— O secretário também vem?

— Sim. Ele mesmo está liderando as naves.

— Ótimo. Mande para eles a localização daqui. — Zion apontou para um ponto específico do mapa, que ficava acima do mar.

— Mas a frota do Risa não está neste ponto, senhor.

— Vamos atraí-los, então.

Elazar assentiu, mas não disfarçou o olhar intrigado.

— Confie em mim, Elazar. Apenas confie em seu capitão.

Zion sempre dizia que Kelaya era muito imprudente, mas havia uma boa dose de imprudência em seu próprio sangue que também se revelava quando ele fazia esse tipo de coisa.

— Quero que, assim que a frota do Risa nos alcançar, você acione o sistema de camuflagem — ele orientou Lisa.

— Mas como vamos detectá-los, senhor?

— Não vamos. Ninguém vai.

Ela olhou para o irmão, que olhou para Elazar, que corou em seguida.

— Escutem — Zion ordenou apertando as pálpebras com a ponta dos dedos. —, alguma vez eu falhei ou deixei de proteger vocês?

— Não, senhor! — os três responderam juntos.

— Então, não será dessa vez que isso vai acontecer.

O capitão mirou cada um deles e tentava passar toda a segurança que tinha em si mesmo, embora, secretamente, soubesse que não era tanta quanto gostaria. Os três oficiais apenas fizeram um sinal positivo com a cabeça e começaram a executar suas funções.

Diferente do modo marítimo, um suporte em forma de cadeira se abriu atrás do lugar habitual para que Zion pudesse se sentar. O manche e os controles de comando se adequaram à sua altura e todos os cintos de segurança foram afivelados.

A Stella Capitânia logo flutuou no ar com os sinais bastante detectáveis a qualquer um que estivesse por perto. Os trens de pouso foram recolhidos, e as asas ficaram abertas e prontas para encarar o atrito do vento. À frente, só havia o infinito azul salpicado por manchas brancas esperando para serem ultrapassadas.

— Tripulação, iniciando protocolo de combate — Zion comandou com sua voz imponente, ouvida por toda a nave através da linha de comunicação. — Escudos magnéticos.

— Escudos magnéticos ativados — Cal respondeu.

— Canhões laterais.

— Canhões laterais carregados — Elazar respondeu já em sua sala.

— Canhões dianteiros.

— Canhões dianteiros carregados — respondeu um dos homens da proa da nave.

— Iniciar controle manual.

Em pouco tempo, dezenas de naves de médio porte, douradas e azuis, despontaram nos radares como um enxame de marimbondos raivosos. Lisa ativou o sistema de camuflagem e Zion aguardou até que eles se aproximassem.

O primeiro objetivo do capitão havia sido alcançado — conseguira atrair a frota para si —, agora só precisava levá-la ao ponto pretendido.

CAPÍTULO 44

TAI ESFREGOU O QUEIXO e sentiu os fios ralos de barba espetando-lhe a palma da mão. Já fazia alguns dias que estava retido naquela cela nos porões da Stella Capitânia. Pela janela, ele avistou a área totalmente destruída onde a nave tinha pousado. A tripulação era incansável ao vasculhar o perímetro sob a ordem do capitão. Já era ruim estar impotente naquela cela; não ter a menor ideia do que estava acontecendo era ainda pior. Mas o pior de tudo era mesmo não saber o que se passava na mente de Zion.

Antes do último desentendimento, até pensara em pedir desculpas ao seu comandante pelas maneiras impetuosas das últimas semanas e prometer que nada mais interferiria em suas obrigações junto a ele e à tripulação; porém ele não contava que, ao chegar lá, daria de cara com a traição de seu líder. Talvez do homem que mais admirava.

Naquele momento, todas as promessas que ele havia feito a si mesmo desapareceram e, no lugar delas, só tinha restado a ira.

Agora, ali estava ele. Literalmente de braços atados, sem nenhuma garantia do seu destino ou de Kelaya, com certa inclinação a acreditar que ambos seriam executados por traição. Quanta ironia.

Ele voltou a mirar a janela e percebeu uma movimentação repentina. Todos os homens estavam correndo de volta para a nave com Zion na dianteira. Minutos depois, um aviso de segurança foi acionado e a nave entrou em modo combate. Todos os tripulantes teriam de cumprir os protocolos de segurança.

Tai foi até a porta da cela e começou a gritar para Johan, um dos mecânicos da nave que fora encarregado de vigiá-lo. Era um homem de certa idade cujas linhas cansadas do rosto demonstravam que ele já estava lutando em uma guerra desde antes de Tai sequer pensar em nascer.

— O que você quer, Tai? — Johan perguntou vindo em sua direção.

— O que está acontecendo?

— Sabe que não tenho permissão para falar nada.

Ele cruzou os braços sobre a barriga saliente e se sentou na poltrona em frente à cela enquanto mascava um pedaço de graveto — um hábito que irritava muito o capitão, mas que não era proibido em respeito ao veterano.

— Pelos velhos tempos, meu camarada — Tai disse, segurando a grade com força. — Lembra daquela vez que eu limpei sua barra na missão Solari? Ou quando eu te salvei de levar um tiro de um marido ciumento na província de Granel depois que você deu em cima da mulher dele?

Johan o fitou pelo canto dos olhos e fez uma careta.

— Vamos lá, meu velho. — Tai acrescentou baixinho: — Eu não conto ao capitão sobre as partidas de buraco.

— Eu estava te ajudando a passar o tédio, seu canalha. — O queixo do homem caiu.

— Você sabe que está em dívida comigo, não pode me negar uma simples informação.

Johan soltou uma risada culpada e cortou o ar com uma das mãos em sinal de rendição.

— Parece que o capitão está com vontade de brincar com alguns riseus hoje — disse em tom sarcástico. — É a única coisa que eu sei. De qualquer forma, você logo verá.

E ele estava certo.

Em poucos minutos, uma frota inteira do Risa os cercou, como se Zion estivesse se colocando em seus radares de propósito. Tai analisou o cenário por alguns segundos, tentando decifrar a lógica do plano, até finalmente explodir em uma risada alta.

O mecânico olhou para ele com o cenho contraído em uma linha severa.

— O que há de errado com você, tenente? Enlouqueceu de vez?

— Não é nada. É só que... — Tai parou de rir, o rosto se transformou em uma expressão séria. — Se você quer viver, Johan, avise o capitão que ele não vai conseguir fazer isso sem mim.

CAPÍTULO 45

UM ESTRONDO FEZ TODA A CAVERNA trepidar, e Kelaya acordou assustada, com a mão direita já procurando pela espada. Ela tinha pegado no sono enrolada em sua capa, aquecida pelos sensores de calor. Não sabia quanto tempo transcorrera desde então nem se era dia ou noite, apenas que nunca dormira tão bem.

Kelaya sabia que não era mais o barulho da chuva que ecoava cada vez mais alto na caverna, então ouviu atentamente a sequência dos sons até identificá-los: eram tiros de canhões anunciando a proximidade de uma batalha. Sentiu um arrepio percorrer seu corpo. Se o paredão de rochas estivesse na rota e fosse alvejado, ela corria o risco de ser soterrada; mas, se saísse correndo ao relento, seria um alvo fácil para as naves de quem quer que fosse.

Rapidamente juntou seus pertences e engatinhou para a abertura da fenda. Pelo pequeno espaço, podia ver uma série de clarões sendo lançados contra um firmamento avermelhado. Um combate aéreo. Se esgueirou alguns centímetros para fora para tentar ter uma noção melhor do que acontecia.

Não demorou muito até que, na velocidade de um raio, uma enorme nave de guerra preta atravessasse sua visão, seguida por centenas de tiros. Kelaya se protegeu, voltando para dentro da abertura. O esconderijo balançou por inteiro ao ser atingido por dois tiros lasers; alguns fragmentos de rocha caíram sobre ela.

Coberta de poeira, ela voltou a olhar para o céu e seguiu o percurso da nave impetuosa, que, com uma habilidade extraordinária, desviava dos tiros infindáveis de seus perseguidores. A nave girava, invertia e dava piruetas no ar como quem dá passos em uma dança orquestrada.

O veículo voltou a se aproximar do solo, diminuiu a velocidade e veio contra o paredão. Em um giro rápido, ficou em diagonal e passou rente ao grande cânion, fazendo com que duas naves inimigas dessem de frente com as pedras e explodissem logo em seguida.

Com a proximidade, Kelaya reconheceu a talentosa protagonista do espetáculo que se desenrolava diante de seus olhos. O que mais seria senão a gloriosa Stella Capitânia, exibindo-se como uma estrela cadente que riscava o céu da alvorada?

— Zion!

Seu coração se apertou e acelerou logo em seguida. Não, ela não podia reagir assim; já o havia enfrentado dentro de si, mas não pretendia fazer o mesmo pessoalmente.

Mais tiros provocaram outro estremecimento das paredes de rocha à sua volta e Kelaya se encolheu. Estava correndo risco ao permanecer ali e esperava que Zion fizesse o favor inconsciente de levar aquela luta para longe dela.

Em poucos segundos, suas esperanças foram atendidas e, quando ela percorreu com os olhos o horizonte, não viu mais as naves.

Assim, Kelaya simplesmente correu. Agarrada ao que Adara lhe havia confiado e sentindo uma sensação verdadeira de propósito, correu com toda a sua força.

CAPÍTULO 46

— ASA ESQUERDA ATINGIDA! — Elazar gritou. — Os escudos começaram a falhar!

— Sistemas de contenção de danos em procedimento — Tai avisou pelo comunicador.

Ele havia sido liberado sob condições e estava com a equipe de manutenção.

— Agora o motor está superaquecido, tenente — respondeu o responsável pela navegação.

— Ativar válvulas de resfriamento automático — Tai ordenou finalizando a chamada.

— Como está a pressurização da cabine? — Elazar perguntou para Lisa, ao seu lado.

— Ainda estável, senhor.

Enquanto a equipe se ocupava em conter os danos causados pela perseguição, Zion se concentrava em desviar o máximo possível dos tiros de canhões lasers da frota inimiga. Não teria muito tempo até os escudos magnéticos se desestruturarem por completo.

— Manobra evasiva — avisou Cal.

O garoto mostrava-se excelente em situações que exigiam concentração. Lisa, a irmã gêmea cuja mente era ligada à dele, precisava ficar o mais calma e quieta possível para não o atrapalhar.

Duas naves inimigas se emparelharam, uma em cada lado, formando uma linha de combate. Zion esperou até que elas estivessem bem próximas e, adiantando-se ao ataque de torpedos, jogou a Stella com tudo para baixo, de modo que as duas naves alvejaram uma à outra.

A equipe deu um grito de êxtase, e ele respirou fundo.

— Quanto tempo até a chegada da equipe de reforço? — Zion perguntou.

— Cinco minutos, senhor — Elazar respondeu.

Ainda era muito tempo.

— Qual a localização das naves?

— Estão vindo pela costa Leste.

— Ótimo. Vamos tomar um atalho e ir de encontro a eles.

A nave fez um giro de noventa graus em um ímpeto tal que todos os tripulantes tiveram de se agarrar aos cintos de segurança que comprimiam seus corpos. Os motores roncaram em protesto aos modos bruscos de seu capitão.

Uma rajada de tiros surgiu em seguida, vindo das poucas naves que conseguiram acompanhá-lo.

Zion avistou uma camada de nuvens espessas e voou em direção a elas para tentar ganhar tempo e se proteger. Logo a turva cinzenta cobriu toda a janela e a imagem das câmeras. Era arriscado. Sem a visão e a impossibilidade de captação de sinal, as naves poderiam se chocar a qualquer momento. No entanto, como havia suposto, as naves do Risa mantiveram certa distância e cessaram a artilharia por precaução.

— Elazar — Zion chamou —, entre em contato com a frota da Fenda e verifique quantos minutos para o encontro.

— Dois minutos, senhor.

— Um... dois... três... quatro... — começou a contar baixinho para si mesmo.

Os oficiais que estavam na cabine aguardavam, em expectativa. Quando estava prestes a chegar aos 110 segundos, o capitão anunciou:

— Tripulação, preparar para a transfiguração.

Ele declinou a ponta da Stella, deixando-a quase na posição vertical, e mergulhou a nave a toda velocidade, cortando o céu e ultrapassando a barreira de nuvens a poucos metros da esquadria Fenda que vinha como reforço.

Sua tripulação testemunhou quando as duas frotas inimigas se encontraram a céu aberto e começaram a destruir-se mutuamente.

Antes de a Stella Capitânia se chocar com o oceano, ele arremeteu e começou a planar para que o impacto não fosse tão grande, dando tempo à nave para completar a transformação em navio.

Navegando em segurança no mar, Zion notou que seus dedos seguravam o manche com tanta força que estavam rígidos. Seu corpo tremia e estava difícil respirar. Tentou acalmar os batimentos cardíacos, mas foi em vão. Os rostos vermelhos dos integrantes de sua equipe mostravam o quanto também estavam atônitos pelo que acabara de acontecer. Ele sacudiu a cabeça e fez força para falar:

— Lisa, confirma se a nave do secretário estava entre a frota que encontramos?

Lisa pestanejou e engoliu em seco, tentando lembrar qual procedimento deveria tomar para atendê-lo. Com as mãos trêmulas, acessou o histórico de tráfego do Vírtua e então informou:

— Não, senhor. Ele não estava.

Zion fechou os olhos e inspirou fundo, bem fundo, pretendendo preencher os pulmões com todo o ar disponível na cabine, para, em seguida, soltar um rugido de raiva.

CAPÍTULO 47

O PÉ QUE KELAYA PENSARA estar curado era como uma faca cravada em sua carne, da qual não tinha como se livrar. Ela caiu de joelhos. Diante dela, uma vastidão desértica se estendia a perder de vista. Não tinha forças para se mover nem mais um passo e, mesmo correndo por quilômetros, a distância não seria suficiente para mantê-la a salvo.

Então, entendeu que jamais estaria a salvo; não fisicamente, pelo menos. Nunca estivera. A vida física era frágil; sabia muito bem disso, porque já havia tirado várias sem nem sentir. No entanto, a consciência da finitude corpórea estava tão clara quanto a luz do dia. Tudo que outrora era importante parecia completamente trivial agora.

Mas não se resumia apenas a isso.

Para o bem ou para o mal, depois que entendera o que o Logos lhe revelara, descobrira a eternidade. Cada passo, pensamento e sentimento fugaz eram lançados a ela e ficavam para sempre gravados. Não existia fim, só o agora e a possibilidade de um amanhã infinito. Ela ainda podia decidi-lo, o que lhe dava esperança e temor ao mesmo tempo.

Kelaya respirou fundo e se levantou novamente. Ela tinha uma missão a cumprir, e foi pensando nela que encontrou forças para continuar seguindo a direção que a bússola analógica apontava. Um passo de cada vez e ela chegaria, se apenas confiasse.

Confiar.

Parecia algo tão estranho para alguém que estava acostumada a resolver tudo por si mesma. Mas ela faria isso, era a única coisa que podia fazer, afinal.

No meio do caminho, encontrou um pedaço de galho de árvore comprido e fino, mas firme o suficiente para servir de apoio e ajudá-la em sua jornada. A dor, ela suportaria.

Caminhou até avistar uma colina coberta de urze, distinguindo-se do cenário arenoso; uma pedra angular estendia-se bem no topo dela. Decidiu ir até lá para descansar um pouco e analisar melhor a direção que deveria seguir, embora uma inesperada sensação de incômodo pousasse em seu coração. Ela meneou a cabeça para espantá-la e continuou. Subiu devagar, colocando bastante energia naquela tarefa.

Quando enfim alcançou o topo, apoiou o rosto ofegante na pedra e depositou o peso de seu corpo sobre ela. As semanas que tinham se passado desde que Kelaya abandonara a Fenda a haviam deixado fora de forma, com certeza.

O incômodo que ela sentira antes de subir de repente se transformou em pavor. Ela não estava sozinha, podia sentir uma presença estranha.

Antes que pudesse desembainhar a espada, a ponta de uma lâmina fria pressionou sua garganta. O portador da arma a girou e ela deu de cara com soldados que outrora costumavam lutar ao seu lado. Havia pelo menos uma dúzia de oficiais fendas fitando-a com olhos famintos. Como se procurassem há dias uma presa suculenta e enfim a tivessem capturado.

Será que Zion estava envolvido nisso?

Eles prenderam suas mãos e a fizeram caminhar. Ela logo enxergou a nave do secretário-geral, o marechal Moloch, alguns metros abaixo do outro lado da colina, antes invisível aos seus olhos.

Assim que chegou perto do homem, um sorriso desdenhoso despontou em seu rosto.

— Eu sabia que aquele tolo estava querendo me enganar — o secretário disse antes de erguer a mão. — Percebi logo que coloquei os olhos nele depois da sua partida.

Kelaya sentiu o impacto seguido de um formigamento na bochecha com o tapa que veio junto às palavras de escárnio. Ela ergueu o rosto ainda atônita.

— E pensar que ele queria me enganar com todo aquele suprimento que roubou do Risa — o homem continuou.

O que ele queria dizer?

— O que você fez para deixá-lo enfeitiçado assim, sua bruxinha? — Moloch cuspiu contra ela. — Espero que meus homens tenham acabado com ele. Moleque astuto! Depois de tudo que eu fiz por ele.

O homem balançou a cabeça e, em seguida, fitou todo o seu corpo com os olhos lascivos.

O estômago de Kelaya se revirou.

— Pelo menos ele me trouxe até você. — Passou a ponta da língua sobre os lábios. — E agora percebo do que ele gosta tanto.

Ela engoliu em seco e ergueu o queixo com desprezo. Um dos homens se aproximou e entregou ao secretário o dispositivo que estava em sua bolsa de viagem. Kelaya sentiu uma fisgada de desespero.

Não!

— Ora, ora! Além de desertora, você também é uma ladra?

— Isso não pertence a você — ela retrucou entre os dentes.

— Ah, não? E pertence a quem? A você?

— A ninguém! — Uma lágrima rolou sobre a bochecha, ainda quente pelo tapa.

Ele agarrou seu queixo e o apertou com força. Então aproximou o rosto de forma que ela conseguiu sentir o azedume que vinha de sua boca ao falar.

— Pelo jeito, todo esse sol fez mal para sua cabecinha idiota.

Kelaya puxou a cabeça com toda a força e se desvencilhou. Tentou alcançar o dispositivo, mas um soldado a acertou com o cano da arma e ela caiu de cara na areia. O secretário jogou o dispositivo no chão, próximo ao seu rosto, e, antes que ela pudesse ir até ele, um tiro o acertou, partindo o pequeno objeto ao meio.

— *NÃO!*

Os homens tripudiaram de seu desespero, enquanto ela só conseguia encarar o que sobrara da missão a qual Adara lhe havia confiado.

— Você tinha razão — disse um dos homens. — Agora ele não pertence a mais ninguém.

Eles riam, mas as risadas soavam distantes e retorcidas.

"O Logos não se submete a ninguém, todos se submetem a Ele", Adara dissera, mas não havia sobrado nada dele. Ela tinha acreditado de verdade que aquela força espiritual a guiaria, mas não acontecera. Por quê?

Não conseguia mais sentir aquelas sensações da caverna, aquela certeza parecia ter evaporado. Pensamentos de medo e dúvida começaram a minar sua mente, misturando-se ao som das risadas sarcásticas. Velhos sentimentos despontaram em seu coração, e um desejo súbito de ferir voltou a dominá-la.

Kelaya se levantou com apenas um impulso e jogou todo o seu corpo contra um dos homens distraídos.

Imediatamente, dois vieram em sua direção: um a agarrou por trás e o outro se preparava para socá-la, quando ela lançou as pernas para cima e o atingiu com os dois pés. Antes que pudesse sentir a dor, jogou a cabeça para trás e acertou o soldado que a detinha. Os três caíram no chão quase ao mesmo tempo.

— Segurem-na! — o secretário ordenou em tom de zombaria. — Mesmo ferida, esse vermezinho é perigoso.

Mais homens vieram para contê-la.

Orgulhosamente, Kelaya deu muito trabalho para eles. Mesmo com as mãos entrelaçadas, ela se defendia e atacava como uma ursa cujo filhote fora roubado, mas, no fim, não conseguiu resistir.

Os soldados batiam-lhe no rosto e chutavam seu corpo com raiva. Sentia que poderia se engasgar a qualquer momento com todo o sangue que expelia pela boca. Os olhos começaram a se fechar.

— Não a matem — uma voz, já longe, ordenou. — Eu farei isso.

Os homens pararam e deram espaço para o marechal Moloch passar. Ela só conseguia ver as botas bem engraxadas diante de seu nariz. Era um daqueles sujeitos asquerosos que não faziam nada, mas queriam ficar com toda a fama.

Nesse caso, a de homem que tirara sua vida.

Kelaya terminou de fechar os olhos. Ela não estava com medo de morrer. Só estava decepcionada consigo mesma por não ter conseguido. Havia prometido que dessa luta não desistiria. E, de fato, não desistira. Lutara até onde suas forças suportaram. Ela deveria ficar em paz, mas não conseguia.

Uma única certeza a alcançou: o Logos era maior que um dispositivo, uma pessoa ou até um exército inteiro.

Ele arranjaria outro alguém para cumprir seus propósitos, alguém muito melhor do que ela.

Voltou a olhar para seu carrasco. Ele a estudava com o olhar. O que estava esperando?

O secretário apontou a arma para ela e engatilhou. Seu corpo enrijeceu, resignado. Era isso. O fim. Ou apenas o agora de hoje. Não sabia dizer.

— Você é mesmo muito corajosa, sua bruxinha — ele disse. — É uma pena que não será mais útil.

E foi a última coisa que o homem disse enquanto respirava.

Já prestes a atirar, uma lança transpassou o corpo dele, como se a ponta laminada tivesse vindo de dentro do homem. O corpo do secretário caiu para frente e atrás dele surgiu um vulto preto. Zion.

Os homens da Stella vieram em seguida, tão intensos quanto o comandante. Com apenas um arremesso, derrubavam cada um dos que haviam assistido assombrados ao secretário cair em uma poça de sangue.

Os soldados que estavam na nave da Fenda correram e se lançaram contra eles, iniciando um embate. Zion, com toda sua fúria, derrubou um, dois, três de uma só vez. Parecia uma besta que ficara por muito tempo enjaulada e finalmente estava livre para enfrentar seus torturadores.

Dan, como uma cópia do seu mestre, usava da mesma brutalidade. O restante eram apenas borrões que passavam em alta velocidade. Todos os homens da Stella estavam lutando. Achou ter visto Samara. Não, era outra tripulante, de baixa estatura e com muita agilidade em seus movimentos.

— Tirem-na daqui! — Zion gritou sem nem sequer olhar para ela.

Kelaya sentiu uma mão girar seu corpo com cuidado e pensou ter ouvido a voz de Tai dizendo alguma coisa.

CAPÍTULO 48

PELA TERCEIRA VEZ, Amber alisou o uniforme branco enquanto aguardava na recepção do segundo andar, na sede administrativa da Fenda em Baca. Uma mensagem criptografada solicitara sua presença às pressas e ela precisou deixar o posto em Kiab de imediato.

O prédio, diferente do restante da cidade, tinha uma arquitetura moderna e refinada. Em um lado, janelas de vidro ocupavam a extensão de todo o andar; no entanto, a paisagem que se contemplava não era a imagem exata da cidade, e sim uma versão melhorada, quase como uma ilusão tecnológica que maquiava o mundo real.

Na parte oposta da sala, pinturas abstratas coloriam toda a parede. Os móveis tinham um design reto e neutro que contrastava com as roupas dos funcionários, provocativas e extravagantes. Era como se ali dentro fosse um mundo diferente, o ideal que a Fenda pretendia estender para toda a sociedade, onde as pessoas poderiam expressar-se de forma livre através do mundo material.

Um dia será possível.

Suspirou.

Amber sabia que algo muito grave havia acontecido para que ela tivesse de deixar o posto, no auge de uma batalha, e ir a um encontro administrativo. Apesar de seu sucesso na parte central no continente, os confrontos estavam cada vez mais intensos nas outras regiões e já não havia dúvidas de que o Risa estava por trás das revoltas; não apenas disponibilizando armamentos, mas incentivando-os a invadirem as áreas da Fenda. Alguns prisioneiros foram capturados e, através de métodos peculiares, persuadidos a relatar o que sabiam.

Finalmente um funcionário apareceu. Vestia um terno cheio de babados coloridos e a chamou da porta mesmo. Ela o acompanhou até uma sala vazia no fim do corredor, iluminada apenas pela luz de um telão refletor. Amber olhou em volta. Não havia móveis, mesa, cadeira, nada.

A reunião seria rápida, pelo menos.

Quando o funcionário saiu e fechou a porta, três sombras não identificáveis surgiram no telão.

— General Amber — uma das sombras disse com uma voz distorcida —, soubemos que tem enfrentado resistência civil no continente nas últimas semanas e feito um bom trabalho na operação principal.

Ela fez uma reverência diante da cúpula anônima da Fenda. Ninguém sabia a identidade dos líderes supremos e poucas pessoas tinham a honra de trabalhar com eles; no entanto, ali estavam os três, falando diretamente com ela.

— Estou fazendo o meu melhor, senhor.

— Também fomos informados que o secretário-geral, responsável pelas forças de defesa, morreu em uma emboscada.

Amber arregalou os olhos.

— Eu… eu não sabia, senhor.

— Foi mantido em segredo, uma traição de um dos nossos homens de confiança.

— Posso perguntar quem foi?

— Zion Haskel.

Amber sentiu o estômago se revirar, já imaginara o que tinha acontecido: Zion encontrara Kelaya e, em suas paixões adolescentes mal resolvidas, decidiram fugir e trair a corporação. Uma lástima. Fora exatamente por causa dessa fraqueza que ela tinha conseguido ultrapassá-los na academia.

— Há algo que eu possa fazer, senhor? — ela perguntou, endireitando a postura.

De certa forma, havia contribuído com a traição. Se a cúpula da Fenda descobrisse que tinha repassado as informações de forma não oficial para a soldado e depois para o capitão, poderia ser acusada de ser cúmplice.

— Sim. Você assumirá o posto de secretária de defesa e será nossa agente de guerra no continente.

A excitação percorreu todo o ser de Amber. Finalmente! Depois de tanto tempo, todos os seus esforços e competência eram reconhecidos.

— Será uma honra para mim. — Ela se ajoelhou e inclinou a cabeça. — Prometo não os desapontar, senhores.

— Você está sendo promovida ao cargo de marechal.

O coração começou a pular dentro do peito. Ela conseguiu conter o sorriso.

— Farei de tudo para honrar a posição.

— Sabemos que vai. E em vez de apenas resistir, você deverá usar esse conflito para contra-atacar. Concentre todas as forças na investida. Ela será o ponto de partida para a tomada definitiva do continente. Logo, entraremos em contato e revelaremos alguns reforços bélicos e tecnológicos.

Um vento frio pareceu passar por seu estômago.

— Sim, senhores. — Ela levantou a cabeça. — E quanto a Zion e aos demais?

— Ele, a desertora Kelaya e toda a tripulação foram corrompidos — respondeu uma das vozes em tom mais fino, ainda distorcido. — Nós mesmos cuidaremos deles.

Amber, em seu novo posto e cargo, aproximava-se da principal base estrategicamente improvisada para o conflito. Durante a viagem, já havia pedido um relatório com todo o arsenal de armas, frota e homens à disposição da Fenda. Uma vez que estava no controle total, precisava ter uma visão clara do que poderia usar.

Assim que entrou na sala de comando, alguns oficiais a cumprimentaram pela promoção. Suspeitava que nem todos estavam contentes de verdade por não terem sido escolhidos no lugar dela, mas assim era a política de camaradagem da Fenda: "Sorria até que você possa apunhalar".

— Obrigada — ela disse, satisfeita. — Vocês têm me ajudado nesse desafio e, daqui para frente, só peço que redobrem os esforços. Estamos perto de chegarmos ao nosso objetivo.

Muitos cumprimentos e promessas foram feitos por quase todos os oficiais de alta patente que estavam presentes. Alguns tinham vindo de outras bases apenas para felicitá-la.

Depois que eles saíram, Amber se preparou para entrar em uma videochamada com todos os comandantes responsáveis pelos esquadrões da fronteira.

— Marechal, tem um minuto, por favor? — Ishmael, seu subordinado imediato, a chamou.

Ela confirmou, olhando em volta ao procurar por um espaço mais reservado onde pudessem falar. Entraram em uma sala de apoio e Amber fechou a porta.

— Fale.

— Senhora — ele começou, em um tom baixo e cauteloso —, não queríamos informá-la na frente dos oficiais, pois não tínhamos certeza se gostaria de manter sigilo, mas capturamos um espião do Risa que estava infiltrado entre os rebeldes.

— Um espião?

— Sim. E parece ser um homem de alta patente, senhora. — A boca do imediato se ergueu em um sorriso maligno. — Alguém valioso.

— Sabe qual é a identidade do oficial?

— De acordo com nossos registros, seu nome oficial é Benjamin Dantas.

— Benjamin Dantas — ela repetiu, buscando na memória alguma informação.

— Mais conhecido como “o silenciador”.

CAPÍTULO 49

EMBORA KELAYA NÃO TIVESSE garantias de que sua alma ainda pertencia a um corpo, já que não o sentia de nenhuma forma, sua consciência pulsava vívida e percorria todas as linhas que ligavam as memórias abundantes, desde as tristes às mais felizes. Era uma espécie de vácuo infinito e, para onde quer que ela olhasse, encontrava-se a si mesma por toda parte.

Uma pontinha cintilante, muito distante, surgiu entre a extensão negra na qual se encontrava. Tentou alcançá-la, mas demandava um esforço muito grande, o que a fazia sentir-se exausta e querer voltar às profundezas escuras e cômodas. Depois de várias tentativas, a pontinha por fim se transformou em uma abertura brilhante cada vez maior. Quando terminou de abrir, Kelaya viu tudo girar, estava completamente tonta.

Tonta? Sim, era isso o que sentia: uma tontura magistral.

Piscou até os olhos se acostumarem com a luz e procurou por uma indicação de onde estava. Ali perto, no meio do nada luminoso, estava uma cabeça loira cheia de cachos que se moviam reluzentes de um lado para o outro quase que em câmera lenta.

Será que ela tinha morrido e isso era uma espécie de Paraíso?

A cabeça se virou e ela conseguiu distinguir um sorriso doce em meio à imagem embaçada e translúcida, enquanto a face transfigurada vinha até ela. Era isso! Ela tinha morrido e esse ser iluminado viera buscá-la.

— Leve-me, leve-me, ser iluminado — murmurou com uma voz fraca.

O ser balançou a cabeça e depois mirou algo em um ângulo acima de onde ela estava.

— Pobrezinha, deve estar delirando ainda. — A voz do ser era melodiosa.

— Estou pronta — Kelaya insistiu.

Ela ouviu um riso suave. Mas não havia aquele tom de escárnio como a risada dos soldados. Era puro e reconfortante.

Os soldados!

— Mesmo assim, o capitão vai ficar feliz em saber que você acordou — a voz suave disse.

Capitão? O marechal?

Kelaya gemeu. Foi arrancada do Paraíso e jogada de volta à realidade decadente. Voltou a estar ciente da situação, de seu corpo e das dores que ele lhe causava. Focou a visão no espaço ao seu redor e reconheceu o ser iluminado como Beth, a enfermeira da Stella.

— Não — disse em um fio de voz suplicante. — Não avise a ele ainda.

A enfermeira, que estava prestes a alcançar o comunicador, parou e assentiu.

— Tudo bem. Eu entendo.

Entende?

Kelaya recordou-se do dia em que notara a forma diferente como Dan olhava para a garota no refeitório. Talvez ela não fosse a única na Fenda que passasse por problemas do coração.

— Mas saiba que o capitão tem passado a maior parte do tempo dele aqui — Beth disse e um sorriso em seus lábios a iluminou ainda mais. — Não se espante se ele chegar a qualquer momento.

— Tudo bem.

A enfermeira deu atenção aos aparelhos que indicavam seus sinais vitais enquanto digitava em um console portátil. Kelaya aproveitou para analisar o rosto esguio e concentrado da garota. Devia ser mais nova que ela, talvez não tivesse nem dezoito anos. Sentiu vontade de conversar.

— Por quanto tempo eu dormi? — Aos poucos, sua voz estava ganhando força.

— Duas semanas.

— Duas semanas?! — Deu um solavanco, que apontou cada parte ainda ferida do corpo, e gemeu de novo.

— Sim. — Beth foi até ela e colocou suavemente uma mão no seu ombro. Kelaya relaxou. — Você foi induzida ao coma pela dra. Mark para que seu organismo usasse toda energia na recuperação.

Ela girou os olhos e não viu nenhum sinal da médica.

— E onde está a dra. Mark agora?

— Descansando um pouco.

Kelaya respirou fundo.

Pelo visto, nada havia mudado na rotina da nave. Era de se esperar que o que acontecera ao secretário abalasse pelo menos uma parte dos oficiais, considerando que era uma rebelião e das graves.

— Onde estamos? — perguntou.

— Na Stella Capitânia.

— Não, quero dizer em que território estamos?

— Ah, claro. — A garota corou, como se tivesse falado algo realmente estúpido. — Estamos no mar, em direção ao exterior.

Indo para o exterior e pelo mar? Aquilo levaria meses.

— A equipe está completa?

— Sim.

— Então os tripulantes não foram contra a decisão do capitão de... você sabe, se rebelar?

— Não. — Beth riu e inclinou a cabeça ao perceber sua confusão. — Acho que a maioria tinha mais consideração pelo capitão do que pela corporação em si.

— Tinha?

— Sim. Eu, por exemplo, só entrei para a corporação porque era a única forma de exercer a profissão que eu queria. Como civil, eu teria que me submeter a outras condições. Sem contar que os civis não podem fazer nada, nem mesmo sair das zonas dominadas.

Kelaya assentiu. Nunca antes tinha visto com maus olhos o fato de os civis não terem os mesmos direitos de escolha e desenvolvimento que os oficiais, mas agora soava mesmo injusto.

— E os demais? — suspirou.

O cansaço estava voltando.

— Muitos dos oficiais já vinham lutando guerras antes mesmo de a Fenda existir, e acho que estavam cansados disso. — A enfermeira deu de ombros. — Se não tinham outra escolha, era melhor lutar ao lado de quem fazia algo certo.

Kelaya juntou as sobrancelhas.

— E o que Zion fez de diferente dos planos da corporação?

Beth enrubesceu.

— Acho que seria melhor se ele mesmo contasse. Além do mais, estamos indo para o exterior. Lá é muito melhor.

Kelaya duvidava muito. Mesmo assim, sorriu para tranquilizar a garota. Não queria que ela parasse de falar por medo.

— E Tai?

Beth arregalou os olhos. O rosto que antes estava corado se transformou em um tomate maduro. Ela voltou para os relatórios no console com as mãos agitadas.

— Bem — respondeu de cabeça baixa —, eu não sei sobre todos. Apenas que nem sempre estamos em um lugar por escolha. Às vezes, só o que nos resta é fazer o melhor que pudermos.

Embora estivesse atenta ao que a enfermeira dizia, Kelaya mal ouviu as últimas palavras antes de mergulhar de volta ao inconsciente.

Horas depois, sentiu uma mão forte envolver a sua. Mexeu a cabeça na tentativa de descobrir a quem ela pertencia e, quando abriu as pálpebras, encontrou dois olhos negros e fundos, muito conhecidos, contemplando-a em expectativa.

— Oi — Zion disse em tom vacilante.

CAPÍTULO 50

ZION SE SENTIU COMO SE A ALMA tivesse abandonado o corpo assim que viu aqueles olhos como o céu matinal se abrirem para ele. Tudo o que fizera tinha como objetivo justamente impedir o que havia acontecido, que aquele porco imundo a alcançasse e colocasse as mãos nela.

Quando Kelaya descobrira sobre o casamento deles e o conhecimento da Fenda sobre o matrimônio, Zion soube que aquela seria a única maneira de ela deixar a corporação. Não houve um dia em que não se culpara por esconder a verdade dela, mas, se contasse, ele a perderia, e esse era um risco que ele não queria correr. Até aquele momento.

Mesmo seu coração sendo despedaçado pela mágoa que via nos olhos dela, fizera o possível para aumentar ainda mais sua raiva, até que ela tomasse a decisão. A parte mais difícil de seu plano de fuga, persuadi-la a desertar, acontecera. Não da forma como ele imaginava, mas ele precisava deixá-la ir. Apenas se asseguraria de que a loucura do secretário de bombardear uma região inteira tivesse consequências — e, assim, uma guerra civil se incumbiria de deixá-los bem ocupados, enquanto ele colocava o resto do seu plano em prática.

Esperava tê-la encontrado mais rápido e evitado que ela se machucasse. Agora, sentia uma mistura de alívio e vergonha enquanto a mulher que ele amava o encarava, fraca e abatida.

Ela não disse nada enquanto a dra. Mark a examinava. Em seus olhos havia lampejos distintos, ora pacíficos, ora tempestuosos, transmitindo milhares de dúvidas e, ao mesmo tempo, todas as respostas.

Zion apenas a observou, recostado na parede com os braços cruzados, enquanto ouvia o parecer clínico que a médica dava. Kelaya estava bem fisicamente, havia descansado o necessário e todos os nutrientes já haviam sido repostos, bem como as infecções haviam sido curadas. Apenas o pé ainda levaria alguns dias para voltar ao normal em definitivo.

Assim que a médica terminou de falar, sua mulher o encarou e ele entendeu o pedido estampado em seu rosto. Zion fez um sinal com a cabeça, claro o bastante para que a dra. Mark entendesse que eles gostariam de um momento a sós.

Kelaya estava sentada com as costas relaxadas na cabeceira da cama médica, com o rosto virado para ele. Zion se aproximou e levou a mão à dela, que se desvencilhou suavemente de seu toque.

No que ele estava pensando? Que ela viria correndo para ele só porque a tinha salvado? Talvez esse fosse mais um motivo para deixá-la brava.

— Por quê? — ela disse.

— Você ainda está muito fraca. Vamos esperar que se recupere totalmente para termos essa conversa.

Ela balançou a cabeça.

— Preciso saber.

Ele estudou o rosto dela por alguns instantes e respirou fundo ao chegar à conclusão que postergar aquela conversa só aumentaria o tempo para a ferida cicatrizar.

— Está bem. — Puxou uma cadeira e se sentou perto dela. — Mas você está sentindo alguma dor?

— Apenas me conte, Zion. Tudo. Eu preciso entender *tudo.* Você... você não me amava? — Os olhos dela umedeceram.

Ele inclinou o rosto para frente, incrédulo com o que acabara de ouvir.

— Me acuse de qualquer coisa, menos de fingir amar você — ele respondeu com uma voz vacilante. — Amo e estive disposto a qualquer coisa por esse sentimento.

— Então, por que mentiu?

Zion titubeou e baixou os olhos.

— Quando te pedi em casamento, eu... eu não tinha me preparado para aquilo, na verdade. Foi um ato de desespero.

Voltou a fitá-la, tentando decifrar os sentimentos em seu rosto, mas ela apenas assentiu para que ele prosseguisse.

— Eu só não queria que você fosse embora. Mesmo não sendo comum, um compromisso através do casamento era a única forma de nos mantermos juntos. De você entender que meus sentimentos eram sérios.

— Eu sei...

— Mas quando voltamos para nos apresentar, descobri que havíamos sido delatados por um integrante da embarcação.

Finalmente a expressão dela denunciou algum sentimento.

— E quando eu fui confrontado — ele continuou—, eu os convenci de que fiz isso pelo bem da corporação. Que era a única forma de manter você sob controle.

Nesse instante, ele esperava que ela o esmurrasse, gritasse com ele ou, no mínimo, se agitasse. Mas não veio. Ela só ficou parada, fitando-o sem nenhuma expressão, até que perguntou:

— E por que eles me queriam sob controle?

— Ora... — Um sorriso sem vida despontou em seus lábios. — Você é uma máquina de guerra e não tinha pretensão a cargos superiores. Era bom para eles ter alguém de olho em você.

— E foi o que você fez? Ficou de olho em mim?

— Não. — Ele desviou os olhos para baixo. — Nunca passei nenhuma informação incomum a seu respeito. Eu só... só precisava convencê-los de que estava dando o que eles queriam. Quando, na verdade, estava obtendo o que eles me tiraram.

— Por que não me contou?

Zion engoliu em seco várias vezes antes de responder.

— Porque você não concordaria e seríamos mortos. — Ele respirou fundo tentando tirar a dor do peito. — Eu não podia deixar isso acontecer, estaria falhando com você.

— Mas você falhou. Falhou por ter resolvido tudo sozinho. — Ela o encarou e ele se manteve estático. — Você sempre me acusou de não saber trabalhar em equipe, mas fez o mesmo.

Aquilo doeu mais que o soco que estava esperando.

— Eu sei — ele sussurrou.

Zion recostou a testa na cama e tentou esconder a vergonha. Falhara no que havia se proposto, falhara como líder e como marido.

Sempre tivera a confiança de sua equipe justamente por delegar, e não fazer tudo sozinho. Mas até mesmo Tai, seu braço direito, Zion havia afastado, com medo de ele estragar seus planos. Deixara o coração e o desespero falarem mais alto e quase perdera o que lhe era mais importante.

De repente, sentiu a mão de Kelaya acariciando seus cabelos. Os gestos suaves o acalmaram.

— O que eles tiraram de você, Zion? — ela perguntou.

Ele travou a mandíbula.

— Tudo. Eu não escolhi não ter uma escolha, não ter uma família.

Uma atrás da outra, cenas do passado invadiram a mente de Zion. Lembrou-se de Oliver, um dos garotos que crescera com ele nas ruas de Baca. Depois, foi atingido por uma sucessão de imagens que começavam com partes desfocadas dos laboratórios da República e iam até o dia em que ele foi levado pela Fenda. A voz de Kelaya lhe tirou do devaneio.

— E também não me deixou escolher.

— E você aceitaria, na época? — Ele levantou a cabeça. — Se essa... se essa fosse a única forma?

— É provável que não. Mas os erros de um sistema não anulam as nossas culpas. E eu finalmente entendi isso.

Ela afastou a mão. Zion a analisou com a testa um pouco vincada. O que havia acontecido com ela? Não parecia a mesma garota que ele conhecia.

— Você está tendo uma crise de consciência pós-traumática — ele concluiu.

— Não. Não é uma crise, é a constatação de um fato.

— Que fato?

— O fato de que todos os dias contamos mentiras a nós mesmos para moldarmos uma realidade que nos convença de que não somos tão ruins.

Zion riu.

Algo acontecera com ela naquele meio-tempo, disso ele tinha certeza. Talvez fossem os dias que passara na fazenda ou o choque em ter descoberto a verdadeira face da instituição que servira.

Kelaya ajeitou o corpo no travesseiro. Seus movimentos eram calmos, quase... quase delicados.

— Você me perdoa? — ele perguntou.

Essa era a resposta em que ele estava mais interessado.

— Eu já te perdoei. — Ao ouvir aquilo, um sorriso se iluminou no rosto dele, para morrer logo em seguida, quando ela concluiu: — Só não confio mais em você.

— Isso é possível, perdoar e não confiar?

— Sim, porque eu abri mão de me ressentir da dor que você me causou, mas não tenho certeza se não vai me ferir de novo.

— Não vou — Zion falou rápido —, eu nunca mais vou esconder nada, prometo.

Kelaya fitou as próprias mãos e confessou baixinho:

— Eu também errei com você.

Zion sentiu os cantos dos lábios se erguerem em um sorriso fraco.

— Quais das vezes?

— Muitas. — Ela levantou a cabeça. O olhar transmitindo mais verdade que as próprias palavras. — Quando eu aceitei seu pedido, também foi pelos motivos errados. Eu me sentia bem quando estava com você porque podia ser outra pessoa, uma pessoa que eu não era. — Os lábios tremeram. — Também gostava da ideia de ter algum poder sobre você, mas isso não é certo.

— Então você nunca gostou de mim? — A testa dele franziu. — É isso que está me dizendo?

— Eu me apaixonei por você. Mas... — Ela engoliu em seco. — Se não formos quem deveríamos ser aqui — disse apontando para o próprio coração —, não importa o quanto nos esforcemos, nosso amor ainda será egoísta.

— O que quer dizer?

— Eu não sei bem. — Vagou os olhos pela sala, não focando nada em específico. — Lembra do Logos?

— Sim, o dispositivo.

Ela balançou a cabeça e depois o fitou, bem no fundo dos olhos.

— Ele é mais do que isso. Ele é real.

Enquanto Zion ouvia tudo o que a esposa tinha a dizer sobre o que descobrira e as experiências que tinha vivido nos últimos dias, seu coração se apertou. Alguém havia mexido com a cabeça dela, e os danos psicológicos eram tão ou mais graves que os físicos. Estava interessado nas informações contidas no dispositivo, mas não esperava cultuá-lo.

— Então, não há nada sobre o Planeta Origem? — ele perguntou.

Kelaya pestanejou.

— Acredito que as histórias aconteceram lá.

— Mas não há nada diferente?

— A época e os costumes, mas, sobre o planeta, não. Não parece haver nada de diferente.

— Os pioneiros não mentiram, então — ele sussurrou.

— Você achou que eles haviam mentido?

Zion deu de ombros.

— Sempre achei que existia algo a mais.

— Mas há! Você não ouviu o que acabei de dizer?

Ele tentou puxar a cadeira para mais perto dela e depois a fitou nos olhos.

— Escuta — ele disse. — Não é que eu não acredite no que você diz. Mas você sofreu muita pressão psicológica nos últimos dias, poderia ter sido um sonho ou uma alucinação.

— Não! Não foi isso. Tenho certeza de que o Logos é real, mesmo se eu não tivesse tido aquela experiência.

Zion mordeu os lábios. Kelaya havia se libertado do domínio de uma ideologia para se agarrar a outra e ele precisava reverter isso o quanto antes.

— Você não percebe que era exatamente isso que eles queriam com aquelas cópias, controlar as pessoas com essas histórias? Quem garante que aquela mulher não pretendia o mesmo?

— Porque — a voz dela saiu trêmula —, diferente do Risa e até mesmo da Fenda, Adara não fez isso. Pelo contrário, ela se sacrificou por mim. Para que eu e outras pessoas pudéssemos ser livres, assim como ela.

— Entendo. — Ele suspirou. — Adara. Então esse era o nome dela?

Os olhos de Kelaya se iluminaram.

— Vocês voltaram lá? Encontraram...?

Ele balançou a cabeça com pesar.

— Só o corpo.

Kelaya foi mirrando gradativamente, assim como o brilho que havia surgido em seu olhar.

— Sobrou alguma coisa do lugar?

— Apenas uma estrutura em forma de casa de pássaros. Eu achei...

— Uma casa de andorinhas? — Kelaya ofegou.

Zion franziu o cenho.

— Sim. Mas... O que foi? Por que você está chorando? Está sentindo dor?

— O Logos existe, Zion. — Ela soluçou, completamente alterada. O rosto transmitia uma emoção que ele nunca vira antes. — Mesmo se alguém tentar usá-lo para seu próprio interesse, isso não deixa de ser a verdade. No final, ele vai purificar tudo.

Zion esperou que ela se acalmasse. Desde que Kelaya havia partido, sentia falta de tomá-la nos braços. Nesse momento, mais do que nunca, ele só queria abraçá-la e garantir que tudo ficaria bem.

— Simples assim? — Ele riu baixinho.

— Simples, mas difícil. — Ela passou as duas mãos pelo rosto para secá-lo. — É difícil manter isso em mente, por isso precisamos de ajuda.

— De quem?

— *Dele*, ora! Mas não sei como fazer agora que todos os dispositivos foram destruídos.

— Nem todos — ele corrigiu e coçou o queixo.

— O que quer dizer?

Zion hesitou. Não queria incentivá-la naquela loucura, mas já tinha falado demais para voltar atrás.

— Eu também estou com uma cópia.

Os lábios dela se abriram em um lindo sorriso e seus olhos voltaram a brilhar, fazendo o coração de Zion se comprimir. Conteve a vontade de beijá-la.

— De verdade? — ela disse.

— Sim. Também estava curioso, mas nunca conseguimos decodificá-lo.

— Eu tenho... — Ela olhou em volta, preocupada. — Quer dizer, onde está minha bolsa? Vocês trouxeram?

— Não.

Ele tentou não se lembrar daquele momento horrível de quando vira o marechal Moloch quase atirar, depois de tê-la espancado. Agora, tudo não passava de um borrão em suas lembranças.

— A única coisa que eu peguei, e eu sabia que era importante para você, foi sua espada.

— Isso era mais — ela sussurrou. — De qualquer forma, precisamos voltar.

— Voltar?! — disse mais alto do que pretendia.

— Sim. Preciso cumprir minha missão.

— Que missão?

— De levar o Logos às pessoas.

— Você está brincando, certo?

— De forma alguma. Nunca falei mais sério.

De fato, o rosto dela não transmitia nenhum tom de humor.

Pedir exames psicológicos à dra. Mark, ele anotou mentalmente antes de responder, com o tom firme digno de um capitão de navio:

— Não podemos voltar. As duas facções que controlam o continente estão atrás de nós, seria o mesmo que pedir para morrer.

— Eu não me importo. — A respiração dela começou a ficar acelerada. — Eu prometi que não ia mais fugir. Não posso fugir.

— Calma. — Ele levou uma das mãos até ela, mas hesitou quando ela recuou. — Está tudo bem.

Ela abaixou a cabeça.

— Se quiser, pode apenas me deixar lá e fugir com seus homens.

— Você acha mesmo que um dia eu vou te deixar? — Ele riu melancólico. — Não entende mesmo, não é? Eu fiz uma promessa!

Kelaya o encarou, mas não respondeu, apenas relaxou o corpo contra a cama e fechou os olhos. Zion viu algumas lágrimas escorrerem por entre suas pálpebras.

Ele passou a mão pelo próprio rosto e apertou os olhos, estava preocupado que ela estivesse se esforçando demais.

— Olha, eu preciso dar a esses homens uma chance de fugir depois do que eu fiz. Não seria justo com eles. — Ela abriu os olhos e ele continuou: — Além do mais, será mais fácil encontrar um novo decodificador lá.

O rosto da esposa foi se suavizando conforme ele falava, até que ficou totalmente sereno.

— E tem outra coisa que eu preciso te contar — Zion confessou.

— O quê?

— Na verdade, seria mais fácil se você mesma visse.

— Então me mostre.

Ele balançou a cabeça.

— Você teria que sair da cama para ver. Ainda está muito abatida.

— Não estou. — Ela empertigou o corpo. — Na verdade, preciso sair um pouco. Respirar ar puro.

— Precisa? — Ele riu. — Não lembro de a dra. Mark ter dito isso.

Os ombros de Kelaya caíram e os olhos se reviraram entediados. Finalmente, algo típico dela.

— Está bem — ele disse, procurando pela cadeira motorizada de auxílio. — Vou ter que... hm... você sabe... te pegar no colo para... — Ele apontou para a cadeira.

— Ah. — Ela ponderou. — Está bem.

No momento em que rodeou os braços em volta do corpo dela, vulnerável pelos dias em coma, Zion sentiu o cheiro da mistura de flores que lhe era característico. Um aroma que ele tentava, e obviamente falhara, reproduzir com aquela flor da cabine que quase morrera. Sempre que se encontravam, esse era o aroma que sentia. Lembrava a cabana e estava nela. Como se os elementos simplesmente tivessem se fundido ao seu corpo, exalando por onde quer que ela fosse.

Kelaya não disse nada quando ele a levantou, mas uma veia tensa saltou em seu pescoço branco. Zion teve vontade de pressionar os lábios contra aquele pedaço de pele macia, mas se conteve.

Se havia perdido a confiança de sua esposa, precisava reconquistá-la primeiro.

CAPÍTULO 51

AS ROUPAS QUE KELAYA usava não eram as mesmas da viagem. Percebeu assim que Zion a colocou sentada na cadeira motorizada e seguiu guiando-a para o elevador. O conjunto de calça e blusa era feito de um tecido áspero de cor branca e continha dezenas de aberturas de conexões para eletrodos. Ela circulou alguns deles com a ponta dos dedos enquanto se dirigiam para o andar inferior da nave, pensando no que teriam feito do seu novo uniforme.

— A joia?! — Ela se virou para Zion depois de se lembrar do objeto.

— Está comigo. Guardei para te entregar quando você acordasse, junto a uma flor seca.

Seus ombros relaxaram. Ela ainda tinha algo para se lembrar da amiga com carinho.

— Era do marido de Adara.

Zion hesitou por um momento.

— Acho que no passado era comum os maridos darem esse tipo de coisa para as esposas. — Ele esfregou o pescoço.

— Oh. — Um silêncio constrangedor pousou sobre eles. Kelaya voltou a atenção à estrutura da nave para mudar de assunto. — Como você conseguiu roubar uma nave desse porte sem que a Fenda percebesse?

— Eles perceberam, com certeza.

— E por que não estão com uma frota atrás de nós?

— Porque eles devem estar muito ocupados tentando conter uma revolta civil.

— Onde?

— Em todas as fronteiras — ele respondeu com um sorrisinho.

Kelaya ergueu os olhos.

— Por causa do Vale?

— Sim.

— Você planejou isso? — ela perguntou com o coração disparado e prendeu o fôlego quando Zion ergueu uma das sobrancelhas, sem tirar os olhos do corredor à frente deles.

— Quer saber se eu fui o responsável pelo que aconteceu? Não. Se usei ao meu favor? Sim.

Aquilo não deixava as coisas exatamente melhores, mas ela ficou um pouco aliviada de ele não estar por trás daquele horror.

— Amber está liderando?

Ele declinou o queixo, assentindo.

Por alguma razão, Kelaya se sentia mal por abandoná-la em toda essa confusão. Mas essa luta não era mais dela, e tudo o que estava acontecendo era consequência das próprias ações da Fenda. Torcia para que Amber visse isso também.

Zion parou diante das portas fechadas do pavilhão que estava vazio da última vez que Kelaya estivera ali, o qual Samara dissera ser usado para treinamento. Quando as portas se abriram, Kelaya arregalou os olhos. Centenas de civis estavam sentados em acolchoados, um ao lado do outro, espalhados e ocupando toda a área.

— O quê...? Por quê?

— Pessoas fugindo do continente.

— Como nos antigos navios mercantis?

— Sim.

Ela passou os olhos pela sala. À sua direita, uma criança chorava no colo da mãe; ao lado, um idoso, com roupas que não passavam de trapos prestes a se desfazerem. Ele tinha recostado a cabeça na parede e a encarava soturno. Eram homens, mulheres, jovens e crianças. Todos com o olhar vazio e uma expressão de desesperança.

— Ei, capitão bonitão! — um homem sem os dentes gritou e sorriu quando eles o encararam.

Ela olhou para cima, bem a tempo de ver Zion revirar os olhos. Por um momento, teve vontade de rir.

Eles continuaram atravessando o grande salão abarrotado.

— Como você vai alimentar todos eles durante a viagem?

— Pedi a Samara que trocasse nosso estoque de comida receptada por Suii. Uma quantidade muito maior, suficiente para nos manter vivos durante esse tempo.

— Quem tinha uma quantidade tão grande assim?

Zion abriu um sorriso torto.

— A própria diretoria da Fenda.

Corruptos! É claro. Deveria saber.

— É por isso que estamos viajando pelo mar?

Zion fez que sim.

— Com uma quantidade tão grande de tripulantes, a nave não aguentaria em modo voo.

Alguns tripulantes da Stella passavam entre eles distribuindo a bebida energética. O capitão analisava a cena com o mesmo cansaço dos tripulantes.

— Desde quando você faz isso? — ela perguntou.

Ele apertou os lábios.

— Uma quantidade tão grande de pessoas, foi a primeira vez. Mas sempre levamos uma ou outra família que precisava. — Ele cruzou os braços. — Algumas dessas pessoas estavam com problemas, endividados, precisavam sair do continente e...

— Fizeram de você seu capitão — ela concluiu.

Ele franziu a testa e deu de ombros.

— Mais ou menos isso. Eles só precisavam se livrar daquele maldito continente. Além disso... — ele parou hesitante.

— Vocês têm interceptado carregamento de suprimento das empresas do outro lado do continente. — Ela o fitou e ele respondeu com o olhar surpreso.

— Sim, roubávamos a comida que as empresas do lado do Risa exportam — Zion concordou.

— "O capitão pirata!" — ela repetiu, agora com o verdadeiro significado. — A Fenda nunca desconfiou?

— Nós fazíamos isso para eles também. As missões do exterior eram apenas fachada. É assim que a mesa dos líderes está sempre farta — ele explicou, respirando fundo. — Eles só não sabiam que a maior parte nós distribuíamos para a população. Aquele suprimento que eu troquei pelo Suii — ele balançou a cabeça —, eles nunca tiveram uma quantidade tão grande.

Kelaya olhou mais uma vez para a cena e prestou atenção nos rostos, nos murmúrios e nos suspiros de exaustão daquelas pessoas. Seu coração começou a ficar inquieto e, de súbito, teve uma vontade de sair dali.

— Pode me levar para o convés? — ela pediu. — Preciso tomar um ar.

Enquanto passavam por alguns homens trabalhando no conserto da nave, que ainda não estava totalmente restaurada da batalha, Zion fez um aceno com a cabeça e eles se afastaram. Ele recostou a cadeira motorizada próximo à borda e depois se debruçou no parapeito, fitando o oceano de costas para ela.

O dia estava tão límpido que não era possível distinguir onde o mar acabava e onde o céu começava, um refletia o outro. Ao fundo, as gaivotas cantarolavam, empolgadas ao garantirem a refeição do dia.

— Você nunca pensou em me contar isso também? — ela perguntou e, no mesmo instante, odiou o tom ressentido da própria voz.

Zion continuou olhando para frente. Demorou a responder.

— Você foi sempre tão leal à Fenda. — Ele suspirou. — Pensei que, se soubesse, nos denunciaria.

Ela voltou a experimentar o amargo da decepção.

— Mas eu me casei com você, não foi? — ela disse, desta vez em tom de mágoa. — Mesmo sendo contra a ordem da corporação. Por que achou que eu me oporia a isso?

Ele se virou e se sentou de frente para ela. Os olhos estavam semicerrados contra o sol.

— Não era apenas a minha cabeça que estava em jogo, Kel, e sim a de cada membro da tripulação. Sei que tem todos os motivos para sentir-se enganada, mas eu não podia correr o risco.

Kelaya não respondeu e ele completou, quase como um sussurro para si mesmo:

— Às vezes temos que tomar decisões difíceis e, nessas horas, só podemos tentar fazer o melhor possível.

Ela o observou por um tempo. Novos fios brancos se destacavam na cabeleira negra, enquanto a testa permanecia quase que o tempo todo enrugada. Mesmo exausto, ele continuava atraente. O maxilar bem delineado, os olhos negros implacáveis e os músculos marcados sob a camisa branca e o colete preto. Porém, aquele homem lindo também era orgulhoso. Tinha tanta convicção de que fazia a coisa certa que nada do que ela dissesse o convenceria do contrário.

Era verdade que a Fenda fora o ídolo de sua veneração e, diferente dela, Zion colocava os outros em primeiro lugar. Ainda assim, as omissões durante todos aqueles anos foram erradas. Como ele acreditaria no Logos se pensava estar justificado?

Kelaya voltou a cabeça para o mar.

— Que relacionamento foi esse em que nos metemos, hein? — ela disse e voltou a fitá-lo. — Como inimigos. Duas pessoas em lados diferentes de um embate particular.

Um dos cantos dos lábios de Zion se inclinou.

— Posso te garantir que foi o duelo mais mortal que eu já travei.

— Parecemos mesmo ter saído de um duelo.

Ele cruzou os braços e respirou fundo.

— E agora, como ficamos?

— Não sei. Preciso pensar em tudo... na missão.

Zion soltou um riso ácido, sem humor.

— É, também preciso pensar na *minha* missão. — Havia certa mágoa no tom de voz dele. — Acho que estamos destinados a estarmos em missões diferentes.

Kelaya pensou por um tempo.

— Não. Não acho que se trate de destino.

Ela não poderia dizer que estava feliz depois de saber a verdade. Como tudo à sua volta, o casamento fora uma tentativa frustrada de ajeitar as coisas em um mundo perdido. Existia entre eles sentimentos, é claro, e a vontade de fazer dar certo, mas nenhum esforço parecia suficiente.

Eles não sabiam como amar, nunca aprenderam isso.

Como seria se não vivessem em um mundo em guerra? Será que conseguiriam se entender ou teriam outras coisas para enfrentar? Ainda resultaria em dois corações quebrados, sem ideia do que realmente fazer?

Logos, pode consertar isso também?

Como naquele dia na caverna, ela não teve nenhuma resposta imediata.

— A-acho que preciso de um tempo — ela disse, por fim.

Zion a esquadrinhou, assumindo o olhar frio de sempre.

— Como quiser — ele respondeu, impassível. Mas estava com raiva, ela sabia. — De qualquer forma, você terá outros assuntos para se ocupar.

Ela olhou para o ponto fixo que ele mirava sobre seu ombro e percebeu o tenente Tai vindo em direção a eles.

— O que ele quer?

Ele apertou os lábios e balançou a cabeça.

— Não sou eu quem tem que falar. Vou deixar vocês a sós.

Zion se levantou, fitando-a por um momento, e saiu.

Tai fez um sinal com a cabeça quando passou pelo capitão, se aproximou e ocupou o lugar onde ele estivera sentado. Não olhou de imediato para ela, ficou encarando o chão e depois o mar, mas ela reparava na palidez de seu rosto.

Kelaya permaneceu com a testa franzida, esperando-o falar.

— Não sei como dizer isso — ele começou, finalmente —, já ensaiei um milhão de vezes.

— Apenas diga. — Cruzou os braços. — Tenho certeza de que nada do que você fale vai me surpreender ainda mais no dia de hoje.

O tenente a encarou e depois soltou uma lufada de ar.

— Tudo bem.

Ela sorriu para encorajá-lo.

— Nós... nós somos irmãos.

Kelaya se deu conta de que estava completamente enganada. Por aquilo, ela jamais esperava.

FIM DO LIVRO UM

AGRADECIMENTOS

DE ACORDO COM J.R.R. TOLKIEN: "Viemos de Deus e inevitavelmente os mitos que tecemos, apesar de conterem erros, refletem também um fragmento da verdadeira luz, da verdade eterna que está com Deus". Por isso, eu não poderia deixar de agradecer, antes de tudo, a Ele, o dono da criação e, portanto, de todas as histórias. Espero que esse livro seja útil, pelo menos um pouquinho, aos seus propósitos.

Obrigada por me permitir servi-lo.

Agradeço também à minha família, que me apoiou em uma mudança drástica de propósito profissional: meu pai Marco, minha mãe Rosane, minhas irmãs Lara e Alice; meu marido, Christopher, cujo cuidado permitiu que eu tivesse condições de me dedicar exclusivamente a essa missão; e minha pequena Elise, que desde os primeiros momentos de vida já esteve comigo na jornada da subcriação.

Às amigas e escritoras: Noemi Nicoletti, que foi a primeira pessoa que disse "por que você não escreve isso?" e, bem, aqui estamos; Camila Antunes, Becca Mackenzie e Camila Lima, que tiveram um papel importante no amadurecimento da primeira versão do texto.

Às ilustradoras Marianna Correia, que fez um trabalho incrível captando a essência da minha história, e Raínna Nazário Costa, a primeira ilustradora do livro.

A todas as minhas leitoras betas, que simplesmente me ajudaram a construir essa história: Alice de Oliveira, Isabela Freixo, Polyanna Ynaí, Juliane Martins, Ludmila Souza, Gabriela Avila, Arlene Diniz, Gabriela Alves, Raquel Souza, Débora Gomes, Nathalia Bastos, Pat Muller e Fabiane Alvarenga.

À Francine Rivers, por ter escrito o livro que mudou minha vida e minha percepção de literatura ficcional, em especial a ficção cristã, bem como a todas as demais autoras que me incentivaram e inspiraram a escrever.

À equipe da Thomas Nelson Brasil, em especial Brunna Prado e Samuel Coto, por terem acreditado na ficção cristã e na minha história, possibilitando que ela alcance muito mais vidas.

E, finalmente, a você, gentil leitor e leitora, por ter me dado uma chance de ser lida.

Obrigada.